OSKAR FEIFAR

Zwergenaufstand

SO EIN ZIRKUS 150 Jahre Tratschen soll gefeiert werden! Die Vorbereitungen laufen auf Hochtouren. Als hätte ihn jemand bestellt, kommt ein Wanderzirkus in den Ort. Das Fest kann beginnen. Nur wenige der Dorfbewohner wittern das Unglück, welches der Zirkus bringt. Bis ein Unwetter losbricht und das Chaos in Tratschen Einzug hält: Der Zirkusdirektor stirbt mit einem Säbel im Rücken und bevor Strobel sich des Falles annehmen kann, verschwindet die Leiche spurlos. Strobel sucht verbissen nach Hinweisen, stößt bei den Zirkusleuten aber auf eine Mauer des Schweigens. Er gibt nicht auf und bekommt schließlich mehr Hinweise als er haben will. Gleich mehrere der Clowns, allesamt kleinwüchsig, gestehen, den hünenhaften Mann ermordet zu haben. Nebenbei sucht der gesamte Ort nach einem verschwundenen Kind und einem entlaufenen Löwen. Es herrschen Furcht und Unruhe. Auch Pfarrer Römer kommt nicht ungeschoren davon. Ein schreckliches Beichtgeheimnis lässt ihn mit sich, seinem Chef und seiner Freundschaft mit Strobel hadern.

1967 in Wien geboren, verbrachte der Autor die ersten dreizehn Jahre seines Lebens in der Großstadt bevor die Familie in die niederösterreichische Provinz zog. Nach dem Schulabschluss arbeitete er zunächst als Kellner. Danach wechselte er zur Gendarmerie und verbrachte die ersten Jahre im niederösterreichischen Weinviertel, bevor er vor acht Jahren zum Landeskriminalamt wechselte. Bis zum Jahr 2009 verrichtete er seinen Dienst weiter in Niederösterreich. Seit Mai 2009 lebt er zusammen mit seiner Lebensgefährtin in Salzburg. Bei ›Zwergenaufstand‹ handelt es sich nach ›Dorftratsch‹, ›Saukalt‹ und ›Fingerspitzengefühl‹ um den vierten Roman des Autors.

Bisherige Veröffentlichungen im Gmeiner-Verlag:
Wer mordet schon in Salzburg? (2014)
Fingerspitzengefühl (2014)
Saukalt (2013)
Dorftratsch (2012)

OSKAR FEIFAR

Zwergenaufstand

Kriminalroman

GMEINER SPANNUNG

Besuchen Sie uns im Internet:
www.gmeiner-verlag.de

Im Ehnried 5, 88605 Meßkirch
Telefon 07575/2095-0
info@gmeiner-verlag.de

1. Auflage 2015

Lektorat: Claudia Senghaas, Kirchardt
Herstellung: Mirjam Hecht
Umschlaggestaltung: U.O.R.G. Lutz Eberle, Stuttgart
unter Verwendung eines Fotos von: © suze/photocase.de
Druck: GGP Media GmbH, Pößneck
Printed in Germany
ISBN 978-3-8392-1669-9

Personen und Handlung sind frei erfunden.
Ähnlichkeiten mit lebenden oder toten Personen
sind rein zufällig und nicht beabsichtigt.

1

Gewitter reinigen die Luft, sagt man. Überhaupt nach diesen schwülen Sommertagen, an denen dich die feuchte Hitze quält und die Gelsen sich während deiner durchwachten und verschwitzten Nächte einen Spaß daraus machen, dich an so vielen Körperstellen wie irgendwie möglich zu stechen und diese kleinen juckenden Beulen zu hinterlassen, die immer schlimmer jucken, je mehr du an ihnen herumkratzt, und die dich um den Schlaf bringen. Tage, durch die du dich in Zeitlupe schleppst, inständig auf eine Abkühlung hoffend. Sei sie auch noch so klein. Und in unseren Breiten brauchst du nur lange genug zu warten. Weil nach einer Anzahl von solch schwülen Tagen kommt sicher irgendwann ein Gewitter daher, das die Gelsen kurzfristig vertreibt oder zumindest dazu bringt, sich in deinem Schlafzimmer zu verschanzen, bis der Regen vorbei ist und die Luft um das eine oder andere Grad abkühlt. Das hat alles seine Ordnung. Keine Frage. Nur manchmal schlägt auch so ein heiß ersehntes Gewitter ein kleines bisschen über die Stränge und vermiest dir die Freude mit so viel Regen, dass der Boden ihn nicht schnell genug aufnehmen kann und sich das Wasser auf den Feldern und Straßen rasch zu richtigen Sturzbächen sammelt, die unzählige Keller überfluten, zu Erdrutschen führen und schließlich kleine, harmlose Bäche zum Überlaufen bringen. Begleitet von stürmischen Winden, denen so manches Dach nicht standhält, und die Bäume fällen, als wären sie Streichhölzer. Zugegeben, Unwetter dieser Art gibt es bei uns nicht sehr oft, aber hin und wieder eben doch. In Tratschen ging im August 1973 ein Sommergewitter nieder, das in die Dorfgeschichte eingegangen ist.

Zum einen, weil Hagelstürme, monsunartiger Regen und orkanartige Windböen so viele Schäden anrichteten, dass es Monate dauerte, bis auch die letzten Spuren beseitigt waren. Und zum anderen, weil die reißenden Sturzbäche nicht nur Dinge wegschwemmten, sondern auch welche ans Licht brachten, an die später niemand so recht erinnert werden wollte. Es waren schwarze Tage für die Feuerwehr, die gar nicht damit fertig wurde irgendwelche Keller auszupumpen, Bäume aus Stromleitungen zu entfernen, Hausdächer zu sichern und was weiß ich noch alles. Für die Gendarmeriebeamten, die natürlich auch nicht gewusst haben, wo sie zuerst hinfahren sollen, für so manchen Ortsbewohner, der sein Hab und Gut verlor und für die Dorfmusikkappelle, deren Vorzeigemusiker im allgemeinen Chaos abhandenkam. So viel gereinigte Luft wie danach über dem Ort lag, hatte auch keiner gebraucht. Aber schön der Reihe nach.

2

Vor dem großen Regen war alles in bester Ordnung. Mit Ausnahme der Kinder, die sich ihre Zeit beim nahe gelegenen Mühlbach vertrieben, wo sie herumtollten und sich Abkühlung verschafften, freute sich niemand so recht über die brütende Hitze, die über dem Ort lag. Fast 39 Grad. So viel wie schon seit Jahren nicht mehr. Jeder, der es sich erlauben konnte, verkroch sich irgendwo im Schatten. So auch der Strobel Poldi. Der hatte sich beim Hörmann einen kleinen Standventilator besorgt, den er so nah wie möglich an seinem Schreibtisch platzierte, und er vermied es tunlichst, vor die Tür zu gehen. Genau genommen vermied er es sogar, sich in irgendeiner Form zu bewegen. Das Hemd bis zum Bauchnabel geöffnet, die Füße auf dem Schreibtisch und das Gesicht im Luftstrom des Ventilators saß er in der Kanzlei und schwitze. Ihm gegenüber lümmelte der Schulz Bertram in seinem Schreibtischsessel und schnarchte leise vor sich hin. Ein Bild, das von Ruhe und Frieden zeugte. Obwohl alle Rollos heruntergelassen und auch noch die Vorhänge zugezogen waren, hatten sich die Räume der Dienststelle seit dem Morgen unglaublich aufgeheizt. Wie jeden Tag in den letzten Wochen. Erst in der Nacht kühlte es draußen soweit ab, dass man die Fenster öffnen und frische Luft hereinlassen konnte. Aber da waren die Gendarmen meistens nicht mehr im Büro. Diese brütende Hitze war so lähmend, dass schon seit zwei Tagen kein einziger Anruf eingegangen war. Ich meine, stell dir das einmal vor. Damals ist tatsächlich zwei Tage lang gar nichts passiert. Kaum zu glauben, aber wahr. Für die beiden Gendarmen war es schon zu glauben, weil das damals öfter im Jahr vorgekommen ist. In so kleinen Dörfern konnte es schließlich nicht immer nur Mord und Totschlag geben. Und der Alltag war halt ruhig. Nicht so wie heutzutage, wo dauernd irgendwo was passieren muss. Sogar auf dem Land. Nein, da war Tratschen damals trotz allem anders. Eine Insel der Seligen quasi. Einzig die Vorbereitungen für das große Dorffest, das in einer Woche stattfinden sollte, sorgten ab und zu für ein kleines bisschen Hektik. Immerhin war es nicht irgendein Fest. 150 Jahre Tratschen wollten gebührend gefeiert werden. Ein Ereignis, das natürlich entsprechend vorbereitet werden musste. Vor allem die Mitglieder des Ortsbildverschönerungsvereines hatten alle Hände voll zu tun. Denn in ihren Händen lag die Organisation des Festes. Und wer noch nie ein so großes Fest organisiert hat, der weiß auch gar nicht, wie viel Arbeit da dahintersteckt. Zelt, Getränke, Speisen, Musik, Blumenschmuck, Fahnen und Wimpel, Transparente, Gästelisten, Teller, Gläser, Geschirr und, und, und. Das alles musste organisiert werden. Von daher ist es hinter so mancher Haustür nicht ganz so entspannt und locker zugegangen wie auf dem Gendarmerieposten.

3

So übten die Burschen von der Freiwilligen Feuerwehr zum Beispiel schon seit zwei Wochen fast täglich erfolglos das Exerzieren. Die Sache mit dem Gleichschritt hat überhaupt nicht funktioniert. Da konnte der Konrad Christian so laut kommandieren, wie er wollte. Das hatte mit Formation nicht viel zu tun, was die Jungs da vorführten. Eher so etwas wie ein chaotischer Sauhaufen sind sie gewesen. Aber so sehr der Christian auch gemeckert hat, es hat nicht geholfen. Zur Verteidigung seiner Männer muss allerdings gesagt werden, dass es nicht immer die Marschierer sein müssen, die Mist bauen. Manchmal sind es auch die Kommandanten. Weil das Kommandieren will auch gelernt sein. Bis drei zählen zu können und eine laute Stimme zu haben, reicht da bei Gott nicht aus. Während also der Konrad Christian mit den Talenten seiner Truppe haderte, murrten die hinter vorgehaltener Hand über seine Fähigkeiten als Kommandeur. Offen zu sagen traute sich aber keiner was. Ergo natürlich weiterhin jeden Abend Übungen und kein Fortschritt. Kurz vor seinem Urlaub hatte der Pfaffi seine Hilfe angeboten. Der war immerhin einmal Zugsführer beim Bundesheer und von daher mit dem Kommandieren halbwegs vertraut. Natürlich hatte er gesehen, dass es nicht nur an der Truppe lag. Aber mit seinem Hilfsangebot hat er sich an die sture Seite vom Konrad gewendet. Und die wollte gar nicht einsehen, dass er selber vielleicht auch nicht ganz so perfekt war, wie er dachte, und er ist dem Pfaffi mit dem Arsch ins Gesicht gefahren, wie man so sagt. So gesehen also kein Wunder, dass der Bursche sich ziemlich beleidigt zurückgezogen und den Konrad mit seinen Problemen allein gelassen hat. Er hatte ohnehin schon genug damit zu tun, der Dorfmusikkapelle den Gleichschritt zu lernen. Warum nicht alle zusammen geübt haben, darfst du mich nicht fragen. Wahrscheinlich wäre das zu einfach gewesen. Vielleicht ist es aber auch daran gelegen, dass die Herrschaften von der Kapelle nicht gerade Profimusiker waren und sich mancher Bürger von Tratschen einen Gehörschaden gewünscht hat, wenn er sie üben hörte. Zumindest haben böse Zungen im Ort derartiges behauptet. Ganz so schlimm war es nämlich gar nicht. Vor allem nicht, seit der Zechmeister Peter dabei war. Trotz seiner erst 13 Lenze war das Peterle, wie der Junge im Ort genannt wurde, mit seinem Euphonium so etwas wie der Star der Truppe. Dazu musst du aber wissen, dass der Bub ansonsten nicht sehr viel Glück im Leben gehabt hat, weil er ein bisschen ein Tschapperl gewesen ist, wenn du verstehst, was ich meine. Man könnte auch sagen, er ist in der geistigen Entwicklung zurückgeblieben. Ein Depp quasi. Das hat im Ort, mit Ausnahme der Kinder, allerdings keiner so gesagt. Aber Kinder sind eben bekanntlich grausam. Für die Erwachsenen war er ein Tschapperl. Und zwar ein liebenswertes. Der Peter war nämlich eine ausgesprochene Frohnatur. Kaum jemals hat man ihn traurig gesehen. Mit seinem Blondschopf, den strahlendblauen Augen und seinem fröhlichen Lachen ist er immer positiv aufgefallen. Trotzdem war er für seine alleinerziehende Mutter eine ganz schöne Belastung. Weil bei aller Fröhlichkeit war der Bub auf dem Stand eines maximal Fünfjährigen und hat ganz schön viel Aufmerksamkeit gebraucht. Schon allein deshalb, weil er nicht wirklich imstande war, seine Wünsche und Bedürfnisse in einer allgemein verständlichen Sprache zu formulieren. Soll heißen, dass die Worte, die der Peter so von sich gegeben hat, eher merkwürdig klangen und es schon eines geübten Ohres bedurfte, ihn zu verstehen. Da hat es dann schon manchmal vorkommen können, dass er ein bisschen grantig geworden ist, wenn man ihn nicht gleich verstanden hat. Zum Glück war das Ganze nicht ganz so tragisch, weil er nicht besonders viel redete. Da gab es wesentlich wichtigere Dinge im Leben vom Peterle. Wie zum Beispiel seine Leidenschaft für das Radfahren. Der Peter liebte es, so schnell wie nur irgendwie möglich, kreuz und quer durch den Ort zu radeln. Besonders in der Dunkelheit. Da lieferte sich das Peterle nämlich unglaubliche Wettrennen mit seinem Schatten. Ich meine, ich weiß ja nicht, ob du Rad fährst und ob es dir dabei schon einmal aufgefallen ist, dass dich dein Schatten überholt, wenn du im Dunkeln an einer Laterne vorbeifährst. Dem Peter ist es aufgefallen. Zwar hat er nicht kapiert, warum das so war, aber das war ihm ziemlich sicher auch völlig wurscht. Genauso wie es ihm wurscht war, dass er diese Rennen nie gewonnen hat. Bei jeder Laterne hat er vor Vergnügen gequietscht und gelacht, wenn ihn sein Schatten überholt hat. Richtig glücklich hat ihn das gemacht. Seine Mutter freute das auch. Auf diese Weise war es ihr möglich, sich wenigsten ein paar Stunden am Tag etwas anderem widmen. Weil natürlich konnte sie nicht davon leben, nur auf ihren Sohn aufzupassen. Eine richtige Arbeit anzunehmen, ging auch nicht, weil sie ja immer daheim sein musste. Für den Kindergarten war der Peter nämlich zu groß und für die Schule, so hart das jetzt auch klingen mag, war er schlicht und ergreifend zu dumm. Von daher ist der Karoline nichts anderes übrig geblieben, als sich eine Arbeit zu suchen, die sie von zuhause aus erledigen konnte. Wie du dir wahrscheinlich vorstellen kannst, war die Auswahl da nicht gar so groß. Das Thema Heimarbeit war nämlich damals noch keines. Soll heißen, dass es so etwas im Grunde nicht gegeben hat. Nicht so wie heute, wo manche Leute nicht einmal mehr regelmäßig ins Büro gehen müssen, weil sie ihre Sachen daheim erledigen können. Am Computer. Oder dir irgendeine Firma unzählige Schachteln mit den Bestandteilen von Kugelschreibern schickt, die du dann für einen Hungerlohn zusammenbauen darfst. Damals konnte sich derartiges niemand vorstellen. Wahrscheinlich deshalb nicht, weil so ein Computer damals noch ein ganzes Zimmer gefüllt hätte. Heute sind die Dinger viel kleiner, dafür aber so leistungsstark, dass jeder von daheim eine Rakete starten könnte. Jetzt fragst du dich vielleicht, was die Karoline damals gearbeitet hat. Ganz einfach. Alles, was so gebraucht wurde. Sie hat Wäsche gewaschen und gebügelt, Torten und Kekse für Veranstaltungen, wie Hochzeiten, Geburtstage, Taufen und so weiter, gebacken, für den Pfarrer Römer gekocht und auf die Kinder der Nachbarn aufgepasst. Alles Dinge, die genau genommen ein jeder hätte selber machen können. Aber was die Karoline angegangen ist, haben die Tratschener zur Abwechslung bewiesen, dass sie tatsächlich auch eine soziale Ader hatten und ihr auf diese Weise ein bescheidenes Einkommen beschert. Ehrlich gesagt glaube ich, dass da bei manchen in Wirklichkeit viel Bequemlichkeit im Spiel gewesen ist. Andere haben vielleicht eine Möglichkeit gesehen, ihr Moralkonto ein bisschen auszugleichen. Ich meine, es kann schon sein, dass sich der eine oder andere gedacht hat, dass der liebe Gott über manche Bosheit hinwegsehen würde, wenn man die Karoline ein bisschen unterstützte. Das Haus, in dem sie mit dem Peter gewohnt hat, gehörte der Gemeinde. Und weil der Herr Bürgermeister ein Menschenfreund war und Mitleid mit der Karoline hatte, brauchte sie keine Miete zu bezahlen. Ja sogar Wasser und Strom wurden aus der Gemeindekasse bezahlt. Große Sprünge konnte die Frau trotzdem nicht machen, aber es reichte zum Leben. Wo der Vater vom Peter abgeblieben war, wusste niemand so genau. Auch die Karoline nicht. Naturgemäß wusste sie im Gegensatz zu den übrigen Ortsbewohnern zwar, wer der Vater war, aber das hatte sie aus Rücksicht auf ihren Ruf nie jemandem erzählt. Das Peterle war nämlich das Ergebnis einer lauen Sommernacht im Wohnwagen eines Zirkusakrobaten. Ein Trapezkünstler, oder so. Abgesehen von der Tatsache, dass der Mann gar nicht wusste, dass er einen Sohn hatte, wusste die Karoline nicht, wo sie ihn hätte finden sollen, um es ihm zu sagen. Was hätte es ihr auch gebracht? Geld wäre wohl kaum zu holen gewesen, weil diese Zirkusgeschichte eine ziemlich brotlose Kunst gewesen ist. Aber wie dem auch sei. Überhaupt hatte die Karoline familientechnisch nicht besonders viel Glück gehabt im Leben. Sie hatte keine Geschwister und ihre Eltern waren verstorben. Zu erben hatte es allerdings nichts gegeben. Das heißt, fast nichts. Denn eines hatte ihr Vater ihr schon vermacht. Ein Blechblasinstrument nämlich, von dem die Karoline nicht einmal wusste, wie dieses Ding hieß. Geschweige denn, was genau sie damit machen sollte. Weil es aber die einzige Erinnerung an ihren Vater war, verkaufte sie es nicht, sondern behielt es. Vielleicht war da so etwas wie Vorsehung im Spiel. Denn lange Jahre nach dem Tod ihres Vaters kam bei ihrem Sohn, mehr zufällig, ein schier unglaubliches Talent zum Vorschein. Obwohl Talent sicher nicht der richtige Ausdruck ist. Es war vielmehr eine Gabe, ein Gottesgeschenk oder, wenn dir das lieber ist, ausgleichende Gerechtigkeit, was der Peter da konnte. Jetzt willst du wahrscheinlich auch wissen, was da mit dem Peterle gewesen ist. Also hör zu.

4

Die Sache hat ganz harmlos angefangen. Eines Tages hatte die Karoline wieder einmal einen Berg fremder Wäsche zu bügeln und von daher nicht genügend Zeit, um sich um den Peter zu kümmern. Blöderweise regnete es und der Bub konnte nicht hinaus. Vor lauter Langeweile fing er an, im Haus herumzustöbern und stolperte dabei auch über den Instrumentenkoffer seines Großvaters und öffnete ihn. Voller Faszination begann er, mit dem Ding zu hantieren. Natürlich hatte der Bub nicht die geringste Ahnung, was er da in der Hand hielt, aber es glänzte so herrlich, dass er sich, wenn auch nur verzerrt, darin spiegeln konnte. Sein eigenes Gesicht brachte ihn dazu, laut zu lachen und immer wildere Grimassen zu schneiden. Außerdem hatte dieses Ding viele bewegliche Teile, die ihn mindestens genauso faszinierten. Freilich entdeckte er auch bald das Mundstück. Aber seine ersten Versuche, dem Instrument einen Ton zu entlocken, blieben erfolglos. Froh, neben dem Radfahren und seinen über alles geliebten Rittermärchen etwas gefunden zu haben, dass dem Peterle richtig Freude bereitete und mit dem er sich stundenlang beschäftigen konnte, überließ ihm die Karoline das für sie ohnehin sinnlose Drum. Allerdings nicht, ohne ihm spielerisch zu zeigen, wie er darauf ein paar Töne erzeugen konnte. Und ob du es glaubst oder nicht, damit war der Knirps dann wochenlang beschäftigt. Als dann einmal der Doktor Lasser vorbeikam, um seine Wäsche abzuholen, sah er, wie sich das Peterle mit dem für ihn zu großen Instrument abmühte und ging zu ihm. In seiner Kindheit hatte der Arzt selbst auf Drängen seiner Eltern ein Blasinstrument lernen müssen und konnte deswegen ein bisschen was spielen. Keine Glanztaten, aber immerhin ein paar nette kleine Melodien. Ganz nebenbei erklärte er im Tonfall des Gelehrten, dass es sich bei dem Instrument um ein Euphonium handelte. Eine Information, die für den Peter gelinde gesagt wertlos und für die Karoline absolut uninteressant war. Zwar versuchte der Peter, das Wort brav nachzusprechen, aber wirklich zu verstehen war es aus seinem Munde nicht. Das hat den Arzt aber gar nicht so arg gestört. Er nahm sich schließlich zwei Stunden Zeit um dem Jungen mehr schlecht als recht ein paar Liedchen vorzuspielen, und der Peter hörte ganz aufmerksam zu, bohrte dabei genussvoll in der Nase und rollte mit seinen blauen Augen. Aber nicht nur das. Nein. Er beobachtete auch ganz genau, was der Doktor mit seinen Fingern machte und wie er seinen Mund formte. In den nächsten Tagen begann für die Karoline und ihre Nachbarn eine Zeit des Leidens. Dank dem Doktor Lasser hatte der Peter nämlich endlich kapiert, wie er mit dem Ding umgehen musste, um ihm ein paar, wenn auch recht klägliche Töne zu entlocken und das wollte er natürlich auch zeigen. Aber diese Phase dauerte nicht allzu lange. Weil schon kurz darauf geschah das, was die Erzkatholischen im Ort als Gabe Gottes und ein echtes Wunder bezeichneten. Das Peterle spielte nämlich auf einmal die erste richtige Melodie. Und zwar ein Lied, das gerade im Radio lief, als er wieder einmal Nervensäge spielte. Das Peterle hörte erst auf mit seiner Dudelei, lauschte den Klängen aus dem Gerät und begann schließlich, das Lied nachzuspielen. Natürlich nicht perfekt. Wie auch? Aber doch so, dass die über alle Maßen erstaunte Karoline es eindeutig erkennen konnte. Sie traute kaum ihren Augen und ihren Ohren schon gar nicht. War das wirklich ihr Peterle, das da auf einmal so schön spielte? Und weil kein anderer mit einem Blasinstrument im Haus war, musste sie zur Kenntnis nehmen, dass es tatsächlich ihr Sohn war, der da von jetzt auf gleich musizierte. Zuerst wollte die Frau lieber keinem was davon erzählen, aber nach und nach haben natürlich immer mehr Leute mitbekommen, dass da auf einmal viel schönere Töne aus dem Haus gedrungen sind. Und was soll ich dir sagen? Schon nach relativ kurzer Zeit waren die Töne so schön, dass immer wieder jemand vor dem Haus stehen geblieben ist, um zu lauschen. Die Kundschaft von der Karoline ist auch immer wieder länger geblieben, um dem Spiel des Burschen zuzuhören. Der Peter selbst war während der Spielerei voll in seinem Element. Besonders gut gefiel ihm die Aufmerksamkeit, die ihm plötzlich entgegengebracht wurde. Er war zwar auch vor diesem Wunder schon gut behandelt worden, aber jetzt war das noch einmal etwas ganz anderes. Jetzt wurde er nicht mehr nur am Rande wahrgenommen, sondern erntete die volle Aufmerksamkeit aller. Was auch immer in dem Jungen vorgegangen sein mag, es beflügelte ihn, immer weiter zu üben. Und wer Talent hat und brav übt, kann irgendwann auch was. Und das Peterle konnte schon sehr bald sehr viel. Gar keine Frage. So ist es halt gekommen, dass der Peter sein

Instrument nicht mehr aus den Augen gelassen hat. Wenn er nicht spielte, verstaute er das Euphonium brav im Koffer, den er auf Schritt und Tritt mitnahm. Ja sogar mit ins Bett hat er das Ding genommen. Nur die Sache mit dem Fahrradfahren war für ihn ein bisschen blöd. Da konnte er den Koffer nämlich nicht mitnehmen. Halten war nicht möglich und für den Gepäckträger war er zu groß. Aber auch dafür hat sich rasch eine Lösung gefunden. Weil der alte Seltenhammer, der ein pensionierter Schuster war, sich des Problems annahm und zwei Lederriemen an dem Koffer befestigte, damit der Peter ihn wie einen Rucksack auf dem Rücken tragen konnte. Na, was glaubst du, wie der Junge da gestrahlt hat, als er wieder mit seinem Schatten um die Wette fahren konnte. Und die Karoline hat freilich auch gestrahlt, weil ihr Bub so offensichtlich glücklich war. Ganz aus dem Häuschen ist er dann gewesen, als der Kreuzbichler Sepp, seines Zeichens Kapellmeister der Dorfmusik, bei seiner Mutter vorsprach und sich erkundigte, ob sie wohl einverstanden wäre, den Buben hin und wieder in der Kapelle mitspielen zu lassen. Weil, so hat der Kreuzbichler gemeint, sich ein Euphonium im Gesamtgefüge der Kapelle sicher ganz toll machen würde. Da war die Karoline am Anfang ein bisschen skeptisch. Würde der Peter wirklich in der Dorfkapelle mitspielen können? Das war ja gleich noch mal etwas ganz anderes, als daheim ein Solo nach dem anderen zu spielen. Der Kreuzbichler Sepp hat das sehr pragmatisch gesehen und gemeint, dass, wenn man es nicht probiert, man es nie wirklich wissen wird. Da mag sich ein jeder denken was er mag, aber ganz von der Hand zu weisen war diese Logik nicht. Das hat auch die Karoline eingesehen und ihr Einverständnis gegeben. Schon bei der ersten Probe stellte sich heraus, dass das Peterle noch viel musikalischer war, als alle gedacht hatten. Er hatte nämlich überhaupt keine Schwierigkeiten damit, ein Lied nach dem anderen zu lernen und auch nicht mit seinem Einsatz. Nur mit dem Ruhigsitzen hat es längere Zeit nicht ganz so gut geklappt, weil der Bub Hummeln im Hintern gehabt hat, wie man gemeinhin so sagt. Aber gespielt hat er einfach nur wunderbar. So wunderbar nämlich, dass er noch im selben Jahr beim Weihnachtsblasen auf dem Dorffriedhof mitmachen durfte. Das war sein allererster Auftritt vor einem großen Publikum. In ein Engelskostüm gesteckt, mit Flügeln auf dem Rücken und einem goldenen Heiligenschein auf dem Kopf hat das Peterle so gefühlvoll Stille Nacht gespielt, dass vielen der Zuhörer nur so die Tränen runtergelaufen sind. So gerührt waren sie beim Anblick des kleinen Peter, der mit dem großen Instrument in der Hand so klein und zerbrechlich ausgesehen und all sein Herzblut in sein Spiel gelegt hat. Schöner, da waren sich nachher alle einig, hatte die Kapelle die Weihnachtslieder noch nie gespielt. Von da an ist das Peterle, sehr zu seiner Freude, fixer Bestandteil der Kapelle gewesen. Aber das ist eben vor dem großen Regen passiert und bevor sich alles so dramatisch geändert hat.

5

Für den Pfarrer Römer waren die Wochen vor dem großen Fest auch eine aufregende Zeit. Aber nicht, weil er Ärger mit seinen Schäfchen gehabt hätte, oder so. Nein, überhaupt nicht. Es war nur so, dass er bei dem Fest eine Messe lesen sollte. Und weil auch er die Meinung vertreten hat, dass eine 150-Jahr-Feier nicht irgendein larifari Ereignis war, wollte er selbstverständlich eine ganz besonders schöne und gehaltvolle Predigt vorbereiten. Jetzt sollte man meinen, dass das für jemanden, der für seine tollen Predigten bekannt war, keine besonders große Aufgabe gewesen ist. Aber weit gefehlt. Weil etwas zu übertreffen, was immer schon hervorragend war, war keine leichte Übung. Das hat schon bei der Wahl des Themas angefangen. Immerhin hat der Römer jeden Sonntag gepredigt und hatte in der Vergangenheit von daher natürlich schon über so ziemlich jede menschliche Schwäche, jedes göttliche Gebot und was weiß ich noch alles geredet. Die Geschichte des Ortes, also dieses ganze historische Zeugs, würde sowieso der Bürgermeister in seiner Rede aufarbeiten. Das konnte er getrost vernachlässigen. Eine moralische Rückschau ist dem Römer nicht besonders klug vorgekommen, weil er gemeint hat, die Dorfbewohner an die tragischen Ereignisse der letzten Jahre zu erinnern, könnte sich eventuell negativ auf die Stimmung auswirken. Damit hatte er sicher nicht ganz unrecht. Gerade während seiner Amtszeit hatten sich die Ortsbewohner, moralisch betrachtet, nicht gerade mit Ruhm bekleckert. Das musste man grundsätzlich schon sagen. Aber halt nicht am Jubeltag. Da musste was anderes her. Eher mehr was Heiteres, verstehst du? Jetzt stehen in der Bibel aber nicht gar so viele lustige Sachen. Ergo ist dieses Buch für den Römer als Quelle der Inspiration ausgeschieden. Die vielen Kleinigkeiten, die im Ort so passiert sind, haben auch nicht genügend Stoff für eine längere Predigt hergegeben. Ich meine, versetz dich doch bitte einmal in die Lage von dem Gottesmann. Wirklich gute Erfahrungen hatte er bis dahin mit seinen Schäfchen, die in der Mehrzahl eine Schar von scheinheiligen Pharisäern waren, ja nicht gemacht. Was also wäre geeignet gewesen, lobend erwähnt zu werden? Die Tratscherei? Die Streiterei? Die ständigen Intrigen? Oder vielleicht gar die Ignoranz der Menschen? Alles in allem wohl kaum Themen, um ein positives Stimmungsbild bei den Zuhörern zu erzeugen. Lügen waren für Hochwürden aufgrund seiner Stellung natürlich nicht drin. Gar keine Frage. Nicht einen Gedanken hat der Römer daran verschwendet. Ich meine, wo kämen wir denn da hin, wenn sogar der Herr Pfarrer ein Lügner wäre? Unvorstellbar so etwas! Na gut, heutzutage vielleicht nicht mehr ganz so undenkbar, aber damals schon. Früher ist so ein Priester oft gar nicht in die Situation gekommen, lügen zu müssen. Noch nicht einmal hinter vorgehaltener Hand ist über Geschehnisse getuschelt worden, die dir heutzutage in den Nachrichten aufs Auge gedrückt werden, ob du es wissen willst oder nicht. Damals hätte zum Beispiel kein Mensch erfahren, wie sich die Mönche in so mancher Abtei ihre Freizeit miteinander vertrieben haben. Vom Pornoschauen im Internet brauchen wir da gar nicht erst reden, weil es das Internet damals ja noch gar nicht gegeben hat. Vielleicht waren aber auch die Ministranten in dieser Zeit einfach nur härter im Nehmen und haben sich deshalb erst gar nicht beschwert. Wer weiß? Spielt aber im Hinblick auf das Dilemma vom Römer sowieso keine Rolle. Weil erstens hat der, von seinen gelegentlichen Frauengeschichten einmal abgesehen, mit solchen Verfehlungen nichts am Hut gehabt. Und zweitens hätten sich diese Dinge auch nicht für seine Predigt geeignet. Zu seinem Glück hatte der Gottesmann aber noch genügend Zeit, um sich den Kopf über die richtigen Worte zu zerbrechen. Er nahm sich auf jeden Fall ganz fest vor, intensiv für eine göttliche Eingebung zu beten. Schaden konnte das schließlich nicht.

6

Als Hauptredner war selbstverständlich der Herr Bürgermeister vorgesehen. Dem ist es derweil auch nicht viel besser ergangen als dem Kirchenhirten. Seit Tagen war der Fürnkranz Josef damit beschäftigt, seine Rede zu schreiben. Und stell dir vor, er hatte noch nicht mehr als eine halbe Seite geschafft. Hättest du ihn damals gefragt, dann hätte er dir wahrscheinlich versichert, dass es eine sehr gute halbe Seite gewesen sei. Das mag durchaus auch so gewesen sein. Aber gereicht haben die paar Zeilen freilich nicht. Natürlich hat der Fürnkranz das selber auch gewusst. Er war ja schließlich kein Depp. Aber ändern konnte er es halt auch nicht. Schon die wenigen Worte, die bisher auf dem Blatt standen, hatte er sich mühsam abringen müssen. Trotzdem, oder vielleicht gerade weil er sich so bemüht hatte, klang seine Rede ein kleines bisschen hölzern. Zumindest ist ihm das in den Momenten, in denen er ehrlich zu sich selbst war, so vorgekommen. Dabei war er immer noch bei der Einleitung. Sein einziger Vorteil gegenüber dem Römer war, dass er sich nicht so viele Gedanken über das Thema machen musste. Die Entwicklung des Ortes bot genügend Daten und Fakten, um zumindest ein tödlich langweiliges Geschichtsreferat zu halten. Viel mehr Themen wollte der Fürnkranz auch gar nicht verarbeiten. Weil was das Menschliche angegangen ist, hat er sich da viel lieber auf den Pfarrer Römer verlassen. Für das Menschliche und all das moralische Zeugs und für den Frieden mit Gott war der Kirchenhirte ganz allein zuständig. Fand zumindest der Herr Bürgermeister. Von daher kannst du schon erkennen, dass die beiden Herren so etwas wie eine stillschweigende Arbeitsaufteilung hatten. Weil miteinander geredet hatten sie noch nicht. In dem Fall war das aber völlig egal, weil sowieso nichts anderes rausgekommen wäre. Wie dem auch sei. Jedenfalls hatte das Dorfoberhaupt auch so seine Probleme mit dem Verfassen einer Rede und beschloss, sich Hilfe zu holen. Und weil er nicht so recht wusste, wer im Ort dieser Anforderung gewachsen sein könnte, und ihm beim besten Willen niemand anderer eingefallen ist, hat er den Postenkommandanten angerufen und zu sich ins Büro gebeten. Fragen, so dachte sich der Fürnkranz, konnte ja nicht schaden. Insgesamt gesehen war das wahrscheinlich gar keine schlechte Idee. Woher hätte der Herr Bürgermeister auch wissen sollen, dass der Ordnungshüter intensiv damit beschäftigt war, der Hitze des Tages aus dem Weg zu gehen und von daher nicht die geringste Lust verspürte, zur Gemeinde zu latschen, um dort an einer Rede zu basteln, die er gar nicht halten würde. Hingegangen ist er, um des lieben Friedens willen, natürlich trotzdem. Mit einem so grantigen Gesichtsausdruck, dass die Leute, die ihm begegneten, die Straßenseite gewechselt haben. Grund für seine üble Laune war einerseits, dass er nicht verstehen konnte, wieso jemand, der freiwillig in der Politik tätig war und deswegen dauernd irgendwelche Ansprachen halten musste, nicht wusste, was er bei einer vergleichsweise harmlosen Veranstaltung wie dem Dorffest sagen sollte. Andererseits hatte er über die Sache nachgedacht und erkannt, dass er selbst auch keine guten Ideen für eine Rede hatte. Eine Tatsache, die sicher Stress bedeutete. Dem Strobel reichte es nämlich schon ganz und gar, dass ihm der Major Schuch ständig damit in den Ohren lag, dass man dringend ein Verkehrskonzept erstellen müsse, weil das Fest immerhin ein ganzes Wochenende dauere und der Ort somit zumindest zwei Tage lang nicht passierbar sein würde. Den Einwand vom Strobel, dass man wegen den drei oder vier Autofahrern, die normalerweise an so einem Wochenende durch Tratschen fahren wollten, keinen großen Wirbel zu machen brauche, ließ der Offizier nicht gelten. Er blieb stur und bestand auf ein schriftliches Konzept. Jetzt wusste der Strobel aber nicht so ganz genau, wie so ein Konzept ausschauen musste, oder was genau da drinnen stehen sollte, und hatte von daher noch keine Zeile geschrieben. Noch nicht einmal eine Überschrift hatte er zustande gebracht. Und ausgerechnet in einer solchen Notsituation kam der Bürgermeister mit seiner Rede daher. Das schrie geradezu nach Überforderung. Also nur logisch, dass der Ordnungshüter auf seinem Marsch zur Gemeinde von einem Strahlemann weit entfernt gewesen ist. Eher wie eine Zwiderwurzen hat er ausgeschaut. Daran hat diesmal auch das Peterle nichts ändern können, als es in seiner selbst gebastelten Ritterrüstung, die aus einem bunt bemalten Pappschild, einem mindestens genauso farbenfrohen Brustpanzer aus Pappe, einem alten, ledernen Pilotenhelm samt Schutzbrille und einem Holzschwert bestand, auf dem Fahrrad an ihm vorbei sauste und »Hüh-ha, hüh-ha« rief, als gelte es, ein Pferd anzutreiben. Normalerweise fand der Strobel das sehr lustig und beobachtete den Jungen bei seinem Spiel. Aber diesmal nahm er ihn kaum wahr. So einen Zorn hat er gehabt. Dass er nicht mitgekriegt hat, dass der Zirkus in die Stadt gerollt ist, lag aber nicht an seinem Zorn, sondern schlicht an der Tatsache, dass er am falschen Ende des Ortes war, als die Wagen kamen.

7

Im Gegensatz zum Strobel haben die Leute am anderen Ortsende den Zirkus sehr wohl kommen sehen und es hat deshalb gar nicht lange gedauert, bis etliche Ortsbewohner auf der Straße waren, um den Zug der Zirkuswagen zu bestaunen und zu begrüßen. Lachend winkten sie den vorbeifahrenden Artisten und den neben den Wagen laufenden Clowns zu. Vom Kleinkind bis zur Urgroßmutter waren alle dabei. Irgendwie ist der Mensch für den Zirkus halt nie wirklich zu alt. Die bunten Kostüme, die exotischen Tiere und die nach außen hin immer fröhlichen Menschen vermittelten auf den ersten Blick den Eindruck einer völlig sorglosen Welt mit jeder Menge Raum für die persönliche Freiheit. Bei genauer Betrachtung stellte sich allerdings schnell heraus, dass das nicht ganz der Realität entsprach. Mit grenzenloser Freiheit und leben auf rosaroten Wolken hatte so ein Zirkus nämlich gar nichts zu tun. Ganz im Gegenteil. Normalerweise war der Tagesablauf von Disziplin und festen Abläufen geprägt, die kaum Platz für Freiheit ließen. Genau wie heutzutage auch, musste so ein Zirkus damals ganz schön ums Überleben kämpfen. Immerhin war da ein Haufen hungriger Mäuler, die von den Eintrittsgeldern gestopft werden wollten. Außerdem glaube ich persönlich, dass es nicht jedem gegeben ist, ein Leben auf ständiger Wanderschaft zu führen. Zu Heimweh darfst du jedenfalls nicht neigen, wenn du dich für so ein Leben entscheidest. Aber wie dem auch sei. Jedenfalls ist an diesem Tag ein Wanderzirkus nach Tratschen gekommen und die Leute haben einen Platz gesucht, an dem sie ihre Wagen ab und ihr Zelt aufstellen konnten. Du kannst dir wahrscheinlich schon denken, dass das eine Sache gewesen ist, die für Aufregung unter den Dörflern gesorgt hat. Aber nicht nur vor lauter Freude. Die Zirkusgeschichte hat nämlich einmal mehr dafür gesorgt, dass sich zwei Lager gebildet haben. Eines, das der Meinung war, dass man diesen Zirkus so kurz vor dem Jubiläumsfest nicht wirklich im Ort brauchen konnte, und ein anderes, das sich dafür aussprach, den Zirkus, falls möglich, in das Fest einzubinden. Einig waren sich beide Seiten lediglich darüber, dass es ein Platzproblem gab. Weil auf dem Hauptplatz konnte man so ein Riesenzelt schlecht aufstellen. Auch der Fußballplatz war da keine Alternative. Dort sollten nämlich eine Bühne für die Dorfmusik, die Fahrgeschäfte und die Schaustellerbuden aufgebaut werden. Von daher also auch kein Platz für Akrobatik. Auf einer Wiese außerhalb des Ortes passte es einigen der Verantwortlichen auch nicht, weil sie befürchteten, eine Konkurrenz zu ihrem eignen Fest zu schaffen. In dem ganzen Hin und Her bewahrten die Zirkusleute ihre Ruhe und beschlossen erst einmal, ihr Lager in der Nähe des Dorfes aufzuschlagen und dort zu warten, bis eine endgültige Entscheidung fiel. Wahrscheinlich kannten sie derartige Diskussionen schon zur Genüge und wussten, dass sie mit wütenden Protesten nichts erreichen würden. Also setzten sie auf Geduld und sollten damit Recht behalten. Weil die lange Geschichte kurz erzählt, ist, dass die Sache am nächsten Tag schon ganz anders ausgeschaut hat. Da hat nämlich der Herr Graf höchstpersönlich die Situation gerettet, indem er einfach den Garten seines Schlosses für die Zirkusleute zur Verfügung stellte. Jetzt fragst du dich vielleicht, von welchem Grafen ich da eigentlich rede, weil du bis jetzt noch nie etwas von dem Mann gehört hast. Das ist eine berechtigte Frage, wie ich zugeben muss. Aber bis jetzt hat es keinen Grund gegeben, etwas über den Mann zu erzählen. So einfach ist das. Obwohl er gar nicht einmal so unwichtig gewesen ist, der Herr Graf. Weil abgesehen davon, dass ein großer Teil der Felder rund um Tratschen zu seinem Besitz zählten, gehörte ihm auch das Schloss, das, umgeben von einer Mauer aus roten Ziegeln, nahe dem Ortszentrum auf einem Hügel stand. Na ja, vielleicht ist Hügel ein bisschen übertrieben. Sagen wir, es war eher eine leichte Wölbung im Erdboden. Aber so wichtig ist das ja auch wieder nicht. Weil schön anzuschauen war das Schloss in jedem Fall. Zumindest die Teile, die von der Straße aus zu sehen waren. Hinter den Kulissen hat das etwas anders ausgeschaut. Da hat man deutlich erkennen können, dass die Monarchie vorbei war und ehemals Adelige schon einmal bessere Zeiten gehabt hatten. Weil genau genommen war der Graf ja kein Graf mehr. Zumindest hat er sich nicht mehr so nennen dürfen. Das Tragen von Adelstiteln ist in Österreich nämlich schon im Jahr 1919 abgeschafft worden. Trotzdem hätte man damals noch denken können, der Herr Graf war immer noch so etwas wie der Lehensherr in Tratschen. So untertänig haben sich nämlich viele der Ortsbewohner verhalten. Überhaupt die Älteren, die von ihren Großeltern und Eltern noch gewusst haben, dass man dem Grafen mit großem Respekt begegnen und ihm dankbar sein musste für alles, was er für den Ort so getan hatte. Was auch immer das im Einzelnen gewesen sein mag. Diesmal hat er eben dafür gesorgt, dass der Zirkus dableiben konnte. Aber nicht, dass du jetzt glaubst, der Herr Graf ist so ein Gutmensch gewesen und hat das für die Leute im Ort gemacht. Überhaupt nicht. Für seine eigenen Kinder hat er das gemacht. Weil die beiden verwöhnten Fratzen so ein irrsinniges Theater gemacht haben, als es geheißen hat, dass der Zirkus nicht bleiben könne. Die Tatsache, dass die Sprösslinge so offensichtlich unglücklich gewesen sind, hat natürlich dann die Frau Gräfin auf den Plan gerufen, die wiederum ihrem Mann allein mit ihren vorwurfsvollen Blicken nahegelegt hat, etwas zu unternehmen. Und weil der Herr Graf genau wusste, was seine Alte für eine furchtbare Zicke sein konnte, hat er eben was gemacht. Nicht aus Liebe zur Familie, sondern aus reiner Notwehr. Die Motive seiner Frau Gemahlin sind nicht viel edler gewesen. Da war auch nichts mit extremer Mutterliebe. Überhaupt nicht. Der Frau Gräfin ist es nur darum gegangen, die quengelnden Bälger ruhigzustellen. Ich meine, heutzutage stellen Eltern die kleinen Quälgeister mit Fernsehen, Computerspielen oder Smartphones ruhig. Oder sie geben ihnen sobald sie aus der Volksschule draußen sind so viel Taschengeld, dass sie ins Kaffeehaus gehen können. Hauptsache kein Lärm in der geheiligten Freizeit. Wenn du jetzt sagst, das machen nicht alle Eltern so, muss ich dir zustimmen. Gott sei Dank nicht! Aber leider sind es immer noch viel zu viele, die getrieben von ihren Interessen, die ihrer Kinder nicht ganz so ernst nehmen. Genaugenommen tut weder das noch das Familienleben vom Grafen hier etwas zur Sache. Weil für die Geschichte ist nur wichtig, dass der Zirkus in Tratschen geblieben ist. Aber eins nach dem anderen. Lass mich zuerst zum Strobel und dem Bürgermeister zurückkommen.

8

Alles deutete also auf ein wunderbares Fest mit vielen Attraktionen hin. Natürlich ganz zur Zufriedenheit des Bürgermeisters. Abgesehen von seiner eigenen Rede waren die Vorbereitungen in vollem Gange und kamen gut voran. Und während also der Zirkus unter dem Applaus der Bewohner in den Ort kam, saß der Strobel im Büro des Ortsvorstehers und diskutierte über mögliche Inhalte der Ansprache. Und wie das halt oft so ist, war dem Bürgermeister so schnell nichts recht. Da hat sich der Strobel glatt auf die Zunge beißen müssen, um nichts Falsches zu sagen. Zumindest nicht laut. Sein imaginärer Bart hat sich nämlich einiges anhören müssen. Kein Wunder. Weil genau genommen war es schon ganz schön unverschämt vom Fürnkranz alles schlecht zu machen, was der Strobel vorgeschlagen hat. Immerhin hatte er selbst keine besseren Ideen auf Lager. Sonst hätte er den Gendarmen ja nicht gebraucht. Dauernd blöd daherreden und selbst keine einzige Idee zu haben, kommt selten gut. Da muss man den Strobel schon verstehen. Rausgekommen ist zwei Stunden lang gar nichts. Dann hat der Strobel die dauernden Sprüche vom Fürnkranz endgültig satt gehabt und ihm gesagt, dass er die Rede lieber daheim fertig machen wolle, weil er da einfach mehr Ruhe habe. Und siehe da, der Bürgermeister hat den Ernst der Lage gleich erkannt und diese Entscheidung vorerst nicht kommentiert. Eine weise Haltung. Zumindest für diesen Augenblick. Gekommen ist es wegen dieser Zirkuszeltsache sowieso anders. Die viele Streiterei unter den Ortsbewohnern kostete den Strobel nämlich jede Menge Zeit. Von ihm aus hätte also der Graf seine Entscheidung schon viel früher bekannt geben können. Hat er aber halt nicht getan. Sei's drum. Weitere zwei Tage später hat sowieso kein Hahn mehr nach den ganzen Diskussionen gekräht. Einzig ein paar von den abergläubischen Leuten haben großes Unheil vorhergesehen, weil sie der Meinung waren, dass mit dem Zirkus auch das Böse nach Tratschen gekommen war. Nämlich in der Gestalt der

Zwerge, die sich mit ihren dicklichen Ärmchen und Beinchen und ihren hinterhältig dreinschauenden Äugelein als Clowns getarnt ins Dorf geschlichen hatten, um Unheil zu verbreiten. Sie, da waren sich die Abergläubischen sicher, waren an all dem schuld, was später passiert ist. Sogar am großen Regen. Gesagt haben sie das freilich erst, nachdem das alles schon passiert war. Keine Ahnung, warum die Hellseher unter uns immer erst nach der Katastrophe kommen, um uns mit erhobenem Zeigefinger wissen zu lassen, dass sie es immer schon gewusst und dazu noch kommen gesehen haben, dass so etwas einmal passieren würde. Das ist heutzutage noch immer nicht anders als damals. Dieser Montag ging in Tratschen jedenfalls relativ hektisch zu Ende und der Strobel wünschte sich fast, er hätte sich, genau wie der Pfaffi, in dieser Woche Urlaub genommen. Und das, obwohl er noch nicht einmal wusste, was der Rest der Woche alles bringen würde.

9

Am Dienstag ging es noch. Wie schon gesagt entschied der Graf, dass der Zirkus auf seinem Grund und Boden bleiben könne, und sorgte damit halbwegs für Ruhe unter den Streithähnen. Jeder, der Zeit hatte, half bei den Festvorbereitungen und die Leute stöhnten unter der wahnsinnigen Hitze. Derweil spielten die Kinder unbeschwert im Freien. Ein Stück heile Welt also. Auch für den Peter, der seine Ritterrüstung angezogen und seinen Drahtesel gesattelt hatte, um zusammen mit einigen anderen Kindern den Zirkus zu erkunden. Wie Richard Löwenherz an der Spitze seines Heeres fühlte er sich, als er auf seinem Fahrrad mit dem Holzschwert in der hocherhobenen Hand vor den übrigen Kindern durch den Ort in Richtung Schlosspark brauste. Die Enttäuschung war groß, als sie feststellen mussten, dass die Männer gerade erst dabei waren, das Zelt aufzubauen und es deshalb noch nicht viel zu sehen gab. Für den Peter allerdings schon. Der hatte nämlich noch nie in seinem Leben ein Zelt gesehen. Schon gar nicht wusste er, wie man ein solch gewaltiges Ding aufstellte. Und auch wenn er nicht der hellste Junge im Universum war, so war er doch mit einer gehörigen Portion Neugier ausgestattet, die ihn dazu brachte, abzusitzen, sich auf die Schlossmauer zu hocken und die Vorgänge im Park zu beobachten. Seinen Soldaten war dieses Schauspiel freilich bald zu fad und sie fuhren in den Ort zurück. Der Peter aber blieb bis das Zelt stand. Danach sprang er von der Mauer und ging, ganz stolzer Ritter, auf die Wohnwagen zu, die unweit des Zeltes aufgestellt waren. Völlig fasziniert von dieser für ihn komplett neuen Welt sah er sich um. Die bunten Wagen, das emsige Treiben, die vielen fremden Menschen und die Käfige, die neben den Wohnwagen standen. Alles total spannend für das Peterle. Überhaupt der Käfig, der mit einer Plane abgedeckt ganz hinten in der Reihe stand. Wie von einem großen Magneten angezogen, ging er direkt auf diesen Käfig zu. Er wollte unbedingt wissen, was sich darin befand. Von daher ließ er sich von dem Seil, das als Absperrung dienen sollte, nicht beirren, sondern kroch einfach darunter durch, um so nah wie möglich an die Gitterstäbe zu kommen. Und siehst du, da musste er gleich einmal die Erfahrung machen, dass Neugier nicht unbedingt eine gesunde Sache sein muss. Kaum stand er nämlich vor dem mittleren Käfig, schoss eine ziemlich große Gestalt mit einem riesigen, offenen Maul brüllend auf ihn zu. Zuerst erschrak das Peterle ziemlich heftig, als er die Bestie sah und ihr Gebrüll hörte. Aber erstaunlich rasch fing er sich wieder, umklammerte sein Schwert fester und brüllte nun seinerseits in den Käfig. Dabei stocherte er mit dem Schwert zwischen den Gitterstäben herum und versuchte das Monster zu treffen. Der Löwe war irritiert und versuchte, das Schwert mit seiner Pranke zu erwischen. Dabei fauchte er wie verrückt. Mitten im schönsten Zweikampf trat dann auch noch ein Riese auf den Plan. Den sah der Peter allerdings nicht, weil er von hinten kam. Kein Wunder also, dass es dem Riesen ohne große Mühe gelang, den tapfer kämpfenden Ritter zu packen und in die Höhe zu reißen. Da quietschte der Peter vor Schreck wie ein abgestochenes Ferkel und ließ sein Schwert fallen. Völlig wehrlos hing er da in der Luft herum und hatte das Gefühl, in einen Schraubstock geraten zu sein. So fest drückte ihn der Riese, bei dem es sich um niemand anderen als den Zirkusdirektor handelte. Der hatte nämlich die wilde Brüllerei gehört und war herbeigeeilt, um nach dem Rechten zu sehen. Na, was glaubst du, was der Mann für einen Schreck gekriegt hat, als er den Buben so nah vor dem Löwenkäfig entdeckte? Dementsprechend heftig reagierte er freilich auch. Zornig schrie er den strampelnden Jungen an, er solle sich gefälligst von den Käfigen fernhalten und nachhause gehen. Ich meine, woher hätte der Mann auch wissen sollen, dass ihn das Peterle gar nicht richtig verstehen konnte? Schließlich kannte er den Buben ja nicht. Der Peter seinerseits schrie den Mann an, er solle ihn wieder runterlassen. Aber der verstand die undeutliche Sprechweise des Kindes nicht. Und weil der Peter sich immer heftiger gegen den Griff des Riesen wehrte, begann der seinen Gefangenen immer heftiger zu schütteln. Es dauerte nicht lange, bis schließlich auch andere Zirkusangehörige etwas von dem Kampf zwischen David und Goliath mitbekamen, nachschauten, was genau da bei den Käfigen los war und den Riesen soweit beruhigten, dass er den sichtlich mitgenommenen Buben auf dem Boden absetzte. Wieder schrie der Riese etwas, das der Peter nicht verstand. Es war ihm auch egal, weil er nicht reden, sondern handeln wollte. Kaum stand er mit beiden Beinen auf der Erde bückte er sich, schnappte sein Schwert und zog es dem Riesen ein paar Mal mit aller ihm zur Verfügung stehenden Kraft über das Schienbein, dass es nur so krachte. Solange nämlich, bis die Zwerge angerannt kamen, um ihn an weiteren Schlägen zu hindern. Der Zirkusdirektor hüpfte auf einem Bein herum und schrie vor Schmerz. Sein Gesicht war fast lila vor Zorn. Als der Schmerz nachließ, suchte er den Jungen und es sah ganz so aus, als wollte er sich auf ihn stürzen, um ihn zu verprügeln. Schützend stellten sich die Zwerge vor den Peter und eine resolut klingende Frauenstimme forderte den Mann auf, den Peter gefälligst in Ruhe zu lassen. Der hatte in der Zwischenzeit drei Entdeckungen gemacht. Nämlich dass sein Gegner, vom Boden aus betrachtet, noch größer aussah als von oben, dass er bei dem Kampf seine Rüstung eingebüßt hatte und dass in dem kleinsten der Käfige offenbar ein Mädchen saß, das die Plane mit einer Hand zur Seite geschoben hatte, um den Kampf zu beobachten. Weil aber ein Ritter ohne Rüstung ziemlich schutzlos und leicht verletzlich ist, war der Peter plötzlich dabei, sich unglaublich zu fürchten. Sein Heldenmut verflog so schnell wie er gekommen war und der tapfere Ritter schrumpfte wieder zum Kind. Ein Blick auf die Reste seiner Montur genügte ihm, um festzustellen, dass da nichts mehr zu retten sein würde. Er drängte sich zwischen den Zwergen hindurch, lief so schnell ihn seine Beine trugen zu seinem Fahrrad, sprang hinauf und fuhr wie der Teufel in Richtung Ortsmitte davon, ohne sich auch nur einmal umzudrehen. Deshalb sah er natürlich auch nicht, dass ihm niemand folgte. Daheim angekommen warf er das Rad vor die Haustür, lief hinein und versteckte sich in seinem Zimmer. Und zwar dort, wo er sich immer verkroch, wenn er Angst hatte oder traurig war. Unter seinem Bett. Dort blieb er mit klopfendem Herzen eine gefühlte Ewigkeit liegen und rührte sich nicht. So lange, bis er die Stimme seiner Mutter hörte, die in der Küche seinen Namen rief.

10

Derweil hockte der Strobel wieder hinter seinem Schreibtisch. Ratlos starrte er auf das Papier, das in der Schreibmaschine eingespannt darauf wartete, beschrieben zu werden. Zwar hatte sich der Strobel vorgenommen, den Wunsch des Majors nach einem schriftlichen Verkehrskonzept zu befriedigen, aber mangels Erfahrung auf diesem Gebiet war ihm bis zu diesem Moment noch nicht einmal eine passende Überschrift eingefallen. Genauso wenig wie dem Berti, den er mit dieser Frage natürlich auch schon konfrontiert hatte. Und so saßen die beiden Gendarmen eben auf ihren Sesseln, schwitzen und sinnierten vor sich hin. Der Strobel konnte sich partout nicht entscheiden, ob er »Verkehrskonzept« oder einfach nur »Konzept« als Überschrift nehmen sollte. Er und der Berti waren sich bisher nur darüber einig geworden, dass die Überschrift so kurz wie möglich ausfallen musste. »Kurz und prägnant«, wie der Strobel während des Gespräches mehrfach mit erhobenem Zeigefinger betonte. Wie das halt auch bei Berichten über alle möglichen Geschehnisse der Fall war. Nur, dass es dafür in der Kanzleiordnung festgelegte Überschriften gab. Die Dinger durften hochoffiziell »Anzeige«, »Strafanzeige«, »Vorfallenheitsbericht« und was weiß ich noch alles für Überschriften tragen. Aber eine Überschrift für ein schriftliches Verkehrskonzept hat es in dieser Kanzleiordnung nicht gegeben. Wahrscheinlich auch deshalb, weil so etwas in der guten alten Zeit noch nie irgendwer gebraucht hatte. Schon gar nicht in der Kaiserzeit, in der diese Kanzleiordnung entstanden war. War die Straße durch den Ort aus irgendwelchen Gründen nicht passierbar, sind die Leute einfach hintenherum gefahren. Da hat keiner ein großes Thema daraus gemacht. Aber jetzt, wo fast jede Familie zumindest ein Auto besaß und die Hauptstraßen alle asphaltiert waren, war plötzlich alles anders. Ziemlich sicher, so dachte sich der Strobel, waren da die Amerikaner nicht ganz unschuldig. Weil schließlich haben die dauernd irgendwelche sinnlosen Sachen erfunden und erforscht und der Rest der Welt hat das alles toll gefunden und nachgemacht. Ohne Rücksicht darauf, ob man es gebraucht hat oder nicht. Heute ist das ein bisschen anders. Zumindest hier in Österreich. Wir schauen nicht mehr, was die auf der anderen Seite des großen Teiches so treiben, sondern machen meistens brav nach, was die Deutschen tun. Vielleicht ist das ja gar nicht schlecht, weil die ja immerhin für ihre Gründlichkeit berühmt sind. Trotzdem glaube ich persönlich, dass es manchmal nicht schaden könnte, mit dem Nachäffen zumindest solange zu warten, bis sich die Sache bei den Nachbarn bewährt hat. Aber wie dem auch sei. Das war ja nicht wirklich dem Strobel sein Problem. Der hat eben kein passendes Wort für ein Verkehrskonzept in der Kanzleiordnung finden können. Das war für den gründlichen Mann natürlich eine mittlere Katastrophe. Immerhin war es auch möglich, dass es schon ein Wort dafür gab und der Strobel den entsprechenden Befehl übersehen hatte. In so einem Fall hätte er dann natürlich einen schweren Fehler gemacht, wenn das Schriftstück den falschen Titel oder gar die falsche Geschäftszahl bekommen hätte. Du musst nämlich wissen, dass es neben der Kanzleiordnung auch noch einen Aktenplan gegeben hat, in dem jedem möglichen Vorgang eine eigene Geschäftszahl zugeordnet war. Von daher war das fehlende Wort in der Kanzleiordnung in Wahrheit nur das halbe Problem, weil es eben auch keine Geschäftszahl gegeben hat. Wie um alles in der Welt sollte der Strobel als einfacher Dorfgendarm ein derartiges Problem lösen? Jetzt kannst du natürlich sagen, er hätte einfach den Major anrufen und ihn fragen können. Und damit hast du grundsätzlich auch recht. Aber du darfst halt auch nicht vergessen, dass sich der Strobel seinem Intimfeind gegenüber keine Blöße geben wollte. Schon gar nicht wollte er den Major Schuch mit der Nase auf die Tatsache stoßen, dass er mit diesem Blödsinn noch immer nicht fertig war. Ergo schied diese Möglichkeit aus. Seine Erkundigungen bei den Kommandanten der umliegenden Dienststellen hatten diesbezüglich keinerlei Ergebnisse gebracht. Die Herren waren ebenso ratlos wie der Strobel. Aber immerhin erbat sich jeder einzelne von ihnen, der Strobel möge sie doch, für den Fall, dass sie einmal in eine ähnliche Situation geraten sollten, über die Entwicklung dieser prekären Angelegenheit auf dem Laufenden halten. Mitten in seine Gedanken hinein platzierte der Berti eine Frage.

»Warum nennst es denn nicht einfach Verkehrskonzept?«

»Geht nicht. Weil's das Wort offiziell nicht gibt! Es gibt überhaupt kein Wort dafür!«

»Na, dann lass doch die Überschrift ganz einfach weg.«

Vom Logischen her war das eigentlich ein guter Ansatz, den der Berti da gehabt hat, aber für den Strobel natürlich überhaupt kein gangbarer Weg. Ohne Titel und ohne Zahl war es einfach unmöglich, das Ding zu verschicken. Ich will dich aber jetzt nicht länger mit der Sache langweilen. Die lange Geschichte kurz erzählt ist nämlich, dass der Strobel kurz vor seinem Dienstende eine Lösung für das Problem fand und zu Papier brachte. Stolz las er dem Berti vor, was ihm eingefallen war.

»Lösung der, sich anlässlich der 150Jahresfeier der Ortsgemeinde Tratschen, aus der notwendigen Sperre der Landeshauptstraße 3 und der damit verbundenen Umleitung des Fahrzeugverkehrs ergebenden Verkehrsprobleme.«

»Kurz und prägnant«, meinte der Berti trocken und grinste seinen Chef blöd an. Der ignorierte die Reaktion seines Mitarbeiters völlig und entschied, dass er sich nach dieser Anstrengung eine Erfrischung verdient hatte und beschloss zum Wenger zu gehen und sich im Schatten der Kastanienbäume ein kühles Bier zu gönnen. Weil, so dachte der Strobel, den Rest des Konzeptes konnte er, jetzt, da es eine Überschrift gab, getrost am nächsten Tag schreiben. Ein Irrtum, wie sich nach einer schwülen und ereignislosen Nacht herausstellen sollte.

11

Wie immer erwachte der Ort relativ früh zum Leben. Zu einem wesentlich hektischeren allerdings, als es sonst der Fall war. An allen Ecken und Enden werkelten Menschen geschäftig vor sich hin und auch im Schlosspark waren die Zirkusleute bereits eifrig damit beschäftigt, ihrem Zelt den letzten Schliff zu geben. Der Pfarrer Römer spazierte schon um halb sieben Uhr in Richtung seiner Kirche, um sich in Ruhe auf den Gottesdienst vorzubereiten. Auf den Stufen hielt er einen Moment inne und beobachtete das Treiben auf dem Hauptplatz, wo einige Männer damit beschäftigt waren, Buden aus Holz aufzustellen. Einmal rund um den Platz. Bei diesen Buden würde es später so allerlei Köstlichkeiten zu kaufen geben. Mit einem zufriedenen Lächeln im Gesicht verschwand der Gottesmann im kühlen Inneren seiner Arbeitsstätte, um sich mit seinem Chef in Einklang zu bringen. Der Strobel war ebenfalls, genau wie auch der Berti, schon auf dem Weg zum Gendarmerieposten, wo die Fürnkranz Marie mit dem Putzen schon fast fertig war. Weil auch die Marie war dieser Tage wesentlich beschäftigter als sonst. Sie half nämlich bei der Vorbereitung des Blumenschmuckes. Immerhin hatte sie ja einmal in der Gärtnerei gearbeitet und sich dabei die nötigen Fertigkeiten angeeignet. In den Wirtshäusern herrschte ebenfalls schon rege Betriebsamkeit. Schließlich wollten Unmengen an Gulasch vorgekocht werden, das ja bekanntlich immer besser schmeckt, je öfter man es aufwärmt. Außerdem hatte jeder der Wirte seinen eigenen Stand und demnach einen Haufen Arbeit. Die Frau vom Bürgermeister stand schon zu dieser frühen Stunde bei der Karoline vor der Tür, um ihr einen riesen Berg rot-weiß karierter Tischtücher zum Waschen zu bringen, die auf den unzähligen Tischen aufgebreitet werden sollten, die erst noch aufgestellt werden mussten. Von daher war die Karoline auch schon auf. Genau wie ihr Sohn, der schon in aller Früh dabei war, eine neue Rüstung anzufertigen. Viel stabiler als die letzte sollte sie werden und auch viel schöner. Deshalb saß der Bub mitten im Wohnzimmer auf dem Fußboden und bemalte ein großes Stück Karton, das später sein Brustpanzer werden sollte, mit Wasserfarben. Zwar hatte er grundsätzlich nicht vor, es noch einmal auf eine Auseinandersetzung mit dem Riesen ankommen zu lassen, aber man konnte ja nie wissen. Schon gar nicht, weil er natürlich schon plante, sich den Zirkus genauer anzusehen. Zu faszinierend war diese Welt, die für ihn aus vielen bunten Farben und lustigen Kreaturen bestand. Freilich waren dem Jungen, trotz aller Panik, die Zwerge aufgefallen. Dass es sich bei diesen Wesen nicht um Kinder handelte, ahnte er mehr, als er es wusste. Die kurzen, dicklichen Beinchen und die ebenso kurzen und dicklichen Arme deuteten für ihn eindeutig auf Zwerge hin. Auch hatte er bemerkt, dass sie relativ große Köpfe zu haben schienen. Vor dem Schlafengehen hatte er seinen eigenen Körper und vor allem seinen Kopf ausgiebig im Badezimmerspiegel betrachtet und dabei zweifelsfrei einen Unterschied festgestellt. Er war sich ziemlich sicher, dass es sich bei diesen Wesen um Zwerge handeln musste. Zwar hatte er noch nie welche gesehen, aber von ihnen gehört. In den Märchen nämlich, die ihm seine Mutter oft vorlas und die er so sehr liebte. Diese Erkenntnis lies einen weiteren Gedanken in seinem Kopf wachsen. Nämlich den, dass es dort wo es Zwerge und einen Riesen gab, mit Sicherheit auch eine Prinzessin geben musste. Da fiel ihm natürlich sofort das Mädchen im Käfig ein. Bestimmt war sie die Prinzessin. Vom Riesen gefangen und für immer in einen Käfig geschlossen. Ein Ritter wie er war nun einmal dazu bestimmt, Prinzessinnen zu beschützen. Deshalb galt es natürlich, das Mädchen aus seiner misslichen Lage zu retten. Gar keine Frage. Genau dieser Gedanke war es, der es ihm möglich machte, die Angst vor dem Riesen in den Hintergrund zu drängen und sich wieder kampfbereit zu machen. Er musste die Prinzessin retten. So viel war sicher. Und er musste sie beschützen. So saß er also im Wohnzimmer und bemalte seinen Brustpanzer. Als er fertig war, verließ er das Haus durch die Hintertür. Unbemerkt von seiner Mutter, die mit den karierten Tischdecken ziemlich beschäftigt war. Das Peterle stülpte den Lederhelm auf seinen Kopf, sah sich noch einmal um, setzte sich dann auf sein Rad und fuhr los. Diesmal, so schwor er sich, wollte er nicht davonlaufen. Diesmal nicht. Nicht, bevor seine Aufgabe erfüllt war. Als er losradelte, war aus großer Entfernung das erste Donnergrollen zu hören. Weil es aber so weit weg war, störte es niemanden. Wenig später allerdings schon. Da war nämlich das Donnern schon sehr viel näher. Und es hatte schwere Wolken und starken Wind mitgebracht. Sehr starken Wind sogar, der es den Männern fast unmöglich machte, weiter ihre Stände aufzubauen. Ein Gewitter war im Anmarsch. Und so wie es aussah, sollte es ein recht heftiges werden. Zumindest ging dem Strobel dieser Gedanke durch den Kopf, als er im Kastaniengarten vom Wenger ein großes Blatt aus seinem Gulaschsaft zog. Kurz überlegte er, ob er das es ablecken sollte, verwarf den Gedanken aber, ließ es zu Boden fallen und sah zum Himmel hinauf. Und der sah ganz schön unfreundlich aus. Derweil das Donnern immer lauter wurde, der Wind immer mehr auffrischte und die ersten Blitze am Himmel zuckten, beeilte sich der

Ordnungshüter damit, seine Rechnung zu bezahlen und rechtzeitig in Deckung zu gehen. Nass wollte er nämlich auf gar keinen Fall werden. Bis auf einige Hartgesottene taten es ihm die meisten Leute gleich und hasteten auf ihre Häuser zu. Als die ersten schweren Regentropfen fielen war der Strobel schon im Büro und beobachtete durchs Fenster, wie nun auch die letzten Ortsbewohner vor dem Gewitter flüchteten und der an Stärke zunehmende Wind anfing an den Ständen zu zupfen. Besonders stark hatte das riesige Transparent zu leiden, das erst an diesem Morgen quer über den Hauptplatz gespannt worden war. Jede einzelne Böe, die sich ihren Weg durch Tratschen bahnte, verweilte kurz, um dem Ding »Grüß Gott« zu sagen und ihm quasi die Hand zu schütteln. Im Hintergrund hörte er den Berti seiner Hilde am Telefon sagen, sie solle alle Fenster im Haus zumachen, während es draußen immer dunkler wurde, immer mehr Blitze zuckten und die ersten Stände unter den Sturmböen ächzten. Der Strobel wollte gerade zum Berti sagen, dass sie wohl mit einem sehr heftigen Unwetter rechnen mussten, als es so richtig zu regnen anfing. Und zwar so heftig, dass ein unglaublicher Lärm entstand, den nicht einmal die geschlossenen Fenster draußen halten konnten. Zeitgleich schlug irgendwo in der Nähe, begleitet von einem wahnsinnigen Knall, der Blitz ein. Aber da waren alle Tratschener schon brav zuhause. Das heißt, fast alle. Das Peterle und vier andere Kinder waren nämlich nicht daheim, wie ihre Eltern nach und nach mit großer Besorgnis bemerkten, während ein noch nie da gewesener Hagelsturm lostobte.

12

Körner so groß wie Tennisbälle fielen vom Himmel, landeten krachend auf Hausdächern und Autos und sammelten sich schließlich auf dem Boden. Nach nur wenigen Minuten war alles weiß. Ganz so, als hätte es geschneit. Nur dass es eben Eiskörner waren. Im Schlosspark starrten die Zirkusleute wie gebannt von ihren Wohnwagen aus auf ihr Zelt, das im Sturm wild hin und her wogte. Einige der Sicherungsseile hatten sich bereits verselbstständigt und peitschten durch die Luft und an vielen Stellen hatten die Hagelkörner bereits Löcher in die Plane gerissen. Es waren bange Minuten des Hoffens für die Zirkusleute. Wegen des Hagels konnten sie unmöglich hinausgehen. Zu den Problemen mit dem Zelt kam noch, dass die Tiere wahnsinnig unruhig waren und der Direktor deswegen vor etlichen Minuten seinen Wohnwagen verlassen hatte und nirgends mehr zu sehen war. Auch das eine Tatsache, die den Leutchen die Laune nachhaltig verdarb. Richtig blöd ist es dann geworden, als die Zeltplane den vielen Löchern und dem heftigen Zerren des Sturmes Tribut zollen musste und mit deutlich hörbaren Geräuschen zu reißen begann. Der Riss breitete sich immer weiter aus. Zuerst zaghaft und dann immer schneller. Einmal rundherum. Solange, bis die oberen zwei Drittel nur noch von den Seilen gehalten wurden. Wie ein übergroßer Drache sah das Zelt jetzt aus, als es an den Seilen im Wind hing, der jetzt, gemeinsam mit dem Hagel daranging, die Manege in ihre Einzelteile zu zerlegen. Zwischen dem wilden Fauchen des Sturmes waren immer wieder die Geräusche von berstendem Holz, brechendem Glas und zersplitternden Dachziegeln, durchsetzt mit dem gellenden Heulen der Sirenen zu hören. Spätestens jetzt wussten alle im Ort, dass eine Katastrophe über sie hereingebrochen war, deren Auswirkungen sie noch nicht abschätzen konnten. Und während die Zirkusleute um ihr Zelt und damit um ihre Existenz bangten, fürchteten die Bauern um ihre Ernten, manche Hausbesitzer um ihre Dächer, ihre Autos, ihre Gärten, und sorgte sich manch einer natürlich auch um seine Verwandten. So wie die Karoline um ihr Peterle, die Familie Bär um ihre Martina, der Lanzinger Bauer um seine beiden Buben und der Herr Bürgermeister um seine Enkeltochter, auf die er an diesem Tag hätte aufpassen sollen und die nicht nachhause zurückgekehrt war, als das Unwetter losbrach. An ihren Sorgen änderte auch die Tatsache nichts, dass der Hagel von heftigem Regen abgelöst wurde. Besonders arg war für diese Menschen, dass sie keine Möglichkeit hatten Hilfe zu rufen. Hinaus konnten sie nicht und die Telefonleitung war dem Sturm zum Opfer gefallen. Außerdem schossen unvorstellbare Wassermassen die Hauptstraße herunter und fluteten die Keller. Von daher blieb es während dieser Zeit bei der Gendarmerie, der Feuerwehr und auch der Rettung ruhig. Nachträglich betrachtet spielte das allerdings gar keine Rolle, weil die alle zusammen ja doch nichts hätten tun können, als zu warten, bis das Wetter besser wurde. Und das dauerte noch eine ganze Weile. Noch fast eine Stunde, um genau zu sein. Und nach dieser Stunde war in Tratschen kaum noch etwas so wie vorher. Die Gendarmen hatten alle Hände voll damit zu tun, das Eindringen des Wassers in die Amtsräume zu verhindern. Ein Kampf gegen Windmühlen, wie sich herausstellte. Ganz plötzlich, so, als hätte jemand auf einen Knopf mit der Aufschrift »Unwetter aus« gedrückt, hörte der Regen auf. Ein paar grollende Donner noch, ein oder zwei Blitze und aus war's. Danach lag eine unglaubliche Stille über dem ziemlich mitgenommenen Ort. Eine fast schon bedrohlich wirkende Stille. Nur allmählich öffneten die Menschen Fenster oder gingen vor die Türen, um nach den Schäden zu sehen, die das Gewitter an ihrem Besitz angerichtet hatte. Wie ferngesteuert liefen sie herum. Viele packte bei dem Anblick, der sich ihnen bot die nackte Verzweiflung und nach dem großen Regen kam jetzt eine Flut von Tränen.

13

Gemeinhin wird ja behauptet, dass das Rauschen von Wasser ein beruhigendes Geräusch sein soll. Aber jeder, der das schon erlebt hat, weiß, dass dieser Spruch falsch ist, wenn es um deinen Keller geht. Da beruhigt das Geräusch nicht wirklich. Da kann es noch so schön rauschen. Und weil das halt so ist, war auch der Strobel nicht wirklich beruhigt, als er das Geräusch fließenden Wassers aus dem Keller kommen hörte. Man könnte sogar sagen, dass ihn das ziemlich nervös gemacht hat. Dabei war es ja noch nicht einmal sein eigener Keller. Der Berti hatte davon noch nichts mitgekriegt, weil er verzweifelt versuchte, daheim anzurufen. Er machte sich große Sorgen um die Hilde und natürlich auch um sein Heim. Aber so sehr er auch schimpfte, fluchte und betete, die Leitung war und blieb tot. Also beschloss der Berti, sich auf den Weg zu machen und zu schauen, ob alles in Ordnung war. Gerade als er das dem Strobel sagen wollte, redete ihn der auf die Geräusche aus dem Keller an. Die waren inzwischen derart laut geworden, dass er sie beim besten Willen nicht überhören konnte. Der Berti kratzte sich am Kopf und meinte, dass man da wohl einmal nachschauen sollte, was genau da los war. Also gingen sie nach hinten in den Zellentrakt, wo sich der Kellerabgang befand. Das heißt, sie wollten dorthin gehen. Weil in dem Moment in dem der Strobel die Türschnalle runterdrücken wollte, flog die Eingangstür auf und eine unglaublich aufgeregte, völlig durchnässte und bis zu den Hüften mit Schlamm bedeckte Karoline stürmte herein. Weinend berichtete sie den Ordnungshütern, dass ihr Peterle während des Unwetters draußen gewesen und immer noch nicht daheim sei. Eine Nachricht, die den Gendarmen nicht gefiel. Der Strobel versuchte, die Frau zu beruhigen, und bot ihr einen Sitzplatz und ein Glas Wasser an. Aber sie lehnte beides ab und wiederholte immer wieder, dass sie sich wahnsinnige Sorgen und auch Vorwürfe mache. Vorwürfe deswegen, weil sie nicht bemerkt hatte, wann genau der Bub das Haus verlassen hatte. Schon gar nicht konnte sie sagen, wohin er gegangen war. Weil das Aufschreiben von solchen Sachen üblich war, wollte der Strobel das natürlich tun, und versuchte in dem immer noch sehr dunklen Raum das Licht aufzudrehen. Aber es gab keinen Strom. Die Karoline bekam das genauso wenig mit, wie der Berti, der angespannt in Richtung der gurgelnden Geräusche schaute, die aus Richtung des Zellenblockes kamen. Zumindest dachte der Strobel, dass es die Geräusche waren, die seinen Kollegen derart fesselten. Weit gefehlt. Weil das, was den Berti dazu brachte wie ein hypnotisiertes Kaninchen in eine Richtung zu glotzen, war das dünne Rinnsal, das unter der Tür hervortrat. Zuerst ganz zaghaft, ja fast vorsichtig und dann immer forscher und breiter drang das Nass in die Amtsstube ein und verteilte sich fast heiter auf dem gesamten Fußboden. Fasziniert beobachtete der Berti das Schauspiel. Derweil ging wieder die Eingangstür auf und der Herr Bürgermeister kam herein. Diesmal allerdings nicht unbedingt in seiner offiziellen Funktion, sondern eher mehr so als der besorgte Großvater. Auch er berichtete von einem nicht heimgekehrten Kind. Nämlich seiner Enkelin. Da begann der Strobel schon zu ahnen, dass hektische Zeiten auf ihn zukommen würden und er stöhnte innerlich. Ich meine, nicht dass du jetzt glaubst, dem Postenkommandanten ist das auf die Nerven gegangen und er hat nur Angst um seine Ruhe gehabt. Überhaupt nicht. Freilich hat er sich bei dem Gedanken was den beiden Kindern bei dem Unwetter alles passiert sein konnte große Sorgen gemacht. Gar keine Frage. Allerdings hätte er weder der Karoline noch dem Bürgermeister damit geholfen, diese Sorgen zu zeigen. Von daher beschloss er, sich ruhig und professionell zu geben und hinter seinem Schreibtisch Platz zu nehmen. Aber schon beim zweiten Schritt bemerkte er, dass etwas nicht stimmte. Sein Schrittgeräusch nämlich. Kein dumpfes Klopfen, sondern eher ein helles Platschen war zu hören. So wie es sich eben anhört, wenn du zwei Zentimeter hoch Wasser in der Bude stehen hast. Auf einem Holzboden. Draußen ertönte in diesem Augenblick wieder die Sirene. Die Heulerei kam dem Strobel jetzt wahnsinnig laut vor und erzeugte eine unglaubliche Unruhe in ihm. Weil jetzt begann er, sich gehetzt zu fühlen. Er ahnte natürlich, dass nach diesem Gewitter sehr viel Arbeit auf ihn und den Berti zukommen würde. Wie viel und vor allem was genau, ahnte er aber nicht. Das erfuhr der Ordnungshüter innerhalb der nächsten Stunden, die in seiner Erinnerung als die ereignisreichsten seines Lebens gespeichert bleiben sollten. Aber schön der Reihe nach.

14

Wie du dir wahrscheinlich vorstellen kannst, ging es im ganzen Ort drunter und drüber. Die Leute waren total überrascht, weil das Gewitter gar so heftig gewesen war und so viel Regen gebracht hatte, dass der lehmige Boden ihn nicht hatte aufnehmen können. So gut dieser Lehmboden auch für den Wein war, so ungeeignet war er als Schwamm. Und weil kaum Wasser einsickerte, schoss es innerhalb weniger Minuten die hügeligen Felder hinunter und riss jede Menge Schlamm und Steine mit sich. Sogar der ansonsten kaum Wasser führende Mühlbach, der quer durch den Ort floss, schwoll zu einem wilden Fluss an, der über die Ufer trat und für noch mehr Chaos sorgte. Für die Wasserqualität des Baches war es sicher gut, weil endlich einmal der viele Dreck hinausgespült wurde, den manch einer heimlich in Form von Abwasser hineinleitete. Das machten die Tratschener nämlich. Nicht in die Senkgrube, sondern über den Regenwasserkanal in den Bach mit dem Zeug aus der Toilette. Dementsprechend streng roch es im Sommer an den Stellen, an denen das Wasser nur sehr langsam dahinfloss auch. Wenn du so willst, hat sich der Mühlbach an diesem Tag von diesem Dreck befreit und ihn wieder in die Häuser zurückgespült, aus denen er gekommen war. Zurück zum Absender quasi. Zumindest haben das die selbstgerechten Alleswisser im Ort so gesehen. Erst viele Jahre später gingen Bedienstete der Gemeinde von Haus zu Haus und warfen Farbtabletten in die Toiletten, um die Übeltäter auszuforschen. Aber das ist eine andere Geschichte und hat mit den hier erzählten Ereignissen nichts zu tun. Neben den vielen Überflutungen, die dafür sorgten, dass der Konrad Christian und seine Männer von der Feuerwehr überhaupt nicht wussten, wo sie mit dem Auspumpen der Keller anfangen sollten, gab es auch noch andere Folgen des Hochwassers. Nämlich eine ganze Reihe von Weinkellern, die unterspült worden waren und deshalb teilweise in sich zusammenbrachen. Das war freilich eine Katastrophe für die Weinbauern, deren Bestände verschüttet wurden. Aber auch für eine Gruppe von Kindern, die in einem dieser Keller Schutz vor dem Gewitter gesucht hatten und jetzt in einem kalten, feuchten und lehmigen Loch festsaßen. Und zwar gerade tief genug unter der Erde, um von außen kaum gehört zu werden. Freigraben konnten sie sich mit bloßen Händen nicht. Zu schwer war der nasse Lehm. Unaufhörlich drang weiter Wasser in die Ruine und stieg immer weiter an. Sie froren und hatten Angst. Und sie schrien so laut sie nur konnten um Hilfe. Aber niemand hörte sie. Die Buben vom Lanzinger brüllten so laut sie konnten, während die beiden Mädchen leise vor sich hin weinten. Die Reiter Marie hatte ein schlechtes Gewissen, weil sie sich heimlich aus dem Haus ihres Großvaters geschlichen hatte, und die Bär Martina redete sich ein, am Einsturz des Kellers schuld zu sein, weil sie den Lanzinger Thomas auf den Mund geküsst hatte. Ich meine, ich weiß schon, dass das ein bisschen komisch klingt. Aber du darfst nicht vergessen, dass das gute Kind erst 13 Jahre alt und sehr religiös erzogen war. Von daher ist die Martina davon ausgegangen, dass dieser Kuss eine Todsünde und der Kellereinsturz die Strafe Gottes für ihr Fehlverhalten war. Vielleicht hätte es dem armen Mädchen geholfen, wenn sie damals schon gewusst hätte, dass die Reiter Marie und der Lanzinger Ronald schon einen Schritt weiter gewesen waren und sich gegenseitig befummelt hatten. Aber das hat sie erst viel später erfahren. Da war es allerdings nicht mehr so wichtig, weil sie da schon wusste, dass das mit der Strafe Gottes völliger Blödsinn gewesen ist. Aber wie dem auch sei. An der Situation damals hat das alles nichts geändert. Weil in dem Kellerloch sind sie ja trotzdem alle vier festgesessen. Als den Kindern das Wasser bis zu den Knöcheln reichte, betraten der Lanzinger Bauer und der Bär Ullrich gerade den Gendarmerieposten und meldeten, dass ihre drei Kinder ebenfalls verschwunden waren. Somit wusste der Strobel jetzt, dass er neben all den anderen Dingen, die er hätte organisieren müssen, auch noch nach fünf verschwundenen Kindern suchen musste. Der Berti schluckte daraufhin vorsichtshalber gleich zwei Kopfschmerztabletten und erbat sich zehn Minuten Zeit, um daheim nach dem Rechten zu sehen und auf dem Weg zumindest ein »Vater unser« zu beten. Schaden konnte das aus seiner Sicht nämlich nicht.

15

Als der Strobel wieder allein auf dem Posten war, entschied er, dass es wohl das Klügste wäre, sich einen Überblick über die Zustände im Ort zu verschaffen. Immerhin war sehr wahrscheinlich, dass der Major demnächst einmal auftauchen würde, weil er ein Lagebild haben wollte. Hoffentlich nicht schriftlich, wie der Strobel insgeheim dachte. Bei dieser Gelegenheit konnte er gleich den Konrad Christian suchen und ihm das wegen der Kinder erzählen. Die Feuerwehrmänner würden schließlich in den nächsten Stunden im ganzen Ort herumkommen und dabei vielleicht etwas über den Aufenthaltsort der Kinder in Erfahrung bringen. Weit, da war sich der Strobel ganz sicher, konnten sie jedenfalls nicht sein. Zu allererst wollte er untersuchen, woher das Wasser kam, das zwar langsam, aber unaufhörlich in die Räume der Dienststelle eindrang. Dazu brauchte er nur gegen die Strömung des flachen Rinnsals zu gehen. Er tippte ohnehin sehr stark auf den Hintereingang. Als er den Zellenblock erreichte, wurde er allerdings eines Besseren belehrt. Zuerst konnte er kaum etwas erkennen, weil es in dem Raum ungewöhnlich dunkel war und das Licht sich nicht einschalten ließ. Nach und nach gewöhnten sich seine Augen aber an die Verhältnisse. Als er sich den Zellen näherte, erkannte er schlagartig die Ursache für die Dunkelheit. Es waren die Fenster. Sie waren komplett dunkel. Nicht ein Lichtstrahl fiel durch sie herein. Wahrscheinlich, so dachte der Strobel, waren sie von außen mit Schlamm verschmiert. Langsam tastete er sich watend an sie heran. Mit jedem Schritt, den er näher kam, konnte er deutlicher das Geräusch des eindringenden Wassers hören. Es kam durch die Fenster und nicht durch die Hintertür. Vorsichtshalber beschloss er, sich die Sache von außen anzusehen. Weil böse Überraschungen wollte er natürlich keine erleben. Also wandte er sich der Hintertüre zu. Es fiel ihm gleich auf, dass durch den Türspalt ebenfalls kein Licht kam. Trotzdem drückte er die Schnalle nach unten. Es passierte gar nichts. Die Tür war entweder versperrt oder sie klemmte. Also zog er seine Schlüssel aus der Tasche und tastete nach dem Schloss, schob den Schlüssel hinein, drehte ihn um und drückte die Schnalle noch einmal nach unten. Wieder geschah nichts. Nur das Türblatt gab ein leises Ächzen von sich, das sich nach und nach zu einem Knarzen auswuchs. Der Strobel klopfte mit den Knöcheln gegen die Tür und fand, dass es ziemlich sonderbar klang. Gar nicht so, wie sich Klopfen normalerweise anhörte. Gerade wollte er ein zweites Mal klopfen, als es hinter ihm plötzlich einen Knall gab und deutlich hörbar Glas splitterte. Er erschrak furchtbar und sah über die Schulter in die Richtung, aus der das Geräusch gekommen war, das jetzt von einem dumpfen Platschen abgelöst wurde. Nichts Gutes ahnend ging der Strobel zu den Zellen zurück, um der Sache auf den Grund zu gehen. Und was glaubst du, hat er sehen müssen? Genau! Eine der Fensterscheiben war zersprungen und große Mengen an nassem, stinkendem Schlamm klatschten, begleitet vom immer lauteren Knarzen der Hintertür, herein. Ich meine, nicht dass du jetzt denkst, der Strobel ist ein Feigling gewesen oder so. Überhaupt nicht. Trotzdem entschied er sich in diesem Moment aus dem Bauch heraus dafür, den Zellentrakt schnell zu verlassen. Immerhin konnte er ja auch vorn rausgehen und sich die Bescherung anschauen. Kaum schloss er die Verbindungstür hinter sich, hörte er Holz splittern. Danach wackelte, begleitet von einem ziemlich lauten, schabenden Geräusch, die Hütte und es bröckelte ein bisschen Putz von der Decke. Spätestens jetzt war dem Postenkommandanten klar, dass es draußen sicher viel zu sehen gab. Schnell schaute er sich um und überlegte beiläufig, was er alles mitnehmen sollte. Er entschied sich für seinen Regenmantel und seine Mütze. Sonst hatte er ja auch nicht wirklich etwas herumliegen. Als es im Nebenraum ein paar Mal heftig polterte und schepperte, ging er zügig auf die Straße hinaus. In weitem Bogen ging er um das Gebäude und staunte nicht schlecht, als er die Bescherung sah. Der Hügel, der noch vor etwas mehr als einer Stunde den kleinen Parkplatz hinter dem Haus begrenzt hatte, war offenbar mit den Wassermassen überfordert gewesen und ziemlich heftig in Bewegung geraten. Das Ergebnis war ein Erdrutsch. Fast bis in den ersten Stock hatte sich Schlamm und Erde aufgetürmt. Tonnen von hellbraunem, glitschigem und vor allem stinkendem Zeug schienen in das Haus hineinzuwollen. Bei der Hintertür und einem der Fenster hatten sie es schon geschafft. Kurz überlegte der Strobel, was er tun sollte, kam aber zu dem Ergebnis, dass es im Moment nichts gab, womit er die Situation verbessern konnte. Von daher beschloss er, seine Runde zu machen. Dabei wollte er sich gleich überlegen, wo er jetzt sein Büro einrichten sollte. Die Gendarmerie war mit Sicherheit für einige Zeit obdachlos. Und was noch schlimmer war, der Berti und er würden wohl die nächsten Tage zu Fuß gehen müssen, weil sie den Dienstkäfer im Hof geparkt hatten.

16

Fast zur gleichen Zeit beugte sich im Schlosspark der Weinzierl Hannes, seines Zeichens Gutsverwalter des Herrn Grafen, schockiert und fassungslos über den Körper des Zirkusdirektors, der unter den Resten der Zeltplane zum Vorschein gekommen war. Mit verrenkten Gliedern und weit aufgerissenen Augen lag der große Mann da und rührte sich nicht. Aus seinem Rücken ragte ein riesiger Krummsäbel, der, wie sich später herausstellen sollte, zum Kostüm des stärksten Mannes der Welt gehörte. Ansonsten wirkte er, bis auf eine Platzwunde an der Stirn, unverletzt. Etliche der Zirkusleute standen schweigend um ihren Chef herum, rührten aber keinen Finger, um dem Hannes zu helfen, der gerade versuchte, die Zeltplane restlos von der Leiche zu entfernen. Im Hintergrund meinte jemand, dass man besser nichts angreifen, sondern auf die Gendarmerie warten solle, weil es offensichtlich einen Mord gegeben habe und man Spuren vernichten könne. Eine Bemerkung, die den Hannes tatsächlich dazu veranlasste, seine Bemühungen einzustellen. Seine Frage, ob jemand wisse, wie genau denn das passiert sei, blieb unbeantwortet. Genau wie die, ob jemand etwas gesehen habe. Keiner der Anwesenden rührte sich. Wie die Kaninchen vor der Schlange standen sie da und starrten schweigend auf das Opfer. Keiner von ihnen schien schockiert zu sein. Niemand war offensichtlich traurig, es gab keine hysterische Witwe, die sich kreischend auf die Leiche warf und niemanden, der irgendwelche blöden Fragen stellte. Abgesehen vom Hannes natürlich. Es war einfach nur still rundum. Unheimlich still, wie der Weinzierl fand. Als er nach der Reihe in die starren Gesichter blickte, lief ihm ein Schauer den Rücken hinunter und er fühlte sich plötzlich unwohl und wollte nur noch weg. Ein völlig irrationales Gefühl, das er sich nicht erklären konnte. Er fand nur, dass die Szene etwas Bedrohliches an sich hatte. Was genau, konnte er aber beim besten Willen nicht sagen. Bevor er sich noch weiter in seine Überlegungen vertiefen konnte, wurde er abgelenkt. Hinter ihm traten nämlich der Graf und seine Gattin auf den Plan, die eigentlich vorgehabt hatten, sich ein persönliches Bild von den Sturmschäden auf ihrem Grundstück zu machen. Beim Anblick vom toten Zirkusdirektor, den die Frau Gräfin mit einem spitzen Schrei kommentierte, änderten sie ihre Pläne allerdings. Der Herr Graf stützte seine offenbar geschockte Gattin, die ihr Gesicht theatralisch an seine Schulter presste und ein lautes Schluchzen hören ließ, und drehte sich mit ihr weg, um zurück in Richtung Schloss zu gehen. »Rufen S' die Gendarmerie an, Weinzierl«, sagte er noch und weg war er samt seiner Angetrauten. Solche Kleinigkeiten wie eingeschränkte Kommunikation aufgrund nicht funktionierender Telefone interessierten den Mann eben nicht wirklich. Der Weinzierl, der sich im Grunde seines Herzens ein bisschen mehr Unterstützung von seinem Chef erwartet hatte, sah die Umstehenden finster an und meinte: »Rührt's mir hier ja nix an derweil ich weg bin!« Dann drehte er sich um und ging mit schnellen Schritten zu seinem Wagen, um zum Gendarmerieposten zu fahren. Kaum war er weg, standen die Zirkusleute dicht beieinander und tuschelten aufgeregt. Da hätte man schon sehr nahe an sie heran müssen, um zu verstehen, worum es ging. Sehr entspannt wirkte diese Szene allerdings nicht. Nach und nach wurden die Stimmen immer lauter und aufgeregter. Bis ein ziemlich großer Mann, der nur mit einem Leopardenfell aus Plüsch bekleidet war und ein bisschen so aussah wie ein zu groß geratener Fred Feuerstein, energisch das Wort ergriff und die Anwesenden aufforderte, still zu sein. »Niemand hat etwas gesehen oder gehört!«, meinte er. »Habt ihr mich verstanden?«, hakte er nach und sah in die Runde. Einhelliges Kopfnicken und zustimmendes Gemurmel beantworteten seine Frage. »Dann geht jetzt in eure Wagen und kommt erst heraus, wenn ihr gerufen werdet. Und redet mit niemandem!« Kaum hatte der Riese die letzten Worte gesprochen, entfernten sich die Zirkusleute schleunigst vom Schauplatz. Er selbst wartete noch ein paar Augenblicke, sah sich dann um, bückte sich und zog mit einem kräftigen Ruck den Säbel aus dem Rücken des Zirkusdirektors, breitete die Plane über ihm aus und verließ ebenfalls den Ort des Geschehens. In seinem Wagen ging er sofort daran, den Krummsäbel, der in seinen Pranken fast wie ein harmloses Spielzeug wirkte, einer gründlichen Reinigung zu unterziehen. Als ihm die Waffe schließlich sauber genug vorkam, legte er sie auf ihren angestammten Platz in der riesigen Truhe, die vor seinem

Bett stand, schloss den Deckel und brachte außen ein ziemlich massiv wirkendes Vorhängeschloss an. Das war ziemlich genau in dem Moment, in dem der Weinzierl in seiner Hektik beim Einparken fast den Strobel überfahren hätte, die Zechmeister Karoline sich in ihrem Haus mitsamt ihrer schmutzigen Kleidung auf das Sofa warf, einen verzweifelten Schrei ausstieß und bitterlich in die Kissen weinte, der Schlamm sich, begleitet vom brechenden Geräusch der Hintertür, endgültig seinen Weg in den Gendarmerieposten bahnte, der Herr Bürgermeister seiner entsetzten Tochter zu erklären versuchte, wie es dazu kommen konnte, dass ihr Kind verschwunden war, die im Keller eingeschlossenen Teenies bemerkten, dass das Wasser immer weiter stieg und der Konrad Christian ein paar hundert Meter weiter, wie gebannt auf einen Totenschädel starrte, der ihn aus einem Haufen braunen Drecks heraus frech anzugrinsen schien, während der erste Sonnenstrahl wie der Zeigefinger Gottes durch die Wolkendecke drang und den grausigen Fund wie ein Scheinwerfer beleuchtete und die Umgebung in seltsam anmutendes Licht tauchte. Alles in allem konnte man sagen, dass der Ort auf ein Jubiläum zusteuerte, das wohl keiner der Einwohner je vergessen würde.

17

Zum Glück vom Strobel hatten die Kollegen von der Nachbardienststelle sich gleich auf den Weg gemacht, um nach dem Rechten zu sehen, als sie nach dem Unwetter vergeblich versucht hatten in Tratschen anzurufen. Und auch der Herr Major im entfernten Hollabrunn hatte, obwohl die Stadt kaum etwas von dem Sommergewitter abbekommen hatte, aus einem Gefühl heraus zwei Streifen losgeschickt, um seinen Bezirk zu erkunden. Von daher blieben er und der Berti mit ihrem Haufen an Problemen nicht allzu lange allein. Zwar immer noch lange genug, um gehörig die Nerven wegzuschmeißen, aber nicht lange genug, um vollends auszuflippen. Jetzt denkst du vielleicht, die zwei waren Weicheier oder so, aber das waren sie nicht. Es war nur wahnsinnig viel auf einmal. Fünf Kinder weg, eine Leiche mit einem Säbel im Rücken, was ja, oberflächlich betrachtet, eher nicht nach einem Unglücksfall aussah, einem grinsenden Totenschädel, der, wenngleich auch ziemlich sicher schon länger tot, ebenfalls zu irgendjemandem gehören musste, der das Zeitliche gesegnet hatte. Sei es nun gewaltsam oder auch nicht. Eine ziemlich arg in Mitleidenschaft gezogene Dienststelle, ein verschüttetes Auto, haufenweise Überschwemmungen im Ort und ein kaputtes Telefonnetz. Um nur die wichtigsten Dinge aufzuzählen. Zum besseren Verständnis quasi. Ja stell es dir halt einfach einmal vor. Zuerst zwei Tage lang gar nichts. Nicht ein einziger Anruf. Und dann auf einmal Weltuntergang mit allen Schikanen. Da hat es den beiden Ordnungshütern natürlich ein bisschen den Vogel rausgehauen. Obwohl sie von der Totenschädelsache in dem Moment noch gar nichts wussten. Da wäre trotzdem noch nicht einmal James Bond cool geblieben. Oder? Ich für meinen Teil finde das jedenfalls nachvollziehbar. Aber wie auch immer. Jedenfalls hat der Strobel sich wirklich ernsthaft bemüht, dem sehr schnell sprechenden Gutsverwalter genau zuzuhören, um in Erfahrung zu bringen, was genau den Mann so in Aufregung versetzt hatte. Derweil starrte der Berti mit weit offenem Mund auf die Hinterseite der Dienststelle. Vor allem das Blaulicht, das sich deutlich vom Braun des Hintergrundes abhob, hatte es ihm angetan. Zudem bewegte ihn der Gedanke, wer wohl den ganzen Dreck aus dem Haus schaufeln sollte. Fast bereute er, schon zwei Kopfschmerztabletten genommen zu haben. Zu gern hätte er jetzt eine gehabt. Nur so. Zur Beruhigung. Zugleich war er aber auch heilfroh, dass sein eigenes Haus keinen Schaden genommen hatte. Abgesehen vielleicht von den Rosen im Vorgarten. Die waren hinüber. Genau wie der ihm so verhasste Schäferhund aus Porzellan, den seine Frau eines Tages, mit einem Blick der keinerlei Widerspruch duldete, neben die Haustür gestellt hatte. Glatter Kopfschuss durch großes Hagelkorn. Die halbe Rübe war weg. Dadurch war er seiner Meinung nach aber auch nicht hässlicher geworden. Und weil der Strobel mit dem Weinzierl beschäftigt war und der Berti nach außen hin nur blöd in der Gegend herumgestanden ist, als der Konrad Christian angefahren kam, hat der Feuerwehrkommandant die Geschichte vom herrenlosen Schädel halt zuerst dem Berti erzählt. Mit dem Ergebnis, dass der ihm das zuerst nicht abgekauft, sondern ihm die böse Absicht, ihn zu verarschen unterstellt hat. Ich bin überzeugt, dass der Berti von dieser Meinung auch keinen Millimeter abgewichen wäre, hätte der Christian den Schädel nicht ganz zufällig dabei gehabt. Ein ziemlich gruseliges Ding ist das gewesen. Ganz ohne Schneidezähne. Aber dafür mit Überresten von langem Haar in undefinierbarer Farbe auf dem Hinterkopf und einem Regenwurm in der linken Augenhöhle, der sich fröhlich rekelte. Keine gute Idee vom Wurm. Nicht, dass du jetzt denkst, der Berti hätte ihm was angetan. Nein. Überhaupt nicht. Der war viel zu geschockt, um überhaupt etwas zu tun. Nur seinen Magen versuchte er im Zaum zu halten. Der Konrad Christian war es, der das Tier mit völlig ausdrucksloser Mine aus der Augenhöhle zupfte und ein paar Meter weiter auf einen Erdhaufen legte. Danach ging er zum Berti, der stocksteif dastand und drückte ihm, mit dem Hinweis Wichtigeres zu tun zu haben als das hier, den Schädel in die Hand. »Der Fundort ist abgesperrt«, stellte er noch fest und weg war er wieder. Gendarm hin oder her, das war dem Berti zu viel. Angeekelt ließ er das gute Stück fallen und beobachtete, wie es auf den Strobel und den Weinzierl zurollte und, anfangs unbemerkt, genau zwischen ihnen liegen blieb. Mit dem Gesicht nach oben, Blick Richtung Schritt vom Strobel, wenn du so willst, und mit der spärlichen feuerroten Behaarung auf den Schuhen vom Weinzierl. Das sah so bizarr aus, dass es dem Berti ein Glucksen entlockte, das ein kleines bisschen irr klang und die Herren auf ihn aufmerksam machte. Der Strobel folgte seinem Blick und besah verwundert das Ding zu seinen Füßen. Der Weinzierl tat es ihm gleich, reagierte allerdings lange nicht so gelassen. Mit einem spitzen Schrei sprang er zurück und versuchte gleichzeitig, das Haar von seinem Schuhwerk zu bekommen. So ein kleines bisschen veitstanzmäßig sah das aus. Und obwohl so ein Skelettteil im Grunde gar nichts Witziges an sich hat, musste der Postenkommandant bei diesem Anblick grinsen. Zumindest bis er begriff, dass er es hier mit einem zusätzlichen Problem zu tun hatte. Da war dann schlagartig Schluss mit lustig. Bevor der Strobel allerdings nähere Auskünfte von seinem Mitarbeiter einholen konnte, erschienen zwei Streifenwagen mit zwei Feuerwehrfahrzeugen im Schlepptau auf der Bildfläche. Verstärkung, die dringend gebraucht wurde. Gar keine Frage. Den Feuerwehrleuten hat der Strobel gesagt, sie sollen sich über Funk mit dem Konrad Christian in Verbindung setzen. Die Besatzungen der beiden Gendarmerie-Autos ersuchte er, zwecks Bestandsaufnahme eine Runde durch den Ort zu drehen und dabei auch nach den vermissten Kindern Ausschau zu halten, da er mit dem Berti zu einem Mordfall müsse. Damit waren fürs Erste ein paar Probleme gelöst. Abgesehen vielleicht von der Frage, wie der Strobel und der Berti zum Tatort kommen sollten. Zu Fuß war es nämlich ein bisschen zu weit und der Weinzierl hatte angesichts des Totenschädels, den der Strobel jetzt übrigens ganz kommod aus seinem Bewusstsein strich, die Flucht ergriffen. Also ist der Strobel auf die glorreiche Idee gekommen, zum Wenger zu gehen und nachzuschauen, ob vielleicht jemand im Wirtshaus war, der ein Auto hatte und sie fahren konnte. Allerdings war die Gaststube leer. Bis auf den Wirt selbst, der dabei war, den Boden zu wischen, und grantig aufschaute, als der Strobel quer durch den Raum auf ihn zumarschierte.

»Nix besseres zu tun, als hier alles wieder zu verdrecken, Strobel?«, knurrte er und zeigte dabei vorwurfsvoll auf die schlammigen Schuhabdrücke, die der Gendarm bei jedem Schritt hinterließ.

»Wir brauchen dein Auto!«, kam der Strobel ohne Umschweife zur Sache, ohne auf die Frage einzugehen und handelte sich prompt eine Abfuhr ein.

»Träum weiter!«

»Aber es handelt sich um einen Notfall!«

Ziemlich ungerührt lehnte sich der Wenger auf seinen Besen und sah den Strobel an. Der begann sich zu wiederholen und sprach dabei immer lauter. Aber dem Wenger war der Notfall offensichtlich völlig wurscht. Er regte sich erst wieder, als der Strobel ihm mit hochrotem Gesicht nicht näher definierte Konsequenzen androhte.

»Na gut«, sagte er schließlich, »kommt's mit.«

Ohne eine Reaktion abzuwarten, ging er voran in Richtung Küche und Hintertür.

»Warum nicht gleich?«, motzte der Strobel und latschte, gefolgt vom Berti hinterher. Schnellen Schrittes überquerten die drei Männer den Hof. Der Wenger ging schnurstracks auf die Garage zu, öffnete das Tor und präsentierte den leeren Raum, der dahinter zum Vorschein kam.

»Bitte sehr!«, meinte er und machte eine einladende Handbewegung. Verständnislos glotze der Strobel in die fast leere Garage und der Berti kratzte sich am Kopf.

»Da ist ja gar kein Auto drin.«

»Scharfsinnig bemerkt, Herr Inspektor! Aber eine Alternative habe ich für euch.«

Sprach' s und verschwand mit ein paar schnellen Schritten im Halbdunkel. Begleitet von deftigen Flüchen schepperte und rumpelte es gehörig. Dann krachte irgendetwas Schweres zu Boden und schlitterte auf das Tor zu. Und du glaubst nicht, was der Strobel und der Berti zu sehen bekamen, als der Gegenstand ins Licht rutschte. Ein ziemlich rostiges Tandem nämlich, das in seiner guten Zeit anscheinend einmal rosa gewesen war.

»So, da habt's euren fahrbaren Untersatz!«

Stellte der Wenger gereizt fest und pfefferte eine Luftpumpe hinterher.

»Vorn ist keine Luft drin.«

Damit drängte er sich an den verdutzten Beamten vorbei und ging in Richtung Haus. Der Strobel und der Berti konnten es nicht fassen und diskutierten kurz darüber, ob das tatsächlich dem Wenger sein Ernst sein konnte. Der Strobel kam aber schnell zu der Erkenntnis, dass sie diese Gespräche nicht wirklich weiterbrachten. Sie mussten so schnell wie möglich zum Tatort und konnten es sich im Moment nicht leisten, besonders wählerisch zu sein. Und, so dachte der Strobel, mit dem Tandem würden sie immer noch um einiges schneller sein als zu Fuß. Das sagte er dann auch seinem immer noch staunenden Kollegen und forderte ihn auf, das Ding samt Pumpe aus der Garage zu holen. Die lange Geschichte kurz erzählt ist, dass die Herren den Reifen mit vereinten Kräften aufpumpten und sich nach einigen Minuten auf den Weg zum Schloss machten. Der Berti vorn und der Strobel hinten. Ich meine, stell dir das einmal vor! Zwei Gendarmen in ihren mausgrauen Uniformen, die auf einem rosa Tandem mit viel Rost unter extrem lautem Gequietsche in Schlangenlinien durch den Ort radelten. Irgendwie ganz schön ungewöhnlich. Um nicht zu sagen, peinlich.

»Jetzt fehlt nur noch, dass einer von uns Tatütata schreit«, murmelte der Postenkommandant leicht frustriert und fügte sich in sein Schicksal, während der Berti doch einigen Spaß an der Sache zu haben schien. Jedenfalls trat der in die Pedale als gäbe es kein Morgen und entwickelte ein derartiges Tempo, dass er seine Mütze festhalten musste, um sie im Fahrtwind nicht zu verlieren. Bis auf den Anstieg unmittelbar vor ihrem Ziel war die Fahrt kein Problem. Fast hätten sie auf den letzten Metern noch aufgegeben. Aber da bemerkte der Berti die Schlossherrin, die ihnen gebannt entgegensah und mobilisierte noch einmal all seine Kräfte, um nur ja nicht frühzeitig absteigen zu müssen. Mit dem Ergebnis, dass sie nach der Durchfahrt durch das große, schwarze Gittertor jäh vom zentimetertief gestreuten Kies gestoppt wurden und fast einen Stern gerissen hätten. Ein Auftritt, über den man in Tratschen noch Jahre später gesprochen hat. Bis heute ist es ein Geheimnis geblieben, warum sich die beiden nicht von ihren Kollegen zum Schloss haben fahren lassen. Glücklicherweise fragte schon drei Jahre später niemand mehr danach. Böse Zungen behaupteten jedoch hartnäckig, dass sich der Wirt mit der Tandemsache am Strobel dafür habe rächen wollen, dass der seine Tochter eingesperrt habe. Das hat der Wenger allerdings so nie zugegeben. Aber wie dem auch sei. Jedenfalls waren die Ordnungshüter nun endlich am Tatort und hätten sich ihrer Arbeit widmen können, wenn es nicht so gewesen wäre, wie es eben gewesen ist.

18

Während der Strobel und der Berti endlich beim Schloss ankamen, der Konrad Christian mit seinen Männern und der Verstärkung aus den Nachbarorten Keller um Keller auspumpten und sich die beiden zusätzlichen Streifenwagenbesatzungen einen Überblick über die Lage verschafften, weinte die Zechmeister Karoline wegen ihrem Peter lautstark in die Sofakissen und in drei weiteren Familien regierte die Sorge um die verschwundenen Kinder, die in ihrem kalten und nassen Grab ihrerseits vergeblich versuchten, auf sich aufmerksam zu machen. Von all diesen Dingen vollkommen unbeeindruckt rollte ein Schädel einsam und verlassen auf der Hauptstraße herum, den im allgemeinen Durcheinander niemand mehr aufgehoben hatte. Das sah ganz schön unheimlich aus. Das kannst du ruhig glauben! Gott sei Dank dauerte die Odyssee des Kopfes nicht allzulange. Soll heißen, dass er gefunden und geborgen wurde. Witziger weise war es der Kopf Kasper, der das Ding entdeckte und an sich nahm. Er war aber kein zufälliger Finder. Nein, das Ding gehörte im weitesten Sinne ihm. Es war quasi der Kopf vom Kopf. Also jetzt nicht so wortwörtlich, sondern eher mehr im übertragenen Sinn. Weil natürlich ist der Kopf Kasper nicht ohne seinen Kopf in der Gegend herumgelaufen. Es war nur deswegen mehr oder weniger sein Kopf, weil er zu der Frauenleiche gehörte, die seit einigen Jahren auf seinem Grund und Boden vergraben war. Leider hatte der heftige Regen ziemlich viel Erde von dem Grundstück der Familie Kopf mitgenommen, in der sich eben auch die Leiche befunden hatte. Mitsamt dem Baum nämlich, unter dem sie eingegraben war. Das war ein ziemlicher Schock für den Kasper, weil er ja jetzt fürchten musste, dass sein schauriges Geheimnis ans Licht kommen würde. Aber die Götter meinten es offensichtlich gut mit ihm und führten ihn, Zufall oder auch nicht, wieder mit dem guten Stück zusammen. Da ist fast so etwas wie Freude aufgekommen beim Herrn Kopf. Ja, schon klar, ich reite jetzt ein bisschen zu viel auf diesem Kopf-Wortspiel herum, aber ich finde das ziemlich witzig mit dem Kopf vom Herrn Kopf. Da kann ich gar nichts dagegen machen. Das passiert einfach. Ich meine, die Tratschener haben es damals wortspieltechnisch noch wilder getrieben. Die haben zum Kopf Kasper hinter vorgehaltener Hand nämlich Kasperlkopf gesagt. Aber wie dem auch sei. Kasperl hin, Kopf her, der Herr Kopf hat den Kopf jedenfalls aufgehoben, sich verstohlen umgeschaut und ihn, mangels einer besseren Möglichkeit zum unbemerkten Transport unter seinem Gummiregenmantel verschwinden lassen. Unbemerkt brachte er das Relikt schließlich wieder nachhause und versteckte es, für den Fall, dass es noch einmal regnen sollte, vorerst einmal in der Garage. In der Kiste mit den übrigen Teilen, die er schon eingesammelt hatte. Danach machte er sich auf die Suche nach dem letzten fehlenden Trum. Dem zweiten Oberschenkelknochen nämlich. Zu diesem Zeitpunkt konnte er freilich nicht ahnen, dass er diesen nicht kampflos würde zurückerobern können. Aber schön der Reihe nach.

19

Während der Herr Kopf, schwanger mit einem Kopf (ich kann es einfach nicht lassen), in Richtung seines Hauses ging, starrten der Strobel und der Berti ungläubig und auch etwas verwirrt auf den vermeintlichen Leichenfundort. Vermeintlich deshalb, weil es unter der Plane außer aufgeweichter Wiese nichts zu sehen gab. Zumindest keine Leiche. Das konnte weder die Gutsherrin noch ihr herbeigeeilter Gatte plausibel erklären. Die beiden haben mindestens genauso blöd dreingeschaut, wie die Ordnungshüter. Der Herr Graf schien wegen der Sache ziemlich aus dem Häuschen zu sein. Von einem Bein auf das andere tretend deutete er mit der linken Hand auf die Stelle, an der die Leiche liegen sollte und fuhr sich dabei immer wieder mit der rechten über den Mund. Begleitet von Sätzen wie: »Das gibt's ja nicht! Da ist er doch gelegen …« und ähnlichen. Madame kommentierte die Situation lediglich mit gelegentlichem, wenig damenhaftem Schniefen und die beiden Gendarmen sagten erst einmal nichts. Der Strobel sah sich die Stelle ganz genau an, konnte aber auf den ersten Blick nur feststellen, dass der Rasen rundherum total zertrampelt war. Kein Wunder bei der Nässe. Erst als er sich die Reste der hellen Plane genauer ansah, entdeckte er ein paar Blutflecke, die frisch zu sein schienen. Immerhin besser als gar nichts, wenn du als Ermittler einen Beweis für einen Mord suchst, bei dem dir die Leiche gestohlenerweise abhandengekommen ist. Als er die Plane noch ein Stück weiter wegzog, kamen auch noch ein paar Schleifspuren zum Vorschein. Dadurch konnte er zumindest davon ausgehen, dass hier etwas ziemlich Schweres bewegt worden war. Und natürlich hatte er keinen Grund anzunehmen, dass der Weinzierl, oder gar die hohen Herrschaften, sich einen bösen Scherz mit ihm erlaubten. Ergo ist der Strobel selbstverständlich davon ausgegangen, dass es die Leiche vom Zirkusdirektor gewesen sein musste, die hier herumgezerrt worden war. Nachdenklich kauerte er vor der Plane und sah sich um. Irgendwie hatte er das Gefühl, beobachtet zu werden. Aber in keinem der Zirkuswagen rührte sich etwas. Auch blicken ließ sich niemand. Das war eher ungewöhnlich, wie der Strobel fand. Weil, dass niemand von den Zirkusleuten wissen wollte, was hier vor sich ging, konnte er sich kaum vorstellen. Immerhin hatten die ja alle mitgekriegt, dass ihr Chef das Zeitliche gesegnet hatte.

»Sehr eigenartig«, murmelte er.

»Was?«, fragte der Berti in einem Tonfall, der darauf schließen ließ, er habe den Strobel akustisch nicht verstanden.

»Sehr eigenartig«, wiederholte der deshalb etwas lauter.

»Was?«, wiederholte sich auch der Berti.

»Was? Was?«, schnauzte sein Chef etwas genervt.

»Was genau?«

Bei dieser Frage klang der Berti so unbedarft, als wisse er gar nicht, warum sie überhaupt hier waren. Das gefiel dem Strobel natürlich überhaupt nicht. Genauer gesagt, machte ihn das fast ein bisschen wütend. Von daher erklärte er seinem Mitarbeiter jetzt so ruhig wie es ihm möglich war, dass er es seltsam fand, dass die Leiche anscheinend verschwunden war und es von den Zirkusleuten offenbar keinen so recht wunderte, was die Gendarmerie hier wollte. Naheliegend, so der Strobel, sei, dass die Leiche in einem der Wagen versteckt war. Dies wiederum bedeute, dass sie einen Wohnwagen nach dem anderen durchsuchen müssten, was zu zweit eine eher langwierige Prozedur werden könne. Es müsse also noch mehr Verstärkung und vor allem natürlich die Kripo und die Spurensicherung her. Der Berti, so entschied der Strobel, solle am Tatort bleiben und einfach ein Auge auf die Wohnwagen haben.

»Pass auf, ob jemand ein und aus geht und dass sie dir die Leiche nicht vor der Nase davontragen«, empfahl er noch, bevor er sich auf das Tandem zubewegte. Wer den Strobel kennt, der ahnt, dass er sich nicht auf den rostigen Drahtesel geschwungen hat. Kaum hatte er das Ding wieder auf die Räder gestellt, ließ er es auch schon wieder fallen, drehte sich zum Grafen um, setzte seinen allerdienstlichsten Dienstblick auf und fragte:

»Haben Herr Graf vielleicht ein Auto für die Executive?«

Und siehe da, der Herr Graf hatte tatsächlich eines. Oder besser gesagt mehrere, wie der Strobel mit einem Blick in die riesige Garage feststellen konnte.

»Den Mercedes können Sie nehmen«, meinte der Graf und deutete auf einen silberfarbenen Mercedes 280, der dem Strobel mit seinen beiden Doppelscheinwerfern treuherzig entgegensah. Ein Auto, dass sich der Ordnungshüter nicht hätte leisten können. Auch dann nicht, wenn er sein ganzes Leben lang gespart hätte. »Schlüssel steckt«, war alles, was der Graf noch zum Thema Auto zu sagen hatte. Trotzdem er jetzt unheimlich beeindruckt war, ist dem Strobel etwas eingefallen, das seinen Enthusiasmus gleich wieder gebremst hat. Nämlich, dass ihre Dienststelle nicht zur Verfügung stand und sie keinen Ersatz hatten. Er drehte sich um und fragte den Berti, ob er eine Idee hätte, wo sie alternativ ihr Büro einrichten könnten. Und siehst du, da ist wieder der Herr Graf in die Bresche gesprungen, der da meinte, die Gendarmen könnten doch gerne sein Arbeitszimmer benutzen. Da seien natürlich auch ein Telefon und eine Schreibmaschine drin. Außerdem, und darauf war er offensichtlich wahnsinnig stolz, gäbe es einen Fernschreiber, den die Beamten gerne benutzen könnten. Und siehst du, da waren die Gendarmen wirklich beeindruckt. Zwar hatten sie von diesen Maschinen schon gehört und der Strobel bei einem Aufenthalt in Wien sogar schon einmal eine in Aktion gesehen, aber im Bezirk hatten sie so etwas noch nicht. Auf der Dienststelle schon gar nicht. Ich meine, die beiden konnten freilich nicht wissen, dass es nur etwas mehr als ein Jahr dauern würde, bis man ihnen einen solchen Apparat ins Büro stellen würde. Aber wie dem auch sei. Zu diesem Zeitpunkt hatten sie noch keinen Fernschreiber und glaubten felsenfest daran, auch nie einen zu brauchen. Trotzdem nahm der Strobel das Angebot des Grafen ohne zu zögern an. Immerhin ist es ein unglaublicher Glücksfall gewesen, gleich zwei große Probleme auf einmal zu lösen. Sie hatten Büroräumlichkeiten und ein Auto. Das brachte ihnen beides die Leiche nicht zurück, würde aber die Suche wesentlich erleichtern. Da war der Strobel sicher. Jetzt brauchte nur noch das Telefon wieder zu funktionieren und die Welt war so gut wie in Ordnung. Voller Optimismus stapfte der Postenkommandant hinter dem Grafen in Richtung Schloss. Aber zu seiner Überraschung bog der Hausherr vor dem Eingang scharf rechts ab und führte ihn zu einem kleinen Häuschen, das etwas abseits stand.

»Bitte, Herr Inspektor, nach Ihnen!«, meinte er in aristokratischem Tonfall, während er die Tür öffnete und zur Seite trat. Gespannt trat der Strobel ein und staunte nicht schlecht. Es war ein wirklich schöner Raum, den er zu sehen bekam. Hell und freundlich, mit vielen Fenstern, hohen, stuckbesetzten Decken, haufenweise Bildern, die hauptsächlich Jagdmotive zeigten, und herrlichen antiken Barockmöbeln. Zumindest nahm der Strobel an, dass es Barockmöbel waren. Gewusst hat er das nämlich nicht und fragen wollte er auch nicht. Auf dem riesigen Schreibtisch stand tatsächlich eine Schreibmaschine, die um vieles moderner war als sein dienstliches Vorkriegsmodell Marke Adler, und in einer Ecke hinter dem Schreibtisch sah er den angekündigten Fernschreiber, der für ihn auch nicht viel anders aussah, wie eine Schreibmaschine. Nur etwas größer vielleicht. In dieser Umgebung fühlte sich der Strobel fast ein bisschen eingeschüchtert. Um nicht zu sagen, fehl am Platz. Während er sich noch umsah, streckte ihm der Graf seine Hand entgegen, verabschiedete sich und wünschte ihm viel Erfolg, bevor er verschwand. Kaum war er weg, läutete auch schon das Telefon auf dem Schreibtisch. Einerseits war das gut, weil der Strobel jetzt wusste, dass es wieder funktionierte. Andererseits war es aber auch blöd, weil der Graf nicht mehr da und der Strobel ziemlich sicher war, dass dieser Anruf nur für ihn sein konnte. Immerhin wusste ja noch niemand, wo das neue Büro der Gendarmen war. Also beschloss er, vorerst nicht zu reagieren und trat stattdessen hinter den Schreibtisch, um sich in den bequem aussehenden Sessel fallen zu lassen. Jetzt, so dachte er, konnten die Ermittlungen losgehen.

20

Derweil war die Bär Martina vor lauter Angst in dem Keller fast am Ausflippen und die Reiter Marie versuchte ziemlich erfolglos, sie mit gutem Zureden zu beruhigen. Die Buben vom Lanzinger hockten da und zitterten vor sich hin. Sie hatten nicht die leiseste Idee, was sie tun sollten. In dieser Situation war von ihrem wilden Draufgängertum nichts mehr zu spüren. Aber da darfst du ihnen natürlich keinen Strick daraus drehen. Immerhin waren sie Kinder. Und genauso haben sie sich auch verhalten. Außerdem machten sie sich insgeheim Sorgen, dass sie eventuell ganz schönen Ärger mit ihrem Vater kriegen könnten, weil sie ihm den Schlüssel vom Weinkeller geklaut hatten. Hätte sie jemand gefragt, wessen Idee das gewesen ist, hätten sie es wahrscheinlich, wie immer, einer auf den anderen geschoben. Insgeheim allerdings haderte der Thomas ganz furchtbar mit der Tatsache, dass er seinen Bruder dazu angestiftet hatte, den Schlüssel zu stehlen und dann auch noch die beiden Mädchen dazu überredet hatte, es sich mit ihnen im Keller gemütlich zu machen. Aber nicht nur, weil er genau wusste, dass ihr Vater es ihnen strengstens verboten hatte, allein in den Weinkeller zu gehen, sondern auch, weil er damit seinen Bruder, die beiden Mädchen und natürlich sich selbst in diese lebensgefährliche Lage gebracht hatte. Weil das hatte der Thomas in der Zwischenzeit schon kapiert. Wenn sie nicht bald gefunden wurden, waren die Aussichten nicht gerade rosig. Das Wasser sprudelte nach wie vor fröhlich herein und war schon bis über Kniehöhe gestiegen. Und es war eiskalt. Immer wieder lösten sich Lehmbrocken aus den Resten der Kellerdecke und fielen zu ihnen herunter. Bisher hatte sie keiner dieser Brocken getroffen, aber sicher konnten sie nicht sein, dass das nicht noch passieren würde. Vielleicht, so dachte er, sollte er sich mehr um Martina kümmern. Offensichtlich hatte das Mädchen sehr große Angst. Und war nicht er es gewesen, der sie hierher gebracht hatte, nur um sie zu küssen? So gesehen war er es ihr fast schuldig, sich ihrer anzunehmen. Kam ihm zumindest vor. Wie das aber zwischen Männlein und Weiblein halt einmal so ist, war die Martina in diesem Punkt anderer Ansicht. Zumindest ließen ihre Worte darauf schließen, die sie dem Thomas ins Gesicht schrie, als er sich zu ihr setzen wollte. So von wegen, er solle sie in Ruhe lassen, er sei an allem schuld, weil es seine Idee gewesen sei und sie wünsche ihm die Pest an den Hals, weil er sie dazu gebracht habe, ihn zu küssen und damit Gottes Zorn auf sie alle gelenkt habe und so was alles. So eine Mischung aus Wahrheit und Blödsinn halt. Wobei sich alle vier nicht ganz sicher gewesen sind, ob die Sache mit dem Zorn Gottes nicht doch wahr sein konnte. Bevor die Situation aber so richtig eskalieren konnte, hörten sie plötzlich dröhnende Motorengeräusche über sich und die Decke gab haufenweise Lehmklumpen frei. Einer dieser Klumpen, ein ziemlich großer nämlich, traf dann, du ahnst es vielleicht schon, ausgerechnet die ohnehin schon mit ihrem Gott hadernde Martina am Kopf und verursachte eine Platzwunde, die augenblicklich stark zu bluten begann. Das Dröhnen, die immer schneller herabfallenden Teile und das Blut auf dem Gesicht von der Martina sorgten zusammen dafür, dass die Kinder wie auf Kommando in Panik verfielen und aus voller Lunge um Hilfe brüllten. Dann kam noch ein ziemlich großer Brocken, und brach dem Thomas auf dem Weg zum Boden den linken Unterarm. Für einen kurzen Moment flutete helles Licht in den Keller, bevor es ganz plötzlich wieder vollkommen dunkel und gleich darauf auch still wurde.

21

Weißt du, es ist gar nicht so einfach, die Ereignisse dieses Tages zu erzählen, weil so viel auf einmal passiert ist. Fast gleichzeitig quasi. Da muss ich wirklich aufpassen, dass ich nichts durcheinanderbringe. Sei's drum.

Während also die Kinder um ihr Leben fürchteten, der Strobel krampfhaft versuchte, den Major telefonisch zu erreichen, der Kopf Kasper suchend in der Gegend herumlief und die Zechmeister Karoline noch immer lautstark vor sich hin weinte und der Herr Bürgermeister beschloss, den Gendarmen richtig Feuer unter dem Hintern zu machen, damit sie seine Enkelin fanden, stand der Berti mitten auf dem Zeltplatz und langweilte sich ziemlich, weil sich nichts rührte. Zumindest kam es ihm so vor, als rührte sich nichts. Weil in Wirklichkeit ging es in einem der Wohnwägen zu wie in einem Durchhaus. Soll heißen, es herrschte ein reges Kommen und Gehen. Jetzt wirst du dich vielleicht fragen, wie das sein konnte, wo doch der Berti einen auf Wachhund gemacht hat. Und siehst du, das ist eine wirklich gute Frage! Weil im Grunde kannst du dem Gendarmen da gar keinen Vorwurf machen. Die Zwerge waren es nämlich, die unbemerkt von ihrem Bewacher zwischen den Wägen herumturnten. Und zwar im wahrsten Sinne des Wortes. Ihrer geringen Körpergröße war es geschuldet, dass sie nicht notwendigerweise durch die Türen ihrer Wohnwägen gehen mussten. Die hatte der Berti aber ohnehin alle im Blick. Da wäre ihm nichts entgangen. Aber die Clowns benützen die dem Berti abgewandten Seitenfenster als Ein- und Ausgang. Nach einigem Hin und Her versammelten sie sich schließlich bei den mit Planen abgedeckten Tierkäfigen und marschierten gemeinsam los. Wohin auch immer. Völlig unbehelligt vom Berti, der dastand und sich sehnlichst wünschte, dass endlich etwas geschehen würde, dass die Langeweile ein bisschen vertrieb. Aber so ist das manchmal im Leben. Da bist du der Erfüllung deiner Wünsche ganz nah und merkst es nicht einmal. Obwohl, dass er es gar nicht bemerkt hat, der Berti, stimmt jetzt auch wieder nicht. Weil als der Strobel wieder gekommen ist und vorgeschlagen hat, sie könnten ja mit der Durchsuchung der Wohnwägen schon mal beginnen, ist ihm durchaus aufgefallen, dass in einigen niemand daheim war. Genau wie dem Strobel, der diese Tatsache nicht besonders witzig gefunden und dem Berti gleich mangelnde Aufmerksamkeit beim Wachdienst unterstellt hat. Da war er fast ein bisschen beleidigt, der Berti. Zurückreden traute er sich aber dann doch nicht, weil er wusste, dass er keine Erklärung für das Verschwinden der Wagenbewohner hatte. Andererseits, so dachte er trotzig, konnten sie gar nicht sicher sein, ob überhaupt jemand da gewesen war, als er seinen Wachtposten einnahm. Vielleicht waren da ja schon alle weg. Laut gesagt hat er das aber nicht. Er kannte seinen Chef inzwischen viel zu gut, um zu glauben, dass er bei ihm mit Sätzen, die mit vielleicht, eventuell, möglicherweise oder Ähnlichem anfingen, einen Stich machen könnte. Aber wie dem auch sei. Jedenfalls haben die beiden Gendarmen zuerst die leer stehenden Wohnwägen durchsucht und dabei natürlich nichts gefunden. Genau wie bei den Seilartisten, dem Löwenbändiger, der Schlangenfrau, dem Zauberer, den Jongleuren und dem normalgewachsenen Rest der Clowns. Als Letztes, du ahnst es schon, war der Wagen vom stärksten Mann der Welt dran. Der war nicht nur ziemlich groß und muskulös, sondern auch mächtig unfreundlich. Außerdem weigerte er sich standhaft, die Gendarmen in seinen Wagen zu lassen und bestand auf einen

Durchsuchungsbefehl. Da nützte es auch nichts, dass der Strobel den Mann darauf hinwies, dass er sich mit diesem Verhalten mehr als verdächtig machte. Das war dem Riesen ziemlich wurscht, wie er lautstark verkündete. Nur über seine Leiche, so schrie er den Strobel an, lasse er die Kiberei* ohne Durchsuchungsbefehl in seinen Wagen. Da der Kerl den gesamten Türrahmen ausfüllte und zu allem entschlossen schien, beschloss der Strobel, es nicht mit Gewalt zu versuchen, sondern lieber einen Durchsuchungsbefehl einzuholen. Allerdings beschäftigte ihn ganz kurz die Frage, wie er dem Staatsanwalt erklären sollte, dass er den Wagen nach einer verschwundenen Leiche aus einem noch nicht mit Sicherheit festgestellten Mordfall durchsuchen wollte. Das, dachte er, konnte noch spannend werden. Natürlich kam es wieder dem Berti zu, den Wohnwagen des Riesen zu bewachen, während sein Chef telefonieren ging. Und was soll ich dir sagen? Die ganze Aktion wurde ein voller Erfolg. Soll heißen, der Strobel erhielt vom Staatsanwalt die Zusage, dass dieser beim zuständigen Untersuchungsrichter einen Durchsuchungsbefehl beantragen würde und der Riese war, zur Freude vom Berti auch noch da, als der Strobel zum Wagen zurückkam. Erst jetzt realisierte der Postenkommandant, dass er überhaupt keine Ahnung hatte, wie es in Tratschen so zuging und wie weit die Aufräumarbeiten fortgeschritten waren, weil er kein Funkgerät hatte. Das war, wie alles andere auch, auf der Dienststelle verblieben. Also beschloss er, dass es Zeit war, eine kleine Probefahrt mit dem Mercedes zu machen, um aus den Amtsräumen zu holen, was so gebraucht wurde. Zu allererst natürlich ein Funkgerät. Fast schon respektvoll drehte der Strobel den Zündschlüssel um und lauschte dann andächtig dem

* Wiener Ausdruck für Polizei

Geräusch des Motors. Das Vehikel war derart gepflegt, dass er sich fast nicht getraute, irgendetwas anzufassen. Aber von allein fuhr das Ding bei allem Luxus nicht. Gefühlvoll legte er den ersten Gang ein, ließ die Kupplung kommen und fuhr aus der Garage. Schon auf den ersten Metern war ihm klar, dass es schwer für ihn werden würde, sich wieder von dem Auto zu trennen. Während sein Chef sich unheimlich über das tolle Auto freute, wunderte sich der Berti über ein metallisches Klappern, das plötzlich, begleitet von einem leisen Quietschen, hinter den Wohnwägen ertönte. Durch das Verschwinden der Zwerge sensibilisiert, beschloss er, die Sache nicht auf sich beruhen zu lassen, sondern Nachschau zu halten. Noch einmal würde ihm sein Chef sicher nicht verzeihen, wenn jemand verschwand. Also ging er um die Wohnwagen herum und sah gar nichts. Niemand, der irgendwohin lief oder zurückkam. Keine offenen Türen oder Fenster und keine Ursache für das Quietschen. Also zuckte der Berti mit den Schultern und ging zufrieden zurück auf seinen Posten.

22

Auch der Konrad Christian war mit der Entwicklung der Dinge sehr zufrieden. Mit Hilfe der Kollegen aus den Nachbarorten hatten sie die Lage relativ schnell in den Griff bekommen. Ich meine, ein wenig verwundert war er über die Tatsache schon, dass es scheinbar keinen anderen Ort so hart getroffen hatte wie Tratschen. Aber so war es nun einmal und darüber nachzudenken, lohnte sich seiner Meinung nach nicht wirklich. Und einmal ehrlich, zu welchem Ergebnis hätte das auch führen sollen? Obwohl es natürlich später schon ein paar Leute gegeben hat, die man gemeinhin der Fraktion der Abergläubischen zurechnen konnte, die meinten, das alles sei die Strafe für das Böse, das die Ortsbewohner über die Jahre getan hatten. Eine wirklich haltbare Theorie ist das aber nicht gewesen. Aber wie dem auch sei. Auf jeden Fall war es schon nach zwölf, als der Konrad draufgekommen ist, dass seine Männer auch einmal was essen mussten, wenn sie schon so hart arbeiteten. Also gab er über Funk durch, dass die Gruppen eins und zwei nach Erledigung ihrer momentanen Tätigkeiten eine Stunde Mittagspause machen sollten. Vielleicht ahnst du es ja schon, dass es die Gruppen eins und zwei gewesen sind, die sich um die eingestürzten Weinkeller kümmern sollten und eines ihrer Fahrzeuge just über jenem Keller geparkt hatten, in dem die Kinder gefangen waren. So gesehen war es wahrscheinlich das erste Mal in der Geschichte der Mittagspause, dass sie Leben rettete. Weil kaum hatte der Konrad das durchgegeben, stellten die Herren auch schon die Motoren ab. Das wiederum führte dazu, dass die Männer auf einmal die Stimmen der Kinder hören konnten. Weil, ob du es glaubst oder nicht, das Dröhnen, das die vier kurz vorher gehört hatten, kam von der Kettenraupe und der große Brocken, der dem Thomas den Arm gebrochen hatte, hatte eine Lücke in der Kellerdecke hinterlassen. Deshalb auch das helle Licht. Als die Raupe schließlich zum Stillstand kam, wurde es schlagartig wieder finster im Keller, weil sie genau über dem Loch zum Stehen kam. Nicht auszudenken, was passiert wäre, wenn die Arbeiten einfach weitergegangen wären. Ganz so leicht, wie du jetzt vielleicht denkst, war die Bergung der Kinder aber trotzdem nicht. Es traute sich nämlich keiner so recht, den Motor der Raupe wieder zu starten, geschweige denn, das tonnenschwere Monstrum zu bewegen. Und einen Kran, der so viel Gewicht tragen konnte, hatte natürlich niemand in der Hosentasche. Aber eins nach dem anderen. Zunächst kam ja der Teil, in dem die Feuerwehrleute nicht zum Mittagessen gingen, sondern ihrem Kommandanten mitteilten, dass sie die vermissten Kinder gefunden hatten. Ich gebe zu, das ist ziemlich unspektakulär. Zumindest für den Leser. Für die Kinder und ihre Eltern war das nämlich gar nicht so unspektakulär, als sich die Nachricht von den verschütteten Kindern schließlich im Ort verbreitet hatte. Da flutete eine Welle der Hilfsbereitschaft durch Tratschen, das glaubst du gar nicht. Wahnsinnig viele der Dorfbewohner wollten bei der Rettung helfen. Manche auch nur gaffen. Aber die Gaffer gibt es immer und überall. Das war keine Sache, die du als typisch für Tratschen abtun konntest. Nur dass es damals noch nicht ganz so viele Gaffer gegeben hat und sie nicht so penetrant waren, dass sie ohne mit der Wimper zu zucken die Einsatzkräfte bei ihrer Arbeit behinderten, wie das heutzutage oft der Fall ist. Aber wie dem auch sei. Der Strobel erhielt die Nachricht von den gefundenen Kindern als er vor der Dienststelle stand und krampfhaft versuchte, sich an den Gegenstand zu erinnern, der zwischen seinen Beinen gelegen hatte, als er mit dem Weinzierl sprach. Irgendwie glaubte er nämlich sich erinnern zu können, dass es ein Totenschädel gewesen war. Natürlich kam ihm diese Erinnerung absurd vor. Weil, so dachte er, wo hätte denn mitten im Ort ein Totenschädel herkommen sollen. Weil ihm das aber keine Ruhe ließ, begann er, den Bereich systematisch abzusuchen. Mitten im schönsten Suchen fing ihn dann der Konrad Christian ab und berichtete vom Teilerfolg in Sachen Kinder. Da war der Postenkommandant so erleichtert, dass er fast vergessen hätte, das Funkgerät zu holen. Im letzten Moment dachte er dann doch noch daran. An die Schädelsache allerdings nicht mehr. Die verschwand sofort aus seinem Hirn.

23

Weil es mit den wirklich interessanten Dingen, die in diesen Tagen in Tratschen passiert sind, nichts mehr zu tun gehabt hat, kann ich dir den Rest dieses Tages kurz zusammenfassen. Also hör zu. Die Spurensicherung ist irgendwann am späteren Nachmittag eingetrudelt und hat genauso wenig eine Leiche gefunden, wie der Strobel und der Berti. Die Kripo hat festgestellt, dass sie, wie schon so oft, wieder einmal nicht kommen würden. Diesmal, weil es keine Leiche und damit noch keinen Mord gegeben hat. Wenigstens eine Argumentation, die man nachvollziehen konnte. Dachte zumindest der Strobel. In der Kellergasse verbrachte die Feuerwehr mehrere Stunden damit, die verschütteten Kinder zu bergen. Das war einfacher, als die Männer gedacht hatten, dauerte aber trotzdem seine Zeit. Der Strobel besuchte derweil ihre Eltern, um ihnen die beruhigende Nachricht zu überbringen. Da war die Freude groß. Das kannst du dir sicher vorstellen. Bei der Zechmeister Karoline löste sie sogar so etwas wie einen Schock aus. Nachdem der Strobel ihr gesagt hatte, dass der Peter gefunden worden war, starrte sie ihn einen Moment total überrascht an und heulte dann in einer Lautstärke los, dass dem Strobel angst und bange geworden ist. Als sie sich dann auf die Couch warf und in die Kissen schrie, hat er, rein zur Vorsicht, den Doktor Lasser angerufen. Schließlich konnte man ja nie wissen. Beim Weggehen hat sich der Strobel kurz Gedanken darüber gemacht, wie unterschiedlich und manchmal auch seltsam Menschen auf bestimmte Nachrichten reagierten. Warum er zu dem Zeitpunkt noch nicht wusste, dass der Zechmeister Peter gar nicht in dem Keller war, ist eine gute Frage. Ziemlich sicher war es ein Kommunikationsproblem oder diese Tatsache ist in der allgemeinen Aufregung ganz einfach untergegangen. Wer weiß? Ist nachträglich betrachtet auch ziemlich egal. Fest steht, er hat es nicht gewusst und der Karoline deshalb etwas Falsches erzählt. Gegen Abend war die Lage insgesamt soweit unter Kontrolle, dass die Einsatzkräfte aus den Nachbarorten abrücken konnten. Zwar waren noch ein paar Keller geflutet, aber die wollte der Konrad mit seinen Männern am nächsten Tag auspumpen. Der Berti verbrachte den frühen Abend damit, das neue Büro im Schloss einzurichten. Viel musste er dafür allerdings nicht tun. Es war mehr so ein An-den-neuen-Sessel-Gewöhnen, was der Berti da gemacht hat. Jetzt kannst du natürlich sagen, dass er ein bisschen faul gewesen ist, aber du darfst nicht vergessen, dass er fast den ganzen Tag Wache gehalten hat. Aber egal. Es ist nicht meine Sache, eine Lanze für den Berti zu brechen. Der Herr Major Schuch hat am Nachmittag auch kurz vorbeigeschaut um sich persönlich ein Bild von den Zuständen zu machen. Eingemischt hat er sich aber nicht und geholfen schon gar nicht. Seine Feststellung, dass Tratschen von den Orten im Bezirk mit Abstand am schlimmsten getroffen worden war, machte die Lage nicht entscheidend besser. Glücklicherweise war er aber schnell wieder weg, als er bemerkte, dass niemand Zeit für ihn hatte. Außerdem war niemand von der Presse da, um die Folgen des Unwetters zu dokumentieren. Von daher also kein zwingender Grund für den Offizier, länger als nötig vor Ort zu bleiben. Die Spurensicherer hatten sich auch längst wieder nach Wien zurückbegeben. Ihre Ausbeute an verwertbaren Spuren kannst du ruhig als marginal bezeichnen. Weil wirklich Brauchbares hatten sie nicht gefunden. Kurz nach 20.00 Uhr passierten dann aber wieder drei Sachen fast gleichzeitig, die du wissen solltest. Zum einen gelang es den Feuerwehrleuten endgültig, die Kinder aus dem Loch zu holen, was zu einem wahren Freudentaumel unter den Angehörigen und den Helfern führte. Zum anderen brach die Zechmeister Karoline endgültig zusammen, als der Strobel abermals bei ihr auftauchte, um ihr zu sagen, dass der Peter doch nicht in dem Keller gewesen ist und er keine Ahnung hatte, wo der Bub war. Da hat die arme Frau völlig die Nerven und auch ihr Bewusstsein weggeschmissen. Relativ lautlos ist sie vor dem Strobel in sich zusammengefallen wie der sprichwörtliche leere Sack. Um der Sache eine Krone aufzusetzen, war im Zirkus Fütterungszeit. Das klingt im Grunde nicht besonders spannend. Und das war es eigentlich normalerweise auch nicht. An diesem Abend jedoch stellte der Löwenbändiger fest, dass sich seine überdimensionale Schmusekatze anscheinend eine Auszeit genommen hatte. Der Putzi, wie die Raubkatze hieß, war nicht in seinem Käfig. Und so sehr die eilig herbeigeholten Zirkuskollegen dann auch suchten, er tauchte nicht auf. Man könnte auch sagen, er war weg. Verschwunden quasi. Jetzt waren die Herrschaften vom Zirkus aber der Meinung, dass sie wegen der unangenehmen Geschichte mit ihrem Herrn Direktor schon genügend schlechte Werbung gehabt hatten und beschlossen deshalb, die Putzi-Sache noch eine Weile für sich zu behalten. Vielleicht, so die vorherrschenden Expertenmeinungen, würde der Löwe ja, vom Hunger getrieben, von allein zurückkehren. Mehr Sorgen machten sie sich darüber, dass sie jetzt nicht, so wie geplant einfach verschwinden konnten. Immerhin war der Putzi so etwas wie eine Attraktion, ohne die das Programm um einiges zahnloser war. Und um dir diesen Punkt nicht schuldig zu bleiben, sei auch noch erklärt, dass sich nie feststellen ließ, wieso die Käfigtür nicht ordentlich verschlossen war. Im Grunde auch völlig wurscht. Weil, so oder so, ist es jetzt langsam dämmrig geworden über dem Ort.

24

Es ist schon was dran an der Aussage, dass alles was Vorteile bringt, auch seine Nachteile hat. Gar keine Frage. Das galt natürlich auch für die Sache mit dem verschwundenen Löwen. Oder genauer gesagt dafür, dass die Zirkusleute das niemandem sagten. Weil in Kombination mit der Tatsache, dass es irgendwann einfach zu dunkel war, um weiter nach dem Peter zu suchen, war es dem Strobel und dem Berti, samt allen freiwilligen Helfern doch noch vergönnt, Feierabend zu machen. Der Berti ging schnurstracks heim zu seiner Hilde. Sein Chef, den wegen der Karoline das schlechte Gewissen plagte, machte sich auf zu ihrem Haus, um zu sehen, wie es ihr ging. Erleichtert stellte er fest, dass sie nicht allein war. Der Pfarrer Römer saß neben ihr und las in der Bibel. Die schwer gebeutelte Frau hatte vom Doktor Lasser ein starkes Beruhigungsmittel bekommen und schlief jetzt wie ein Stein. Deswegen legte der Römer auch gleich einen Zeigefinger auf seine Lippen, bevor der Strobel irgendwas sagen konnte, erhob sich leise und schlich auf Zehenspitzen zu seinem Freund und schob ihn, die Tür hinter ihnen schließend, aus dem Zimmer, durch den Gang, vor das Haus. Nach einer kurzen Begrüßung schlug der Gottesmann vor, ins Pfarrhaus zu gehen und der Strobel war damit einverstanden. Auf dem Weg dorthin redeten sie über die Ereignisse des Tages, wobei natürlich das Verschwinden vom Zechmeister Peter im Vordergrund stand. Die beiden Männer waren sich absolut einig darüber, dass es ziemlich besorgniserregend war, dass der arme Bub nicht zu finden war. Vor allem, so gab Hochwürden zu bedenken, war er ja nicht in der Lage, allein nachhause zu finden, falls er sich tatsächlich verirrt hatte. Der Peter fuhr immer seine fixen Routen. Nur dort nämlich, wo er sich auch auskannte. Na gut manchmal radelte er auch auf Abwegen, wenn du so willst. Das tat er aber niemals allein, sondern immer nur in Begleitung der anderen Kinder. Nachdem aber alle bekannten Orte bereits mehrmals abgesucht worden waren, konnte mit Sicherheit davon ausgegangen werden, dass der Junge sich irgendwo verlaufen hatte. Einzig positiv an der Sache war, dass es in der Nacht nicht kalt wurde. Es würde also nicht so viel ausmachen, falls der Peter im Freien übernachten müsste. Mit dieser Feststellung war das Thema, trotz seiner Tragik, vorerst beendet. Weil darüber zu spekulieren, hinter welchem Baum genau der Bub sein könnte, brachte nichts. Von daher wechselte der Kirchenmann das Thema und kam auf den Zirkusdirektor zu sprechen. Weil der Strobel zu dieser Geschichte aber nicht so viel sagen konnte, weil er ja auch gar nichts wusste, beließ er es dabei, dem Römer seine nächsten Ermittlungsschritte zu erklären. Besonders ergiebig war aber auch das nicht. Mit der

Ankündigung, am nächsten Tag zusammen mit Kollegen der Kriminalabteilung alle Zirkusleute eingehend befragen zu wollen und ansonsten den Bericht der Spurensicherung abzuwarten, erschöpfte sich dieses Thema ziemlich rasch. Interessant, da waren die Herren sich einig, würde die Sache erst werden, wenn man einmal die Leiche gefunden hatte. Während der Römer in der Küche daranging Speck, Käse und Brot für ein improvisiertes Abendessen zu schneiden, öffnete der Strobel eine Flasche Wein und holte zwei Gläser aus dem Schrank im Wohnzimmer. »Wie ein altes Ehepaar«, dachte er dabei und grinste vor sich hin. Er setzte sich in seinen gewohnten Ohrensessel und wartete auf den Priester, der schon wenige Minuten später erschien und ein ziemlich großes Schneidbrett aus Holz auf das kleine Tischchen stellte, das zwischen den beiden Ohrensesseln stand.

»Mozart?«, fragte der Römer.

»Beethoven«, antwortete der Strobel so selbstverständlich, dass man hätte meinen können, er wisse genau, wovon er redete. In gewissem Sinne stimmte das auch. Zumindest mehr als noch vor einem Jahr. Weil immerhin wusste der Strobel dank seines Freundes jetzt, dass es die Herren Mozart, Bach, Beethoven, Brahms und wie sie alle hießen überhaupt gab. Na ja, gewusst hat er es bevor er den Pfarrer kennengelernt hatte auch schon. Dieses Wissen war nur gut in seinem Kopf versteckt gewesen. Verschütt gegangen quasi. Der Römer wusste natürlich, dass sein Freund ihn nur ein bisschen aufziehen wollte und spielte das Spiel deshalb mit.

»Ein bestimmtes Stück?«, fragte er in völlig neutralem Tonfall.

»Egal«, gab der Strobel ebenso neutral zurück.

»Ich hab da genau das Richtige«, flötete Hochwürden und legte verschmitzt lächelnd *Die Hochzeit des Figaro* auf den Plattenteller. Wohlwissend, dass sein Freund das nicht erkennen würde. Und so ist es halt gekommen, dass der Strobel als er diese Oper Jahre später wieder einmal hörte, felsenfest davon überzeugt war, sie sei von Beethoven und 500 Schilling verwettete. Aber das ist eine andere Geschichte. Besonders lang schenkten die Männer der Oper ohnehin keine Beachtung. Denn Hochwürden begann, über ein Thema zu reden, dass der Strobel am liebsten komplett aus seinem Kopf und seinem Herz verbannt hätte. Du ahnst wahrscheinlich schon, dass es dabei um die Frau Doktor und ihre Trennung vom Strobel gegangen ist. Aber da fällt mir gerade ein, dass du das noch gar nicht gewusst hast! Na ja, jetzt weißt du es. Die Frau Doktor hatte nämlich irgendwann genug davon, vom Strobel keine Antwort auf die Frage nach ihrer gemeinsamen Zukunft zu bekommen. Eine Frage, deren Wertigkeit er total unterschätzt hatte. Insgeheim hatte er sogar gehofft, er würde um eine Antwort genauso lange herumkommen wie bei der Zusammenziehfrage. Daran kannst du klar erkennen, was der Mann in puncto Frauen für ein naiver Depp gewesen ist. Sonst hätte er nämlich wissen müssen, dass sich eine Frau mit Nestbausyndrom mit der Nichtbeantwortung der Zukunftsfrage niemals zufriedengeben würde. Unter gar keinen Umständen. Das Thema hast du als Mann ständig auf dem Tisch. Solange, bis du eine klare Antwort gibst oder Madame vom Warten die Nase voll hat und dir die rote Karte zeigt. Aber drücken spielt es da nicht. Auf gar keinen Fall. Frage hin, Antwort her, der Strobel hat sich alsbald mit der Tatsache konfrontiert gesehen, dass seine Frau Doktor an einem Sonntagnachmittag, urplötzlich und ohne jede für ihn wahrnehmbare Vorwarnung, den Entschluss fasste, dass es besser wäre, getrennte Wege zu gehen. Und weil sie auch nur eine Frau war, hat sie ihm den Grund dafür nicht männertauglich erklärt. Soll heißen, dass sich der Strobel dann monatelang immer wieder die Frage gestellt hat, warum sie einfach so gegangen war. Für seine Begriffe war zwischen ihnen immer alles in bester Ordnung gewesen. Harmonischer hätte es für ihn kaum sein können. Was also, so fragte er sich immer wieder, konnte die Frau nur gewollt haben? Aber so sehr er sich auch sein Hirn zermarterte, er kam nicht auf die naheliegende Antwort. Der Römer schon. Immerhin war Hochwürden immer die erste Ansprechperson für den Strobel gewesen, wenn es um die Frage des Zusammenziehens oder ähnlich zukunftsträchtige Themen ging. Stets war der Römer dabei seinem Vorsatz treu geblieben, sich die Sorgen und Nöte seines Freundes zwar anzuhören, aber um keinen Preis der Welt irgendetwas dazu zu sagen. Wie hätte er auch wissen sollen, dass der Strobel den Karren so derartig in den Sand setzen und die Frau Doktor sich deswegen trennen würde? Ich meine, seine guten Beziehungen zu Gott in allen Ehren, aber ein Hellseher war der Römer deswegen noch lange nicht. Trotzdem machte er sich insgeheim schon Vorwürfe. Sein Gewissen war es, das ihm ständig ins Ohr flüsterte, dass er eine Mitschuld an dem traurigen Ende trug, weil er nie gesagt hatte, was er dachte. Weil, ob jetzt Priester oder nicht, der Römer hatte genügend Erfahrungen mit Frauen, um zu wissen, was die Frau Doktor wollte. Wie hätte er wissen sollen, dass der Strobel da von allein nicht draufkommen würde? Schließlich war die Sache doch sonnenklar gewesen. Aber wie auch immer. Die Frau Doktor war weg und hatte schon seit Wochen nichts mehr von sich hören lassen. Der Strobel seinerseits war deswegen verstört, gekränkt und sogar beleidigt und böse. So beleidigt nämlich, dass er gar nicht auf die Idee gekommen ist, die Frau wenigstens einmal anzurufen, um sie zu fragen, wie es ihr geht oder warum genau sie ihn verlassen hatte. Hinfahren ging auch nicht. Das verbot ihm schlicht und ergreifend sein Stolz. Niemals wollte er ihr nachlaufen, schwor er sich. Es war ja nicht er, sondern sie, die gemeint hatte, weglaufen zu müssen. Also, so dachte der Strobel, würde auch sie den ersten Schritt tun und wieder Kontakt aufnehmen müssen. Oder, wie seine Oma immer gesagt hatte: »Wer von allein böse wird, wird auch von allein wieder gut.« Der langen Rede kurzer Sinn ist, dass die Frau Doktor weg war, weil der Strobel in Gefühlssachen ein Dodel gewesen ist und der Römer Schuldgefühle hatte, weil er seinem Freund nicht genug geholfen hatte und sich ausgerechnet für diesen Abend vorgenommen hatte, dem Strobel seine Schuld einzugestehen. Dass der Figaro dafür nicht der geeignete Hintergrund war, kannst du dir vielleicht vorstellen. Ich meine, versuch das einmal. Gestehe deinem besten Freund, dass du deiner freundschaftlichen Pflicht nicht nachgekommen bist, während hinter dir jemand ständig »Fi-ga-ro, Figaro, Figaro, Fi-ga-ro …« durch die Gegend schreit und dein Gegenüber von dem Thema gar nichts hören will. Das ist ein ziemlich aussichtsloses Unterfangen. Das hat auch der Römer rasch begriffen, sich noch ein Glas Wein eingeschenkt, sich in seinem Sessel zurückgelehnt und der Musik gelauscht. Mehr gab es einfach nicht zu tun. Er nahm sich aber ganz fest vor, seine Beichte bei nächster Gelegenheit nachzuholen. Als die Platte zu Ende und die Flasche leer war, verabschiedete sich der Strobel und schlenderte nachhause. Auf seinem Weg sah er sich um. Überall waren deutliche Spuren des Unwetters zu sehen. Auf Höhe der Dienststelle stieß er fast mit jemandem zusammen. Der Kopf Kasper war es, der um die Ecke geschossen kam wie der sprichwörtliche Kastenteufel und den Strobel fast über den Haufen gerannt hätte. Als er den Postenkommandanten erblickte, schien er richtig schockiert zu sein, stotterte eine halbherzige Entschuldigung, raffte seinen Gummimantel zusammen, und lief eilig weiter. Der Strobel schaute ihm kurz nach und dachte, dass es schon komisch war, dass der Kasper noch immer seinen Regenmantel anhatte. Dann setzte er seinen Weg fort, ohne weiter darüber nachzudenken und erfreute sich an der klaren Luft. Er dachte über den kleinen Peter nach und verwendete dann den Rest des Weges dafür, über seine Beziehung zur Frau Doktor nachzudenken. Genauer gesagt darüber, ob er versuchen sollte, sie wieder für sich zu gewinnen. Und wie immer, wenn es um wichtige Entscheidungen im Zwischenmenschlichen ging, kam dabei nichts heraus. Typisch Strobel.

25

Schon um 07.30 Uhr standen die Kollegen von der Kriminalpolizei vor der Tür. Allen voran Kontrollinspektor Novotny, der ja nicht gerade ein Busenfreund vom Strobel war. Seit dem Bremer-Fall, bei dem sie zusammengearbeitet hatten, waren sie sich nicht mehr begegnet. Eine Tatsache, die beide Männer, hätte man sie gefragt, als durchaus positiv beschrieben hätten. Der Strobel, weil es ihm doch ein kleines bisschen im Magen gelegen war, dass der Herr Kontrollinspektor sich nach der Aufklärung des Falles mit fremden oder genauer gesagt dem Strobel seinen Federn geschmückt hatte. Und der Novotny, weil er natürlich wusste, dass der Strobel das wusste. Jetzt kannst du dir wahrscheinlich vorstellen, dass dem Strobel ganz schön die Gesichtszüge entgleist sind, als er den Novotny sah. Der Berti quittierte die Ankunft des Mannes mit einem deutlich hörbaren Stöhnen. In der Manier eines Imperators baute sich der Novotny mitten im Raum auf und betete herunter, was er zu sagen hatte. Nämlich, dass er ab jetzt die Ermittlungen im Fall des ermordeten Zirkusdirektors leiten werde und die Gendarmen sich um den verschwundenen Jungen kümmern sollten. Ansonsten würde er es sie wissen lassen, falls er in irgendeiner Form Unterstützung brauche. Mit dem Major Schuch, so betonte er ausdrücklich, sei das alles bereits abgesprochen. Genau genommen war der Strobel natürlich froh, dass er sich um den vermeintlichen Mord nicht zu kümmern brauchte, aber die selbstherrliche Art, mit der dieser, aus seiner Sicht, völlig inkompetente Kollege Novotny hier den über alles erhabenen Wunderwuzi zur Schau stellte, verursachte ihm fast Sodbrennen. Als der Kollege aus Wien dann fragte, wo er arbeiten könne, gewann im Strobel das trotzige Kind die Oberhand und er sagte kurz und knapp:

»Auf der Dienststelle natürlich!«

Der Berti schaute seinen Chef von der Seite her überrascht an, hütete sich aber, sich einzumischen. Diesen Hahnenkampf, so dachte er, sollten die zwei Herren unter sich austragen. Ich meine, natürlich verstand er, dass der Strobel Tratschen als sein Revier ansah und deshalb symbolisch ein paar Bäume anpinkelte, aber im Sinne einer ertragreichen Zusammenarbeit war das in seinen Augen natürlich nicht. Der Strobel seinerseits rechtfertigte sein Handeln vor sich selbst damit, dass eine konstruktive Zusammenarbeit mit diesem hinterhältigen und erfolgsgeilen Novotny überhaupt nicht möglich war. Der Kontrollinspektor seinerseits, der ja nicht wissen konnte, wie es um den Gendarmerieposten bestellt war, warf sich in Siegerpose und entschwand hocherhobenen Hauptes. Genau genommen machte es für ihn und seine Männer keinen Sinn, mitten in Tratschen zu arbeiten, anstatt das Büro direkt am Tatort zu nehmen. Allerdings war der Novotny um keinen Deut besser als der Strobel und versuchte deshalb nur, fremde Bäume zu markieren. Insgesamt war das, wie der Pfarrer Römer dem Strobel später an den Kopf warf, massive Verschwendung dringend benötigter geistiger Energie. Recht hat er gehabt, der Herr Pfarrer. Für den Moment jedenfalls fühlten sich beide Herren als Sieger in diesem Spiel. Kaum waren der Novotny und seine Männer weg, wagte der Berti einen Vorstoß zum Thema Vernunft.

»Dir ist aber schon klar, dass die in spätestens zehn Minuten wieder da sein werden? Oder?«

»Hm …«, antwortete der Strobel schulterzuckend und fügte nach einem Schluck aus seiner Kaffeetasse hinzu:

»Aber wir nicht mehr. Wir fahren jetzt zur Frau Zechmeister und reden noch einmal mit ihr. Vielleicht fallen ihr noch Orte ein, wo sich der Peter versteckt haben könnte. Der Novotny soll derweil machen was er will. Wen interessiert's?«

Sprach's, schnappte seine Mütze und marschierte durch die Tür ins Freie. Kaum war der Berti auch draußen, zog der Strobel den Schlüssel aus der Tasche und sperrte sorgfältig ab.

»Sicher ist sicher! Es wird so viel gestohlen heutzutage«, betonte er und zwinkerte dem Berti zu, der zum zweiten Mal an diesem Tag ein gequältes Stöhnen hören ließ. Der Strobel warf ihm gut gelaunt den Mercedes-Schlüssel hin, den der Berti geschickt auffing, und sie machten sich auf den Weg zur Karoline.

26

Natürlich war der Berti von ihrem fahrbaren Untersatz genauso begeistert wie sein Chef. Deswegen hat er sich die Freiheit herausgenommen, nicht den kürzesten Weg zum Haus der Zechmeister Karoline einzuschlagen, sondern ist einmal rund um den Ort gefahren. Den Strobel hat das nicht weiter gestört, weil er der Meinung war, dass es auf die zehn Minuten sicher nicht ankam. Weil wenn die Karoline keine Idee hatte, wo sie suchen konnten, dann waren die Chancen, den Jungen zu finden, ohnehin sehr gering. Andernfalls würden ein paar Minuten auf oder ab keine Rolle spielen. Der Berti seinerseits nutzte die gewonnene Zeit dafür, seinen Chef vorsichtig zu fragen, ob es ihm etwas ausmache, wenn er nicht mit ins Haus gehen würde. Er könne nämlich, so seine Begründung, nichts sehen, wenn jemand so bitterlich weine. In solchen Situationen fühle er sich einerseits immer hilflos und andererseits auch verpflichtet, Trost zu spenden. Wie aber, so fragte er, solle man einer Mutter Trost spenden, deren Kind verschwunden war? Eine gute Frage. Ohne Zweifel. Trotzdem war sein Wunsch zwar nachvollziehbar, aber nicht besonders kollegial. Weil auch der Strobel hatte natürlich keinen Bock auf solche Gespräche. Schon gar nicht ohne moralische Unterstützung. Solche Dinge allein erledigen zu müssen, behagte ihm nicht. Gerade als er das dem Berti sagen wollte, sah er den Pfarrer Römer, der mit seiner Bibel in der Hand auf das Haus der Karoline zuging, und beschloss, seinen Kollegen diesmal davonkommen zu lassen. Er beugte sich schnell zu ihm hinüber und drückte auf die Hupe, um den Römer auf sie aufmerksam zu machen. Der war so in Gedanken versunken, dass er mächtig zusammenzuckte, als er das Geräusch der Hupe hörte. Mit vorwurfsvollem Blick wandte er sich dem Mercedes zu und setzte zu einer Beschwerde an, aber dann erkannte er die Gendarmen und hob grüßend die Hand. Der Strobel stieg aus dem Auto, gesellte sich zu Hochwürden und nach einem kurzen »Hallo, wie geht's«-Gespräch gingen sie gemeinsam ins Haus. Am Zustand von der Zechmeister Karoline hatte sich noch nichts geändert. Außer vielleicht, dass sie nicht mehr auf dem Sofa, sondern auf ihrem Bett lag und heulte. Sachte klopfte der Pfarrer Römer an die Schlafzimmertür und die Karoline schreckte sogleich hoch und starrte sie aus rot unterlaufenen Augen stumpf an. Da hast du richtig zuschauen können, wie ihre grauen Zellen sich bemühten, irgendwas auf die Reihe zu kriegen. Zuerst glotzte sie den Priester an und ließ ihren Blick danach zum Postenkommandanten wandern. Als sie schließlich die graue Uniform erkannte und dem Strobel sein ernstes Gesicht sah, schien sie Furchtbares anzunehmen und warf sich, Gesicht voran, laut aufheulend wieder in die Kissen. Da dämmerte es den beiden Herren, dass die arme Frau anhand der Konstellation, in der sie erschienen waren, natürlich davon ausgehen musste, dass der Peter gefunden worden war. Und zwar mausetot. Klar! Warum sollten ein Priester und ein Gendarm sonst gemeinsam auftauchen? So gesehen natürlich logisch. Sogleich bemühte sich der Römer, diesen Irrtum aus dem Weg zu räumen und redete mit beruhigender Stimme auf die Frau ein. Tatsächlich beruhigte sich die Karoline nach und nach und konnte schließlich sogar die Fragen vom Strobel beantworten. Viel ist dabei aber nicht herausgekommen. Abgesehen vielleicht von der Idee, dass er vielleicht doch lieber die anderen Kinder fragen sollte, ob die eine Ahnung hatten, wo der Peter sein konnte. Als er der Karoline zum Abschied seine Hand auf die Schulter legte und ihr versprach, alles in seiner Macht Stehende zu unternehmen, um ihren Buben zu finden, fing sie abermals in voller Lautstärke zu heulen an. Deswegen gab der Römer dem Strobel Zeichen, er solle lieber gehen und ihn mit der Karoline allein lassen. Der Gendarm folgte dieser Aufforderung nur allzu gern. Weil mit weinenden Frauen hatte er ohnehin noch nie gut gekonnt. Schon gar nicht, wenn sie so laut waren und so verzweifelt klangen wie die Karoline. Rasch gab er Hochwürden zu verstehen, am Abend noch im Pfarrhaus vorbeizuschauen, und weg war er. Um es kurz zu machen, will ich dir ohne langem Hin und Her erzählen, dass die anderen Kinder zwar ein paar mögliche Verstecke kannten, aber schon bei allen gewesen waren. Nirgends war der Peter zu finden gewesen. Da fragte sich der Strobel ernsthaft, wieso es so verdammt schwer sein konnte, ein Kind mit einem Lederhelm samt Pilotenbrille auf dem Kopf und einem Instrumentenkoffer auf dem Rücken zu finden. Unauffällig war der Peter damit ja nicht gerade. Ein zarter Hoffnungsschimmer kam auf, als einer der Feuerwehrleute ein Stück bunt bemalten Kartons fand, das eindeutig von der Rüstung des Jungen stammte. Es lag im Wald unweit des Forstweges. Reiner Zufall ist es gewesen, dass der Mann das Teil überhaupt aufhob. Er konnte später selbst nicht sagen, warum er es getan hatte. Aber egal. Jedenfalls hat er den grauen Karton liegen sehen, aufgehoben und dann festgestellt, dass er auf einer Seite bemalt war. Und weil es in ganz Tratschen und Umgebung niemanden mehr gab, der nicht wusste, dass der Peter vermisst wurde, war auch ihm klar, dass das eine wichtige Spur zu dem Kind sein konnte. Die lange Geschichte kurz erzählt ist, dass es das nicht war. Weil, so sehr der Strobel und etliche freiwillige Helfer sich in den nächsten Stunden bemühten, den kleinen Kerl zu finden, es war umsonst. Da half das laute Rufen nichts und das Schauen hinter jeden Baum und jeden größeren Busch auch nicht. Weit und breit kein Peterle. Als der Trupp schon aufgeben wollte, fand sich noch das Holzschwert. Wie Excalibur im Film, steckte es, mit dem Griff nach oben im weichen Waldboden. Daraufhin suchten sie doch noch bis Einbruch der Dunkelheit weiter. Allerdings ohne noch eine Spur zu finden. Als der Strobel die Suchaktion für diesen Tag beendete, waren die Männer nicht nur hundemüde, sondern auch ziemlich verdreckt. Durch den heftigen Regen vom Vortag war der Boden total weich und stellenweise auch sehr rutschig gewesen. Das spiegelte sich am deutlichsten an den Schuhen wider. Gar keine Frage. Nur leider bedachte der Berti das ein wenig zu spät. Und zwar erst dann, als er bei dem Versuch zu bremsen vom Pedal abrutschte. Aber nicht, dass du jetzt glaubst da wäre was passiert oder so. Gar nicht. Nur der viele Matsch, den er in den vorher so penibel gepflegten Fußraum eingeschleppt hatte, fiel ihm auf. Verstohlen sah er zu seinem Chef hinüber. Der saß ganz in Gedanken versunken da und bekam davon überhaupt nichts mit. Dem Strobel sein Hirn tastete sich nämlich ganz langsam an den Gedanken heran, dass es sein könnte, dass sie den Peter nicht lebend finden würden. Das war aber noch so unglaublich für ihn, dass er es noch nicht laut gesagt hätte.

27

Natürlich hast du recht, wenn du dir jetzt denkst, dass das noch nicht alles gewesen sein kann. Weil immerhin war da ja noch die Sache mit dem Zirkusdirektor. Ja, klar, die hat nicht der Strobel, sondern der Kontrollinspektor Novotny aus Wien mit seinen Männern bearbeitet. Allerdings relativ erfolglos, wenn mir diese Bemerkung gestattet ist. Zwar waren die Herrschaften den ganzen Tag über total fleißig gewesen und hatten, nebenbei bemerkt im neuen Strobelbüro, fast alle Zirkusleute zu dem Thema befragt. Aber gebracht hatte es kaum etwas. Im Gegenteil. Sie alle hatten durch die Bank bestritten, je eine Leiche gesehen zu haben. Ganz zu schweigen davon, dass es die ihres Direktors gewesen sein sollte. Jeder der Befragten zeigte sich zutiefst verwundert darüber, wie der Weinzierl so etwas hat behaupten können. Von massiven Alkoholproblemen bis hin zu Wahnvorstellungen wurde dem armen Kerl so ziemlich alles Erdenkliche diagnostiziert. Der Weinzierl seinerseits war tierisch froh darüber, dass der Herr Graf nebst Gemahlin den Mann ebenfalls hatte liegen sehen. Wobei er natürlich nicht wissen konnte, dass die beiden das zwar bestätigten, aber übereinstimmend aussagten, dass sie nicht wussten, ob er tatsächlich tot war. Das, so sagten sie aus, hätte ihnen ihr Verwalter mitgeteilt. Der Herr Graf fügte noch hinzu, dass er keinen Grund wisse, warum er das nicht glauben sollte. Somit gab es nach zwölf Stunden Vernehmungsmarathon immerhin eines, dass sie ganz genau wussten. Nämlich, dass sie nichts wussten. Was die kleinwüchsigen Clowns anging, war da zudem noch die Frage offen, wo diese waren, als der Strobel sie nach dem Unwetter suchte. Zwar gaben sie vor, auskunftswillig zu sein und beschrieben dem Novotny eifrig die Gegend, in der sie gewesen sein wollten, konnten aber, mangels Ortskenntnis, wie sie immer wieder betonten, keine Ortsnamen nennen. Somit kam der Novotny zu einem Punkt, zu dem nicht zu kommen er sich von ganzen Herzen gewünscht hatte. Es blieb ihm nichts anderes übrig, als die Gendarmen des hiesigen Postens zu fragen, ob sie mit diesen Beschreibungen etwas anfangen und vielleicht sogar sagen konnten, wo diese Orte waren. Um jedes Missverständnis von vornherein auszuschließen, sei erwähnt, dass damit der Strobel und der Berti gemeint sind. Durch den Umstand, dass sie durch die vielen Befragungen abgelenkt waren, fiel den Kripoleuten das ständige Kommen und Gehen in den Wohnwägen genauso wenig auf wie das oftmals hektisch wirkende Getuschel unter den Zirkusleuten. Niemand bemerkte die Männer, die, ausgerüstet mit Peitsche, Netz, Stöcken und sogar einem Gewehr, in den angrenzenden Wäldern verschwanden. Soll heißen, dass auch am späten Abend offiziell noch niemand im Ort wusste, dass der Zirkuslöwe frei herumlief. Darum hat der Strobel den, wie immer voll besoffenen Platzer Franz auch nicht ernst genommen, als der sie anhielt und erzählte, er habe auf dem Heimweg vom Wenger soeben eine riesige, haarige Bestie gesehen, die in einer Mülltonne herumgeschnüffelt habe. Die beiden Gendarmen wechselten einen amüsierten Blick und schickten den Säufer dann nachhause.

»Ja, ja«, seufzte der Strobel, »kein Wunder, dass der mit weißen Mäusen nicht mehr auskommt, so wie der säuft!«

»Ein Wunder, dass der Kerl überhaupt noch lebt«, tat auch der Berti seine Meinung zu dem Thema kund. Sie sahen der wankenden Gestalt noch einige Sekunden hinterher, bevor sie weiterfuhren. Der Berti wollte in sein Bett und der Strobel hatte noch eine Verabredung mit dem Herrn

Pfarrer. Also ließ er sich vor dem Pfarrhaus absetzen und erlaubte seinem Mitarbeiter großzügig, mit dem Mercedes heimzufahren. Ein Fehler, wie er kurz darauf feststellen musste. Denn der Pfarrer Römer war offenbar noch irgendwo unterwegs. Zumindest öffnete er auch nach dem dritten Klingeln nicht. Somit blieb dem Strobel nur noch, sich zu Fuß zu seinem Haus aufzumachen. Tausend Gedanken gingen ihm durch den Kopf. Am schlimmsten war für ihn die Erkenntnis, dass er seine Frau Doktor ganz schön vermisste. Deshalb führte ihn sein erster Weg von der Haustür sofort zum Telefon, um sie anzurufen. Aber kaum hatte er ihre Nummer gewählt und es zum ersten Mal läutete, verließ ihn der Mut und er legte auf, noch bevor sich am anderen Ende jemand meldete. Mit einer Mischung aus Frust und Ärger über sich selbst ging er zum Kühlschrank, holte ein Bier heraus und setzte sich auf die Terrasse, wo seine Gesellschaft aus dem laut schnurrenden, namenlosen Kater, der ihm immer noch regelmäßig vor die Tür schiss, und ungefähr einer Million durstigen Gelsen*, die scheinbar schon sehnsüchtig auf ihn gewartet hatten, bestand. Ja, noch nicht einmal das Feierabend-Bier war ihm gegönnt. Armer, müder Strobel. Ob es ihn irgendwie zufriedener gemacht hätte, wenn er gewusst hätte, dass er nicht der Einzige war, der in dieser Nacht kaum Ruhe fand, kann ich dir nicht sagen. Wahrscheinlich aber nicht. Zumindest dann nicht, wenn er gewusst hätte, dass der Kopf Kasper, der in gebückter Haltung und mit leicht irrem Blick durch den Ort hastete und hinter jede Ecke schaute, keinen Schlaf, sondern einen Oberschenkelknochen gesucht hat. Aber wie dem auch sei.

* Gelse = Stechmücke

28

Der nächste Tag brachte dann die Hitze zurück. Und zwar eine ganz enorme und durch die vorangegangenen Regenfälle auch feuchte Hitze. Der Strobel, nach einer eher schlaflosen Nacht etwas gereizt, staunte nicht schlecht, als er auf seinem Weg zum Schloss an der Dienststelle vorbeikam und dort den Pfaffi traf, der gerade dabei war, eine Menge Dreck aus der Vordertür zu kehren. Das staubte derartig, dass sich der Bursche ein Tuch über Mund und Nase gebunden hatte, um halbwegs atmen zu können. Verwundert ging der Strobel auf ihn zu und fragte, warum er da und nicht, wie eigentlich geplant, im Urlaub war. Und siehst du, da hat ihm der Junge Kollege gesteckt, dass er vom Herrn Major höchstpersönlich aus dem Urlaub zurückgeholt worden sei. Und zwar telefonisch. Er beeilte sich aber zu versichern, dass ihn das nicht weiter gestört habe, weil er ohnehin nicht gewusst habe, was er zuhause bei seinen Eltern großartig tun sollte. Außerdem, so sagte er, habe er von den schweren Unwetterschäden in Tratschen gehört und sich deshalb ohnehin schon überlegt gehabt, ob er nicht einfach zum Dienst erscheinen solle.

»Da bin ich also«, meinte er breit grinsend, »und habe mir gedacht, ich fang schon mal mit dem Saubermachen an!«

»Das kannst du dir getrost sparen«, meinte sein Chef und erzählte von dem Ersatzbüro, das sie sich im Moment mit den Kripoleuten teilen mussten und vom verschütteten Dienstkäfer. Ein Stichwort, bei dem der Strobel eine Idee hatte. Und zwar gar keine schlechte. Er trug dem Pfaffi auf, den Konrad Christian darum zu bitten, den Hinterhof der Dienststelle freizulegen und das Auto zu bergen.

Irgendwo mussten sie schließlich anfangen und der Jungspund brauchte eine verantwortungsvolle Tätigkeit. Somit war beiden Seiten geholfen. Gerade als der Strobel sich wieder auf den Weg machen wollte, hielt der Berti neben ihm. Mit großen Augen bestaunte der Pfaffi die Limousine. Der Strobel, der den verwunderten Blick bemerkte, winkte nur ab, sagte: »Erkläre ich dir nächstes Mal« und stieg ein. Als sie kurz darauf beim Schloss ankamen, waren die Kollegen von der Kripo noch nicht da. Ihre Unterlagen allerdings schon. Und weil der Strobel zwar überhaupt nicht neugierig war, aber trotzdem alles wissen wollte, las er, mit zunehmender Verwunderung, einige der Vernehmungsprotokolle durch, während sich der Berti um frischen Kaffee kümmerte. Kaum war der aufgesetzt, fiel ihm ein, dass er das Gebäck im Wagen vergessen hatte und ging hinaus. Der Strobel war indes beim vierten Protokoll angelangt und konnte gar nicht fassen, dass keiner etwas Brauchbares gesagt hatte. Ungläubig starrte er auf das Papier und bemerkte deshalb anfangs gar nicht, dass der Berti viel zu schnell wieder zurück war und die Tür viel zu laut hinter sich zuschlug.

»Strobel …, he Strobel …, Chef …«

Das, so kam dem Strobel vor, klang nicht nur geflüstert, sondern auch wirklich gestresst. Also schaute er zur Tür, wo der Berti sich kreidebleich und schwitzend neben dem Türstock an die Wand presste.

»Was ist denn mit dir los?«, fragte der Strobel und erntete dafür nur ein »Pssst!«, das der Berti noch unterstrich, indem er einen Zeigefinger auf die Lippen legte.

»Löö-we …«, wisperte der Berti.

»Spinnst?«, fragte der Strobel.

»Sei leise! Lö-we …, draußen, bei den Wohnwägen.«

»Sehr witzig. Wirklich sehr witzig. Lass den Blödsinn! Dafür haben wir keine Zeit!«

Vorwurfsvoll betrachtete der Strobel seinen Kollegen, der dieses dumme Spiel offenbar in vollen Zügen genoss und gar nicht daran dachte, damit aufzuhören. Also beschloss der Strobel, die Initiative zu ergreifen und machte sich daran, nach draußen zu gehen. Weit kam er nicht. Weil durch das Glas der Eingangstür starrte ihm tatsächlich ein ziemlich großer Löwenschädel entgegen. Und scheinbar hatte das Tier keine besonders gute Laune. Kaum sah er nämlich den Strobel, riss er das Maul auf und ließ ein schreckliches Brüllen hören, das den beiden Gendarmen sprichwörtlich das Blut in den Adern gefrieren ließ.

»Scheiße …, was ist das denn?«, fragte der Strobel verwirrt.

»Lö-we«, hauchte der Berti kaum hörbar.

Während der Strobel krampfhaft darüber nachdachte, ob er die Raubkatze eventuell erschießen sollte, fuhren draußen die Kollegen von der Kripo vor. Noch bevor sie aus den Autos stiegen, war das Tier weg. Als hätte es sich in Luft aufgelöst. Spurlos verschwunden quasi. Der Novotny war der Erste, der den Raum betrat und die beiden blassen Gendarmen sah. Natürlich konnte er sich keinen Reim auf ihre betroffenen Gesichter machen und fragte deshalb:

»Guten Morgen, die Herren! Schon in aller Früh den Schlossgeist gesehen oder was?«

»Der Löwe ist los!«, antwortete der Berti aufgeregt und deutete dabei unbestimmt in Richtung Zirkuswagen.

»Ah ja, genau«, antwortete der Novotny, »wir haben beim Herfahren den Tarzan getroffen. Er lässt ausrichten, er kommt gleich und kümmert sich drum!«, spöttelte er und seine Männer lachten im Hintergrund.

»Nein! Wirklich!«, versuchte jetzt der Strobel sein Glück, wurde aber durch einen spitzen weiblichen Schrei unterbrochen, bevor er weiterreden konnte. Alle sechs Beamten stürmten, alarmiert durch den Schrei, zur Tür hinaus und sahen sich um.

»Da!«, rief plötzlich einer von Novotnys Männern und zeigte in Richtung Haupthaus. Alle Übrigen folgten seinem Blick. Und dann sahen sie ihn auch. Den Löwen nämlich, der sich auf der Terrasse über den gräflichen Frühstückstisch hergemacht hatte und gerade dabei war, den Schinken zu verspeisen. Plötzlich riss jemand im ersten Stock lautstark ein Fenster auf. Es war der Hausherr persönlich, der sich, mit einem ziemlich großen Gewehr bewaffnet, aus dem Fenster lehnte und die hungrige Katze ins Visier nahm.

»Nicht schießen!«, ertönte in dem Moment von der anderen Richtung her ein Schrei und eine andere Stimme rief: »Hierher Putzi! Komm hierher!«

»Putzi?«, echote der Strobel. »Was für ein blöder Name für einen ausgewachsenen Löwen.«

Im gleichen Moment kam Bewegung in die Tischdecke. Soll heißen, sie machte sich auf den Weg Richtung Terrakotta-Fliesen. Dabei wurde sie von einem Kristallteller überholt, der mit einem lauten Klirren landete und in tausend Teile zersprang, was Putzi anscheinend total verstörte, weil er daraufhin fast senkrecht in die Höhe sprang, bevor er abzischte, als hätte ihm jemand Feuerwerkskörper in den Hintern gesteckt. Keine Sekunde zu früh, muss man sagen. Denn dort, wo das Putzilein eben noch gestanden hatte, schlug das Projektil aus dem Gewehr vom Herrn Grafen ein ziemlich großes, unschönes Loch in den rotbraunen Bodenbelag. Das Geschoss selbst entschied sich, sein Dasein als Querschläger noch ein wenig zu verlängern, flog auf den Mercedes zu, durchschlug die Windschutzscheibe am unteren Rand und trat dann, bedingt durch den steilen Winkel nach oben, über der hinteren Sitzreihe, durch das Dach wieder aus und bohrte sich schließlich in den Stamm einer Trauerweide. Natürlich hat das keiner der Anwesenden gesehen. Das hat sich erst im Laufe des Tages herausgestellt. In dem Moment war das ohnehin vollkommen wurscht, weil helle Aufregung herrschte. Niemand wusste so recht, was jetzt wohl zu tun sei. Der Löwenbändiger stand auf der Terrasse, fuchtelte mit den Händen und schimpfte wie ein Rohrspatz in Richtung des Grafen, der sich davon allerdings nicht sonderlich beeindruckt zeigte, sondern offenbar noch nach dem Raubtier Ausschau hielt. Zwei von Novotnys Männern rannten mit gezogenen Pistolen, gefolgt von zwei oder drei Zirkusleuten in die Richtung, in die der Putzi, für sein Alter überraschend leichtfüßig, entschwunden war. Der Strobel und der Berti sahen sich kurz an und entschieden dann, erst einmal abzuwarten, bis sich die Situation einigermaßen beruhigt hatte. Weil im Moment schrien so viele Stimmen durcheinander, dass es keinen Erfolg gebracht hätte, sie übertönen zu wollen. Manchmal ist es ohnehin gescheiter, die natürliche Entwicklung der Dinge abzuwarten. Meist regelte sich vieles ganz von selbst. Man musste nur Geduld haben. Um es vorweg zu nehmen: Das Putzi-Problem löste sich nicht von selbst und der Novotny erklärte sich, zur Überraschung aller, sehr schnell für die Löwenjagd unzuständig. Die Dorfgendarmen konnten sich freilich nicht für unzuständig erklären. Aber einmal ganz ehrlich. Hättest du so von jetzt auf gleich gewusst, was in einem solchen Fall zu tun ist? Ich glaube nicht! Weil, wie oft muss man im normalen Leben schon einen Löwen fangen? Der Strobel hatte zu dem Thema auch keine prickelnde Idee, kam aber wenigsten zu dem Schluss, dass er sich mit dem Löwenbändiger besprechen müsse, um etwas über das Tier und vor allem über die Vorgehensweise beim Fangen zu erfahren. Erstaunlicherweise hatte der Mann aber selbst auch noch nicht sehr viele Löwen gefangen. Genauer gesagt, gar keinen und von daher ebenfalls relativ wenig Ahnung. Sein Geschäft war es eben, den Vierbeinern die ganzen unnützen Kunststückchen beizubringen, mit denen die Besucher unterhalten werden sollten. Der Berti steuerte die Idee bei, im Zoo anzurufen und dort zu fragen. Gar keine so blöde Idee. Und weil es seine war, durfte er sie auch gleich umsetzen. Zwischenzeitlich waren unzählige in der Gegend ansässige Waidmänner aufgetaucht und standen aufgeregt redend vor dem großen Tor auf der Straße. Niemand konnte nachträglich sagen, wie die Jäger so schnell von der Sache erfahren hatten. Es wurde aber spekuliert, dass es der Herr Graf gewesen war, der den Dschungeltelegraf in Betrieb gesetzt hatte. Aber sei es, wie es sei. Jedenfalls waren sie da. Bis an die Zähne bewaffnet und, zumindest verbal, zu allem bereit. So viele grüne Röcke sah man in der Gegend ansonsten nur zum alljährlichen Hasen- oder Fasanenschlachten. Zwei Veranstaltungen, zu denen dann auch die Frischluftdepperten, wie die Wiener in der Gegend bezeichnet wurden, in ihren maßgeschneiderten Jagdoutfits und auf Hochglanz polierten Stiefeln erschienen, um sich selbst und ihren hochgezüchteten Jagdhunden, die den Rest des Jahres in einer Stadtwohnung verbringen durften, ein wenig Freude und Bewegung zu verschaffen. Das war keine gute Zeit für Treiber! Das kannst du ruhig glauben. Jedes Jahr wurde bei der hemmungslosen Ballerei zumindest einer der armen Männer verletzt. Nicht selten sogar getötet. Und dass, obwohl sie in ihren Warnwesten mehr als deutlich sichtbar waren. Vielleicht hatte das etwas mit den Schnäpsen zu tun, die sich die Sonntagsjäger schon nach dem Frühstück in die Figur schütteten, um die Bettsteife zu vertreiben. Wer weiß? Das Töten von Tieren lief so nebenbei mit. Dieses Theater war ein Geschäft wie jedes andere. Geschossen mussten die Tiere ohnehin werden. Warum also die Frischluftdepperten nicht kräftig dafür zahlen lassen? Aber wie dem auch sei. Mit dieser Geschichte hat das alles sowieso nichts zu tun.

29

Derweil der Strobel also mit allerhand Problemen zu kämpfen hatte, war der Pfaffi eifrig dabei, die Lösung eines anderen anzugehen. Den ganzen Vormittag hatte er gekehrt, gescheuert und geputzt was das Zeug hielt, um den Amtsraum halbwegs herzeigbar zu machen, während er auf die Burschen von der Feuerwehr gewartet hat, die kommen sollten, um, wie vom Strobel gewünscht, den Hinterhof freizulegen. Und so gegen 11.00 Uhr kamen die dann auch. Mitsamt ihren Schaufeln und besagter Kettenraupe, deren Fahrer gleich, ohne lange zu fragen, die große Schaufel in den Erdhaufen tauchte und dabei prompt den Dienstkäfer erwischte. Das metallische Geräusch, mit dem sich die Zähne der Schaufel in die Seite des Autos bohrten, war nicht zu überhören. Auch für den Mann am Steuer, vom Typus Traumberuf Baggerfahrer, nicht. Und weil er sich mit Fragen ja nicht lange aufgehalten hatte, wusste er natürlich nicht, dass er gerade dabei war, Bundeseigentum zu verschrotten, und hob, sichtlich neugierig geworden, die Schaufel und damit auch den Käfer an. Soweit, so schlecht. Blech kann man ja bekanntlich ersetzen. In diesem Fall war zwar eher auszuschließen, dass das Ersetzen irgendwelcher Teile noch irgendeinen Sinn machte, trotzdem war das nicht das größte aller Probleme. Weit schwerer wog der Umstand, dass der nasse und dadurch extrem schwere Schlamm, den Wagen mit der Schnauze durch die Hintertür des Hauses geschoben hatte. Ich denke, du ahnst was jetzt kommt. Genau! Durch das Anheben des Wagens brach noch mehr Mauerwerk aus der ohnehin schon stark angeschlagenen Wand, die nebenbei bemerkt eine tragende war, und sie krachte in sich zusammen. Einfach so. Dadurch war die Hintertür jetzt deutlich größer und auch die Zelle von außen begehbar. Vorteile, die der Pfaffi in diesem Moment nicht recht zu schätzen wusste. Übrigens genauso wenig wie der Strobel, als der die Bescherung später zu sehen bekam. Glücklicherweise brach gerade so viel von der Mauer ein, dass die Rückseite des Gebäudes trotzdem stehen blieb. Lediglich der vordere Zipfel des Dachstuhls senkte sich ein wenig herab. Aber dank dem Ideenreichtum und des Improvisationstalentes der Feuerwehrjugend gelang es ziemlich rasch, ihn abzustützen. Danach gingen die Burschen munter an ihr Werk. Ganz so, als sei gar nichts passiert. Da half dem Pfaffi all sein Geschimpfe nichts. Aber unter uns, was hätte man da im Nachhinein auch viel tun sollen? Der junge Gendarm wurde dann aber ohnehin durch einen seltsamen Anruf abgelenkt. Die Höberl Ingrid behauptete nämlich, einen riesengroßen, herrenlosen Hund gesehen zu haben, der einen ziemlich großen Knochen im Maul gehabt habe, und, nachdem er sie gefährlich angeknurrt habe, in Richtung Friedhof gelaufen sei. Normalerweise kümmerten herrenlose Hunde kaum jemanden. Die meisten Bauern in der Umgebung ließen ihre Hunde frei herumrennen. Und solange die Tiere nicht wilderten, interessierte das auch niemanden. Andernfalls wurden sie bald Opfer der Waidmänner, die beim Thema Wildern keinen Spaß verstanden. Egal, ob Mensch oder Tier. In diesem Fall war das aus zwei Gründen anders.

Erstens, weil die Ingrid das Tier als so unwahrscheinlich groß geschildert hatte, dass der Pfaffi ziemlich sicher war, dass dieses Tier nicht aus dem Ort stammte. Und zweitens, weil die Frau gesagt hatte, der Hund hätte sie schon von Weitem angeknurrt. Vielleicht, so dachte der Pfaffi, war das Vieh ja tollwütig. In diesem Fall war Alarmstufe rot gegeben. Da musste er einfach etwas tun. Gar keine Frage. Also öffnete der Pfaffi den Waffenschrank, holte einen Karabiner heraus, schnappte sich seine Mütze und machte sich auf den Weg zum Friedhof.

Ein paar Häuser weiter hatte sich die Zechmeister Karoline endlich ein kleines bisschen gefangen und zumindest mit dem Weinen aufgehört. Sie war aufgestanden, hatte sich geduscht, ihre Haare gewaschen und eine Kleinigkeit gegessen. Blass, mit roten Augen saß sie jetzt in der Küche, hielt mit beiden Händen ihre Kaffeetasse und überlegte, ob sie in die Kirche gehen sollte, um zu beten und bei dieser Gelegenheit auch gleich die Beichte abzulegen. So recht konnte sie sich allerdings nicht zu einer Antwort durchringen. Immer wieder starrte sie zwischendurch einfach ins Leere und schien mit ihren Gedanken total weit weg zu sein. Dann musste sie unwillkürlich wieder an ihren Sohn denken, und sie begann wieder zu weinen. Immer wieder fragte sie sich, warum alles so hatte kommen müssen. Der Peter hätte doch auch an einer Lungenentzündung oder sonst einer Krankheit sterben, von einem Auto überfahren, von einem Baum stürzen, mit dem Fahrrad verunglücken können. Warum musste er auf diese Art aus dem Leben gehen?

»Bitte Gott, hilf mir!«, schrie sie schluchzend mit wie zum Gebet gefalteten Händen und sah dabei zur Zimmerdecke. Tränen liefen über ihre Wangen. Wohl kaum jemand hatte schon einen derart verzweifelt wirkenden Menschen gesehen. Das dachte sich auch der Pfarrer

Römer, als er die Küche betrat und die Karoline so sitzen sah. Es schmerzte ihn zutiefst, dass er keine Worte finden konnte, ihren Schmerz zu lindern. Und er sorgte sich darüber, dass sie nicht darüber sprechen wollte. Der Römer respektierte ihren Wunsch, nicht zu sprechen, dennoch und setzte sich stumm neben sie, nahm ihre Hand und betete bedrückt. Es war nämlich auch für ihn keine einfache Zeit. Das Verschwinden vom Peter stellte seinen Glauben auf eine harte Probe. Sicher, es war nicht das erste Mal, dass der Priester die Entscheidungen seines Chefs, wie er Gott oft nannte, kritisch hinterfragte, aber diesmal haderte er so richtig mit diesem Gott, der es scheinbar für notwendig hielt, ein unschuldiges Kind wie den Peter, das so gänzlich frei von jeder Bösartigkeit war, auf solch sinnlose Weise zu sich zu rufen. Er konnte selbst nicht sagen, warum er so sicher war, dass der Junge nicht mehr lebend auftauchen würde. Es war halt so. Der Karoline sagte er das freilich nicht. Die arme Frau, so meinte er, litt auch so schon genug. Obwohl ihn manchmal das Gefühl beschlich, dass auch die Karoline das schon ahnte. Spürten Mütter in der Regel nicht, wenn ihren Kindern etwas zustößt? Eine gute Frage, die unbeantwortet blieb. Sicher hatte er schon von Müttern gehört, oder gelesen, die oft über große Entfernungen hinweg gespürt hatten, dass es ihrem Kind nicht gut ging, aber generell konnte man davon trotzdem nicht ausgehen. Es gab immer wieder unerklärliche Dinge zwischen Himmel und Erde. So viel war sicher. Und in den Augen der Karoline war eine derart tiefe Hoffnungslosigkeit und Resignation zu sehen, dass er nicht anders konnte, als sich Sorgen um sie zu machen. Wie so oft in solchen Situationen, wünschte er sich, Don Camillo zu sein, dem es vergönnt gewesen war, direkt mit dem Schöpfer zu sprechen. So von Mann zu Mann quasi. Das war allerdings im Film.

Fernab jeder Realität. Immerhin brauchte er sich deshalb auch nicht ständig mit dem Bürgermeister zu prügeln. Aber ich glaube, das hätte der Römer in Kauf genommen, wenn der Herr dafür hin und wieder mit ihm geredet hätte. Was ihn und seinen Chef anging, so war das Verhältnis durch diesen Vorfall seitens des Priesters mehr als nur leicht angespannt. Der Zorn vom Römer ging so weit, dass er sogar Skrupel hatte, genau jenen Gott um Hilfe zu bitten, den er am liebsten zum Teufel gejagt hätte. Das ging für ihn überhaupt nicht zusammen. Es war dieses Gefühl der absoluten Ohnmacht, das ihn so wütend machte. Es gab einfach nichts, was er tun konnte. Keine göttliche Eingebung, die ihm sagte, wo der Junge zu finden war. Alles, was für ihn zu tun übrig blieb, war, sich dem Leid der Mutter auszusetzen und Hoffnung in ihr aufrecht zu erhalten, die höchstwahrscheinlich vergebens war.

»Scheißjob«, presste Hochwürden kaum hörbar zwischen den Lippen hervor. Übertönt vom Schluchzen der Karoline.

Die Familie Lanzinger freute sich zu dieser Zeit darüber, dass ihr Thomas endlich aus dem Krankenhaus kam. Der Bruch an seinem Arm war komplizierter gewesen, als es zu Beginn den Anschein hatte. Aber jetzt war alles so weit in Ordnung, dass er nachhause konnte. Und siehst du, weder er noch sein Bruder mussten sich irgendwelche Vorträge seitens ihrer Eltern anhören. Die waren nämlich einfach nur froh, dass alles so glimpflich ausgegangen war. Genau wie die Familie Bär und auch die Familie Reiter. Jetzt, wo der Thomas auch wieder daheim war, wollten sich alle zusammensetzen, um den zweiten Geburtstag ihrer Kinder gebührend zu feiern. Nur der Fürnkranz Josef, seines Zeichens in Selbstvorwürfen untergehender Bürgermeister, hockte daheim, weil er sich nicht getraute, seiner

Tochter unter die Augen zu treten. Er konnte sich einfach nicht verzeihen, dass er so mit sich und seinen Problemen beschäftigt gewesen war, dass er nicht bemerkt hatte, dass das Wertvollste, das es in seinem Leben gab, die Martina nämlich, sich heimlich aus dem Haus geschlichen hatte. Er hätte besser auf sie aufpassen müssen. Da gab es für ihn nichts daran zu rütteln. Seine Schuld ganz allein wäre es gewesen, wenn dem Mädchen etwas passiert wäre. So sah zumindest er die Sache. Seine Tochter und ihr Ehemann sahen das nämlich nicht ganz so eng. Ihnen war durchaus bewusst, dass diese Sache auch dann hätte passieren können, wenn die Martina daheim gewesen wäre. Weil auch sie beide konnten natürlich nicht ununterbrochen darauf achten, was das Mädchen trieb. Und mit 13 Jahren, da waren sie sich einig, sollte man doch schon ein kleines bisschen Verantwortungsgefühl erwarten können. Zumindest so viel, dass sie nicht auf die Idee kam, während des heftigsten Unwetters seit mindestens 100 Jahren aus dem Haus zu gehen. Außerdem überwog die Freude über den glücklichen Ausgang bei Weitem. Von daher machte sich die Bürgermeistertochter auf den Weg zum Haus ihres Vaters, um ihm genau das mitzuteilen und ihn zu der Feier einzuladen. Auf ihrem Weg wunderte sie sich kurz über den Kopf Kasper, der ihr, immer noch in seinen Gummimantel gehüllt und seltsame Geräusche ausstoßend, auf der Straße begegnete. Ohne sie zu bemerken, hüpfte er in gebückter Haltung an ihr vorbei und erwiderte auch nicht ihren Gruß. Kopfschüttelnd ging sie weiter, ohne sich groß Gedanken über den seltsamen Vogel zu machen. Weil der Kasperlkopf, wie auch sie den Mann schon seit ihrer gemeinsamen Kindheit nannte, war immer schon ein komischer Kauz gewesen. Irgendwie auch logisch. Weil, wie wäre er wohl sonst zu seinem Spitznamen gekommen? Tri-Tra-Tralala.

30

Im Schlosspark versuchten derweil die Zirkusleute, sich so unauffällig wie möglich zu verhalten. Was ihren verschwundenen Direktor anging, so hatten sie damit keine Probleme, zumal sie ja wussten, wo er abgeblieben war. Bei dieser Geschichte mussten sie also nur darauf achten, nicht erwischt zu werden. Was allerdings ziemlich unwahrscheinlich war, solange sie bei ihren Versionen blieben. Zumindest überlegte sich das die kleine Gruppe, die sich im Wagen des Kraftmenschen getroffen hatte, um das weitere Vorgehen zu besprechen. Und während sie da so herumhockten, verstand ein jeder von ihnen, warum Igor, wie der Kraftmensch hieß, darauf bestand, die Truhe mit der Leiche vom Direktor möglichst bald loszuwerden. Weil trotz aller bei der Verpackung der Leiche an den Tag gelegten Sorgfalt, stank es in seinem Wagen mittlerweile ganz ordentlich. Von den ziemlich lästigen Fliegen einmal ganz abgesehen. Natürlich muss auch gesagt werden, dass keiner der Anwesenden besondere Erfahrungen mit der Verwesung menschlicher Leichen hatte. Von daher hatten sie die Problematik insofern ein bisschen unterschätzt, als dass sie nicht daran gedacht hatten, wie viel Flüssigkeit dieser Prozess freisetzen konnte. Das können schon mal bis zu vierzig Liter sein, die da während der Verwesung freigesetzt werden. Und abgesehen davon, dass die Pampe nicht sonderlich gut riecht, muss sie natürlich auch irgendwohin abfließen. Im Fall vom Herrn Direktor bedeutete das, das Zeug bahnte sich langsam aber sicher seinen Weg ins Freie und bildete bereits ein kleines Rinnsal auf dem Fußboden. Klar, wollte der Hüne das nicht mehr länger mitansehen. Nur leider hatte sich, aufgrund der erhöhten Polizeipräsenz und der extrem neugierigen Nachbarschaft noch keine Gelegenheit ergeben, die Kiste endgültig verschwinden zu lassen. Eine Idee, wo man das am besten bewerkstelligen konnte, fehlte ebenso. Zwar war die Gruppe der Kleinwüchsigen bereits mehrmals still und heimlich aus dem Wagendorf geschlichen, um einen Platz zu finden, an dem sie den Direktor zu seiner letzten Ruhe betten konnten, aber zu ihrem großen Unglück hatten sie keinen Platz gefunden, der sich geeignet hätte. So ist es halt gekommen, dass die Truhe immer noch in Igors Wagen vor sich hin stank. Klar war für die Leute nur, dass sie auf keinen Fall zur Polizei gehen und die Wahrheit sagen konnten. Niemals würden sie einen der Ihren verraten. Schon gar nicht wegen dieses Teufels in Menschengestalt. Zeit seines Lebens hatte der Kerl sie alle von früh bis spät tyrannisiert und schikaniert. Als die Geschäfte noch besser liefen, war es noch nicht ganz so schlimm gewesen. Bis auf ein paar gelegentliche Ausraster war der »Kaiser«, wie sich der Direktor selbst gerne nannte, halbwegs erträglich gewesen. Mit bürgerlichem Namen hieß der Kaiser einfach nur Wilhelm Braun. Aber niemandem, der ihn besser kannte, wäre es eingefallen, ihn so zu nennen. Oder gar Willy, Herr Braun oder so. Er ließ sich viel lieber mit Kaiser Wilhelm ansprechen. Und wehe dem seiner Mitarbeiter, der das nicht schnellstmöglich kapierte und umsetzte. Die Anrede »Herr Direktor« ließ er im täglichen Umgang miteinander allerdings gelten. Überhaupt wenn Fremde in der Nähe waren. Niemand sollte schließlich bemerken, dass das Leben in diesem Zirkus nichts mit Freude und Spaß zu tun hatte, sondern einzig von den Launen eines einzelnen, furchtbar grausamen und gemeinen Mannes abhing. Und es gab wirklich nichts, das man hätte tun können, um vor diesen Launen sicher zu sein. Weder besonders gute Leistungen, eifriges Training, besonderer Einsatz beim Auf- und Abbau des Zeltes oder gar der Verzicht auf Gage waren Garanten dafür, verschont zu werden. Kaiser Wilhelm sah sich als alleiniger Herrscher und vor allem Eigentümer des Zirkusunternehmens, mitsamt allem Material, den Tieren und all den Menschen, die für ihn arbeiteten. Grundsätzlich verstand sich das Unternehmen als Familienbetrieb. Immerhin gehörten von den 21 Bewohnern der Wohnwagenstadt 14 zur Familie. Da war zuerst einmal der Kaiser selbst, nebst seiner Frau Fabula, seinen vier Kindern Maxima, Krösus, Nero und Pluto sowie seiner Geliebten Esmeralda. Daneben gab es seine Schwester Lucinda, ihren Mann Kornel und deren zwei Kinder Sascha und Nikolai. Zu guter Letzt noch Cousin Frederic mit seiner Frau Bernadette und Söhnchen Raymond. Teilweise sehr fantasievolle Namen. Das muss ich schon sagen. Der Rest des Volkes bestand aus dem Kraftlackel, der auf den schlichten Namen Ben hörte, seinem Vater Valentino und den fünf Kleinwüchsigen, die der Kaiser, der Einfachheit halber durchnummeriert hatte. Von eins bis fünf logischerweise. Sie stammten alle fünf ursprünglich aus Ungarn und hörten auf eher ungewöhnliche Namen. Die beiden Frauen hießen Enikö und Anikö und die Männer Laszlo, Barna und Deszö. Irgendwie also kein Wunder, dass der Kaiser zu Nummern griff. Einfacher zu merken waren die allemal. Ansonsten waren alle bereits weg, die nicht zur Familie gehörten. Wer es sich hatte leisten können, hatte die Truppe nämlich schnellstmöglich wieder verlassen. Mit Ausnahme von Ringo, dem Messerwerfer. Der war zwar auch von einem Tag auf den anderen plötzlich weg, aber, so munkelte die Familie untereinander, nicht ganz so freiwillig, sondern eher aufgrund urplötzlich auftretender gesundheitlicher Probleme infolge einer Liaison mit Esmeralda und der daraus resultierenden

Eifersucht des Kaisers. Angeblich sollte er mit seinen eigenen Messern um die Ecke gebracht und auf dem Weg verloren gegangen sein. Keine Ahnung, ob das stimmt. Dem Strobel hat die Esmeralda das später jedenfalls so erzählt. Aber wie auch immer. Das brauchst du dir ohnehin nicht zu merken, weil nicht so wichtig. Viel wichtiger ist da schon der Inhalt, der bereits erwähnten Besprechung. Wohin mit der Truhe? Lautete die Frage aller Fragen. Und nicht nur das, sondern auch noch die Kleinigkeit, wie man sie ungesehen aus dem Wohnwagen und anschließend vom Gelände schaffen sollte. Zu allem Überfluss war da auch noch die kleine Panne mit Putzi. Zwar war die halbe Belegschaft eifrig auf der Suche, aber das Vieh konnte überall sein. Nicht auszudenken, wenn einer der aufmarschierten Bambitöter, wie sie die Jäger in ihrem Gespräch nannten, den armen alten Löwen über den Haufen knallte. Da er kaum noch Zähne im Maul hatte, würde sein Schädel noch nicht einmal eine eindrucksvolle Trophäe abgeben. Aber wie um alles in der Welt sollten sie diesen Bauernschädeln hier beibringen, dass nichts passieren würde, solange man Putzi in Ruhe ließ. Der Hunger, da waren sie sich immer noch alle einig, würde ihn heim treiben. Eine Theorie, die bereits sehr lange Zeit nicht aufgegangen war. Immerhin war das Kuscheltier jetzt schon über 24 Stunden weg. Da hätte er längst Hunger bekommen müssen. Da Ben darauf bestand, das Putzi-Thema auf eine spätere Besprechung zu verschieben und jetzt erst mal eine Lösung für sein olfaktorisches Problem zu suchen, schwenkte man bereitwillig zurück zum toten Direktor und der sich bildenden, höllisch stinkenden, rotbraunen Lache, die sich auf dem Boden des Wagens ausbreitete. Und siehst du, in dieser Situation bestätigten sich gleich zwei Sprichwörter: »Not macht erfinderisch« und »Gemeinsam sind wir stark«. Laszlo war es, der wieder einmal deutlich machte, warum der Kaiser ausgerechnet ihn Nummer 1 getauft hatte, der das Wort ergriff und seinen Freunden einen auf den ersten Blick vollkommen verrückten Plan erklärte. Nach einigem Hin und Her kamen aber alle nach und nach drauf, dass der Plan gar nicht so verrückt, sondern, im Gegenteil, ziemlich genial war. Wenn er jetzt noch aufging, waren sie die meisten Probleme auf einen Schlag los.

»Nun denn, ans Werk!«, verkündete Laszlo theatralisch und verließ zusammen mit seinem Freund Deszö den Wohnwagen. Zielstrebig gingen sie auf das Gebäude zu, von dem sie wussten, dass dort die Gendarmerie einquartiert war. Sie traten ein, gingen auf den Berti zu, der immer noch mit dem Zoo telefonierte und sich gute Ratschläge zum Thema »Wie fängt man einen Löwen« geben ließ, bauten sich vor dem Schreibtisch auf und warteten. Der Berti sah die beiden verwundert an, weil er bis zu diesem Zeitpunkt auch noch keinen Kleinwüchsigen gesehen hatte, hielt die Sprechmuschel des Hörers zu und sagte:

»Bitte?«

»Wir möchten einen Mord gestehen«, sagte Laszlo mit einer solchen Selbstverständlichkeit, als habe er »Ich hätte gerne eine Packung Taschentücher« oder »Führen Sie hier auch Bleistifte?« gesagt. Dementsprechend ungläubig und verwundert war auch die Reaktion vom Berti. Er deutete nämlich nur mit dem Kopf in den hinteren Teil des Raumes, wo der Novotny mit seinen Männern zugange war und sagte:

»Dort hinten«, nahm die Hand von der Muschel und redete wieder über das Löwenfangen. Wäre das Ganze eine Filmszene gewesen, dann hätten sich die Zuschauer im Kino jetzt wahrscheinlich gebogen vor lauter Lachen. Den Berti juckte das Ganze zunächst nicht mehr. Bis er, ungefähr zwei

Minuten später, so etwas wie ein Déjà-vu hatte. Da standen nämlich wieder zwei kleinwüchsige Menschen vor ihm, von denen ihm einer, nämlich der Mann, erklärte, er und seine Frau seien gekommen, um einen Mord zu gestehen. Der Berti wiederholte einfach seine Kopfbewegung und sein überaus wortgewandtes »Dort hinten« und ließ geschehen, was offenbar geschehen wollte. Aus den Augenwinkeln konnte er sehen, dass auch der Novotny und seine Männer ziemlich verwirrt waren. Während er also am linken Ohr Tipps aus dem Zoo erhielt, versuchte er mit dem rechten zu verstehen, was dort hinten geredet wurde. Kein Wunder also, dass er die beiden Personen nicht gleich bemerkte, die sich vor seinem Schreibtisch aufgebaut hatten. Valentino musste erst auf die Tischplatte klopfen, um vom Berti wahrgenommen zu werden. Seelenruhig stand der alte Mann da, hielt Enikö bei der Hand, die neben ihm, trotz ihrer 35 Lenze, tatsächlich fast wie ein Kind wirkte und wartet darauf, etwas sagen zu dürfen.

»Guten Tag, die Herrschaften. Was kann ich für sie tun?«

Kramte der Berti all seine Höflichkeit hervor und erhielt prompt eine Antwort auf seine Frage. Mindestens genauso höflich.

»Entschuldigen Sie bitte, wenn wir Sie stören, aber wir würden gerne einen Mord gestehen.«

Fast wie bei der versteckten Kamera das Ganze. Aber das war es nicht. Das war echt. Unglaublich, aber wahr. Jetzt wusste der Berti zwar, dass der Novotny und seine Männer bereits vier Mörder in der Mangel hatten, schickte die zwei neuen Täter aber trotzdem nach hinten. Aus seiner Sicht konnte das nur spannend werden.

»Zum Teufel, was …«

Hörte er den Novotny hinten fluchen und ein Lächeln stahl sich in sein Gesicht, das sofort wieder gefror, als er zwei Gestalten vor seinem Schreibtisch feststellte, die, du ahnst es sicher schon, einen Mord gestehen wollten.

»Ist euch da drüben fad oder was?« schnappte er.

In dem Moment kam der Strobel aus dem Schloss zurück, wo er dem Herrn Grafen nahegelegt hatte, nach Möglichkeit nicht mehr in der Gegend herumzuballern, wenn der Hof voller Leute war. Wegen der Verletzungsgefahr und so. Das hatte der Mann natürlich auch gleich eingesehen. Allerdings nicht, ohne vorher klarzustellen, dass er so seine Probleme mit freilaufenden Löwen in seinem Schlosspark hatte. Auch irgendwie zu verstehen. Sei's drum. Jetzt kam der Strobel zurück, sah das blöde Gesicht vom Berti und hörte das Gefluche vom Novotny. Mit hochgezogenen Augenbrauen betrachtete er Valentino und Enikö, die immer noch einträchtig Hand in Hand vor dem Schreibtisch standen und auf eine Entscheidung warteten. Und weil diese nicht kam, wiederholte Valentino seinen Satz. Als der Strobel das hörte, entfuhr ihm ein überraschtes »Oha!«

Worauf sich die beiden umdrehten und ihn ansahen.

»Wen haben Sie denn ermordet?«, fragte der Strobel interessiert.

»Na den Kaiser«, antwortete Valentino prompt.

»Den Kaiser. So, so …«

»Das sind Mörder Nummer fünf und sechs«, mischte sich der Berti in das Gespräch, als sich die Eingangstüre öffnete und Kornel, den der Strobel als den Löwenbändiger erkannte, mit seinem ältesten Sohn Nikolai eintrat.

»Und Sie?«, blaffte der Berti jetzt ebenfalls schon ziemlich genervt, »auch Mörder? Ha?«

»Jawohl«, antwortete der Kornel ganz ruhig, während sein Sohn schuldbewusst die Augen niederschlug, »wir haben den Kaiser getötet!«

»Des muaß a Steinigung g‹wesen sein«, bemerkte der Berti im Hintergrund.

»Kruzefix«, schimpfte der Strobel, »was zum Teufel ist jetzt da los? Acht Mörder und keine einzige Leich. Sachen gibt's! Gehen S‹ bitte alle nach hinten durch. Dort kümmert sich wer um Sie.«

Während er das sagte, grinste er schelmisch. Zwar hatte er keine Ahnung, was genau da im Moment ablief, aber er dachte, der Novotny würde das sicher sehr schnell durchschauen, klug wie er eben einmal war. Von daher natürlich noble Zurückhaltung beim Strobel. Stören wollte er nämlich auf keinen Fall. Das hätte nur wieder Probleme gegeben. Er setzte sich vor dem Berti auf die Schreibtischkante und meinte:

»Wir sollten den Major verständigen. Meinst nicht auch?«

»Doch. Sollten wir!«, sagte der Berti und reichte seinem Chef den Hörer weiter, während er schon dabei war, die Nummer zu wählen.

31

Während der Strobel dabei war, dem Major Schuch von der bisher vergeblichen Suche nach dem Zechmeisterspross und den acht eben aufgetauchten Mördern berichtete, schaute der Berti zur Glastür hinaus. Aber nicht, weil er nichts Besseres zu tun hatte. Nein, überhaupt nicht. Das war eher mehr so botanisch motiviert. Immerhin war der gräfliche Garten alles in allem schon eine Augenweide und der Berti wollte sich Ideen für die Gestaltung seiner eigenen grünen Oase holen. Dabei streifte sein Blick auch den Wohnwagenplatz. Und was glaubst du, konnte er da mitansehen? Aus der Entfernung sah es aus wie zwei Frauen, die ein langes, in Decken gehülltes Bündel aus einem der Wagen schleppten. Das kam dem Berti ein wenig seltsam vor. Deshalb fokussierte er noch ein bisschen nach. Mit zusammengekniffenen Augen stand er da und war hoch konzentriert. Darum ist es ihm dann auch nicht entgangen, dass die Decken an einem Ende wegrutschten und den Blick auf ein paar Schuhe freigaben, in denen anscheinend auch noch Füße steckten. Da schaffte es sogar der Berti in Sekundenschnelle eins und eins zusammenzuzählen.

»Chef, schau her, die wollen die Leiche wegbringen!«, rief er aufgeregt aus und bewegte sich dabei auf den Strobel zu, der immer noch angeregt mit dem Major redete. Mehrmals hintereinander zupfte er am Ärmel vom Strobel herum, bis der ihm endlich seine volle Aufmerksamkeit zukommen ließ. Und als er verstand, was sein Mitarbeiter ihm gerade zu sagen versuchte, ließ er den Hörer ohne weitere Worte auf die Gabel fallen, sprang auf und lief in Richtung Tür.

»Komm, die schnappen wir uns!«

Während die beiden Ordnungshüter lossprinteten, wurden sie von den Frauen entdeckt, die daraufhin ihre Bemühungen massiv verstärkten. Zielstrebig steuerten sie mit ihrer schweren Last auf einen der kleineren Lastwagen zu, wuchteten das Paket unter Aufbietung all ihrer Kräfte auf die Ladefläche und eilten dann zum Führerhaus. Eine links, die andere rechts sprangen sie in das Fahrzeug und schon wenige Sekunden später erwachte der Motor unter lautem Getöse zum Leben.

»Halt! Gendarmerie! Stehen bleiben!«, schrie der Strobel aus vollem Hals, hob die Arme und lief direkt auf den

Laster zu. Aber die Damen dachten gar nicht daran anzuhalten, sondern umfuhren den Ordnungshüter mit einem kleinen Schwenk durch den Rasen. Schon leicht außer Atem drehte der Strobel um und rannte in Richtung des Mercedes, um die Verfolgung aufzunehmen. Auf halbem Weg kam ihm ein völlig außer Atem geratener Berti entgegen.

»Zum Auto!«, schrie der Strobel.

Gottergeben drehte der Berti um und taumelte mehr als er lief in die vorgegebene Richtung. In dem Moment erreichte der Lkw die Stelle, an der das Fahrzeug geparkt war und wer immer auch am Steuer saß, verlor ein ganz klein wenig die Kontrolle. Gerade so viel, dass der rechte Außenspiegel und die hintere Stoßstange des Mercedes daran glauben mussten. Dieser Vorgang verursachte Töne, die einem durch Mark und Bein fuhren. Überhaupt dem Herrn Grafen, der das Geschehen durch das Fenster im ersten Stock genauestens beobachten konnte. Und zwar bis ins letzte Detail. Logenplatz quasi. Danach rumste es noch ein letztes Mal, als der Laster mit der Ladebordwand das große Eisentor streifte, und weg war er. Der Strobel hatte derweil das Auto erreicht und wartete in heller Aufregung auf den Berti, der sich jetzt mehr tot als lebendig über das Grundstück schleppte. Jetzt fragst du dich vielleicht, warum der Strobel nicht einfach ohne ihn gefahren ist. Ganz einfach, weil er keinen Schlüssel hatte. Weil er normalerweise immer der Fahrer war, hatte den nämlich der Berti. Nach einer gefühlten Ewigkeit kam auch er völlig atemlos beim Auto an und versuchte, mit zittrigen Händen aufzusperren. Da riss dem Strobel dann doch der Geduldsfaden. Er rannte um das Auto herum und entriss dem Berti den Schlüssel.

»Ich fahre!«

Sprach's, schwang sich auf den Fahrersitz, steckte den Schlüssel ins Zündschloss und startete den Motor, noch bevor der Berti halb um den Wagen herum war. Zu seinem Glück ist er vorne herumgelaufen. Denn sonst wäre sein Chef sicher ohne ihn losgebraust. So aber konnte er ihn nicht einfach überfahren und musste warten. Als der Berti seinen Hintern dann endlich auf den Beifahrersitz fallen ließ, gab der Strobel auch schon Vollgas, bevor die Tür zu war. Wie ein Wilder raste er durch das Gittertor und nahm die Verfolgung der Frauen auf. Ich meine, ich weiß schon, dass das alles sehr dramatisch klingt, und für die beiden Dorfgendarmen war es das wahrscheinlich auch. Es kam schließlich nicht jeden Tag vor, dass sie sich mit jemandem eine Verfolgungsjagd lieferten. Aber in diesem Fall war das so arg auch wieder nicht. Zum einen gab es nicht recht viele Möglichkeiten, aus Tratschen wegzukommen. Im Wesentlichen beschränkten sich die auf die Hauptstraße, die quer durch den Ort führte. Und zum anderen war der Laster nicht gerade ein Rennauto. Soll heißen, das Ding lief mit ach und Krach gerade mal 70 km/h. Und das auch nur mit entsprechender Vorlaufzeit. Da waren die Gendarmen motorisch jedenfalls haushoch überlegen und hätten sich gar nicht so zu hetzen brauchen. Aber Adrenalin ist Adrenalin. Nur schwer zu kontrollieren. Gar keine Frage. Nach gut zwei Minuten Fahrzeit hatten sie die Frauen jedenfalls bereits eingeholt. Und wenn du denkst, dass es das dann schon gewesen ist, dann irrst du dich gewaltig! Weil der Strobel musste die leidvolle Erfahrung machen, dass Einholen nur die halbe Miete gewesen ist. Weil jetzt galt es, die Mädels zum Anhalten zu bringen. Und siehst du, das war gar nicht so einfach. Die dachten sich nämlich anscheinend, dass eine Verfolgungsjagd keinen Spaß machte, wenn sie nach so kurzer Zeit schon zu Ende war, und zockelten mit dem rauchenden und stinkenden Vehikel, die Gendarmen im Schlepptau, weiter in Richtung Ortszentrum. Da der Mercedes weder mit Blaulicht noch mit Folgetonhorn ausgerüstet war, hatte sich der Strobel darauf verlegt, wild zu hupen. Überholen wollte er im Ortsgebiet nicht, weil es ihm zu gefährlich war. Wie leicht hätte er dabei ein spielendes Kind oder einen Fußgänger überfahren können. Ergo blieb nur hinterherfahren und hupen. Der Berti, der auch unbedingt etwas tun wollte, wuchtete seinen Oberkörper zum Seitenfenster hinaus und versuchte, die Damen mit entsprechenden Handzeichen zum Stehenbleiben zu veranlassen. Aber außer, dass es blöd ausgesehen hat, brachte das freilich nichts. So ist es halt gekommen, dass die beiden Fahrzeuge, zur grenzenlosen Verwunderung manches Passanten, mit der höllischen Geschwindigkeit von ungefähr 40 km/h durch den Ort donnerten. Was glaubst du, was das für die Tratschweiber in den nächsten Tagen für einen Gesprächsstoff gegeben hat. Aber wie dem auch sei. Ich könnte dir jetzt natürlich noch ewig lang von dieser mehr lächerlichen als spannenden Verfolgung erzählen, aber dazu habe ich ehrlich gesagt keine Lust. Ich will es lieber kurz machen und zum fast schon als peinlich zu bezeichnenden Ende dieser Odyssee kommen. Es war quasi ein verkehrsbedingtes Ende. Weil auf dem Weg aus dem Dorf galt es, genau eine Kreuzung zu überwinden. Und weil dort eine Stopptafel war, ist der Laster stehen geblieben! Ja. Wirklich! Glaub es oder lass es. Die haben tatsächlich angehalten und dann den Motor abgewürgt. Klar war das die Gelegenheit für die Gendarmen, um endlich zuzuschlagen. Der Strobel lenkte also an dem Laster vorbei und stellte den Mercedes quer vor die Schnauze. Aus die Maus, sozusagen. Und weil es zu einer anständigen Verfolgung ganz einfach dazugehört, dass sich die Bösen nicht einfach so ergeben, haben die Mädels noch versucht wegzulaufen. Aber, zur Überraschung aller, waren die Ordnungshüter diesmal schneller und standen schon vor den Fahrzeugtüren, um die Frauen in Empfang zu nehmen. Dann ging alles ziemlich flott. Hände auf den Rücken, Handschellen angelegt, in den Wagen verfrachtet, zum Lkw, Ladebordwand auf, Paket begutachtet, zuerst verwundert und dann ziemlich blöd geschaut. So ungefähr kann man die Ereignisse der nächsten Minuten zusammenfassen. Weil, was der Strobel da in die Laken gehüllt vorgefunden hat, war eine Puppe!

»Leck mich doch am A…«, entfuhr es dem Postenkommandanten, als er in die aufgenähten Knopfaugen und das hämisch grinsende Gesicht der vermeintlichen Direktorsleiche schaute. Und weil er so gar nicht glauben mochte, was er da sah, stieß er seinen Zeigefinger mehrmals gegen die Stirn der Puppe. Mit jedem Mal verformte sich der Kopf ein bisschen mehr, weil der Strobel immer fester zustieß. Bis er seinem Ärger schließlich freien Lauf ließ und mit den Fäusten auf das Grinsen eindrosch. Für die Schaulustigen rundum ergab das ein erschreckendes Bild. Die sahen nämlich nur, dass der Strobel da offenbar auf jemandem draufsaß und auf denjenigen einprügelte, dass die Beine wild zuckten. Da machte sich natürlich ein missmutiges Raunen breit und es gab einige Protestschreie. So von wegen Übergriff, unnötige Gewalt und so. Das Geraune mündete schließlich in einem gemeinsamen Aufschrei, wie man das vom Zirkus her kennt, wenn der Hochseilartist so tut, als würde er abstürzen. Da kommt aus dem Publikum dieser kollektive Schrei. Wie aus einem Munde quasi. Und genau das passierte eben jetzt auch, als der Strobel sich plötzlich aufrichtete und in der hochgestreckten Hand den Kopf der Puppe hielt. Ein paar Sekunden dauerte es, bis auch der Letzte begriff, dass es kein richtiger Kopf, sondern ein mit Stroh gefüllter Jutesack war, den der Strobel da in die Höhe hielt. Da wichen Empörung und Schock einem amüsierten

Lachen, dem sich letztendlich auch der Strobel nicht entziehen konnte. Leiche hin, Puppe her. Jetzt hieß es, die beiden Frauen zum Schloss zurückzubringen und zum Grund ihrer sinnlos scheinenden Tat zu befragen.

32

Man könnte sagen, an diesem Tag herrschte rege Betriebsamkeit in Tratschen. Die Kollegen von der Kripo waren mit den acht Mördern beschäftigt, der Strobel und der Berti mit den beiden Puppendieben und der Pfaffi auf dem Friedhof auf Löwenjagd. Der Konrad Christian suchte derweil mit einigen seiner Männer immer noch nach dem Zechmeister Peter, und der Pfarrer Römer hatte allerhand, wofür zu beten es sich gelohnt hätte. Der Herr Bürgermeister hatte seine Amtsgeschäfte zwischenzeitlich auch wieder aufgenommen und war eifrig dabei, eine Schadensliste zu erstellen, um einmal annähernd eine Idee zu bekommen, wie viel Geld die Gemeinde ausgeben musste, um alles wieder auf Vordermann zu bringen. Diese Liste war jetzt schon so lang, dass er sich die einzelnen Posten gar nicht addieren traute. Die 150-Jahr-Feier war hingegen momentan kein Thema. Natürlich würde sie nachgeholt werden, aber nicht in dieser und sicher auch nicht in der nächsten Woche. Neben all diesen Leuten gab es noch jemanden, der im Schweiße seines Angesichts schuftete. Dieser Jemand war mit einer Schaufel ausgerüstet und gerade dabei, ein Loch zu graben. Und zwar ein ziemlich großes. Und er hatte es offenbar sehr eilig damit. Er schaufelte in einem derartigen Tempo, dass einem beim Zuschauen schon alles wehgetan hätte. Aber es war niemand in der Nähe. Das heißt, in der Nähe war schon jemand. Sogar ziemlich viele Leute, aber niemand war mit ihm in den Schutz der kleinen Baumgruppe gehuscht, die etwa 100 Meter vom Gebäude entfernt fast mitten im Schlossgarten stand. Gerade einmal groß genug, um genügend Sichtschutz zu bieten, damit er vom Haus her nicht gesehen werden konnte. Nachdem der Plan vom Laszlo voll aufgegangen war und die Gendarmen jetzt alle Hände voll zu tun hatten, war es jetzt an Ben, die Leiche verschwinden zu lassen. Und das tat er auch. Und zwar unter den Augen der Gesetzeshüter. Ein gewagtes Spiel. Gar keine Frage. Aber sie alle waren mit Laszlo einer Meinung gewesen, dass wohl niemand so nahe beim Haus suchen würde. Während er nun so vor sich hin grub, grübelte er nebenbei darüber nach, wer es wohl gewesen war, der den Kaiser um die Ecke gebracht hatte. Und zwar, und dieser Punkt störte ihn schon ein wenig, mit seinem Krummsäbel. Alles was recht war, aber fragen hätte der wenigstens können. Ben mochte es nämlich gar nicht, wenn sich jemand ungefragt an seinem Eigentum zu schaffen machte. Überhaupt dann nicht, wenn er es dann im Körper einer Leiche wiederfinden musste. Daran fand der Kraftmensch gar nichts witzig. Gleichwohl er dem Herrn Direktor ein solches Ende von ganzem Herzen gegönnt hatte. Schweine, so dachte er, gehörten nun einmal geschlachtet. Und genau das war passiert. Jemand hatte das Schwein geschlachtet. Eine Tat, die längst überfällig gewesen war. So wie dieser Mann seine Familie tyrannisiert hatte. Die vielen Schläge, die er verteilt, Beschimpfungen, die er ausgestoßen, Essensrationen, die er gestrichen und die vielen sadistischen Quälereien, die er sich immer wieder ausgedachte hatte. Nicht zu vergessen, was er der armen Esmeralda angetan hatte. In einem Käfig hatte er sie die meiste Zeit gehalten. Wie ein Tier. Das arme Mädchen hatte sich das gefallen lassen, weil sie Angst gehabt hatte, er würde ihrem Herzallerliebsten etwas antun. Und eine Weile funktionierte das auch. Nur, dass ihr Ringo diesem Treiben nicht zuschauen konnte und wollte. Von Tag zu Tag wuchs sein Hass auf den Kaiser und trotz aller Versuche seitens Esmeralda, ihn zu beruhigen und zur Vernunft zu bringen, lehnte er sich eines Abend offen gegen ihren Peiniger auf. Mit dem Resultat, dass er die Prügel seines Lebens bezog und am nächsten Tag spurlos verschwunden war. Für alle Übrigen war dieser Vorfall eine Warnung, sich niemals gegen ihren Herrn zu stellen. Ich weiß, das hört sich arg an, und das war es schließlich auch. So oder so, der Kaiser war, von wem auch immer, in seine Schranken gewiesen worden. Eventuell eine Spur zu drastisch, das kann schon sein, aber anders hätte er es wahrscheinlich nicht kapiert. Und jetzt stand der stärkste Mann der Welt im Wald und vergrub den stinkenden Kadaver. Die Truhe, so hatte er beschlossen, würde er zerhacken und ins Feuer werfen. Natürlich hätte er sie gleich als Sarg verwenden können. Aber dafür hätte er ein wesentlich größeres Loch gebraucht, als er zu graben bereit war. Also dann lieber Feuerholz gemacht aus der Truhe. Versaut war sie von der Leichenflüssigkeit sowieso. Von daher war Verbrennen auch wurscht. Kurz hielt er inne und sah zum Himmel hinauf. Er würde sich beeilen müssen, wenn er rechtzeitig fertig werden wollte.

Auf dem Friedhof schlich derweil der Pfaffi herum und machte auf Großwildjäger. Tatsächlich fand er einige ziemlich große Pfotenabdrücke, die er freilich nicht gleich einem Löwen zuordnete. Das war es dann aber auch schon zum

Thema Jagderfolg. Das Tier selbst blieb verschwunden. Nach einer halben Stunde gab er schließlich auf. Immerhin hatte er ja noch Wichtigeres zu tun, als irgendwelche sonderbaren Viecher zu jagen. Er schulterte den Karabiner und machte sich auf den Weg zurück. Auf halbem Weg begegnete er dem Konrad Christian, der gleich anhielt, als er den Gendarmen sah, um ihm ein Fundstück zu überreichen. Es war ein brauner Kinderschuh. Einer von diesen orthopädischen, wie sie auch der Peter getragen hatte.

»Geh, bitte, und frag die Karoline, ob der ihrem Buben gehört.«

Mit dieser Bitte drückte er dem Pfaffi den Schuh in die Hand, erklärte ihm noch, wo sie ihn ungefähr gefunden hatten und ließ ihn dann stehen. Das war eine Aufgabe, die der Bursche nicht unbedingt übernehmen wollte. Er hatte nicht die geringste Ahnung, wie er an die Karoline herantreten sollte. Geschweige denn, was genau er sagen sollte. Wenn es kein Schuh vom Peter war, war es egal. Aber falls es doch seiner war, würde sich die Frau sicher aufregen. Und was, so fragte er sich ratlos, sollte er dann tun? Sie umarmen? Oder sie einfach stehen und ihrem Schicksal überlassen? Trotz all seiner Unsicherheit machte er sich auf den Weg zu ihrem Haus. Vor der Tür blieb er dann stehen und zauderte ewig herum. Er konnte sich einfach nicht überwinden, den Klingelknopf zu drücken. Jedes Mal wenn er den Finger in Richtung des Knopfes dirigierte, hatte er das Gefühl, sein Herz würde gleich zerspringen. So sehr klopfte es in seiner Brust. Keine Ahnung, wie oft er dieses Spiel wiederholt hat. Letztendlich aber, hatte das Schicksal ein Einsehen. Weil plötzlich wurde die Tür von innen geöffnet und der Pfarrer Römer stand da und schaute den Pfaffi fragend an. Der stotterte einen Gruß und erklärte dem Pfarrer sein Anliegen.

»Gib ihn mir. Ich erledige das für dich und komme dann zu dir auf die Dienststelle.«

»Vielen Dank, Hochwürden! Vielen Dank!«

Vor lauter Erleichterung hätte der Pfaffi am liebsten laut gesungen. Aber das erschien ihm in Hörweite des Priesters nicht angebracht. Den Schuh, und damit natürlich auch die Aufgabe, war er jedenfalls los. Das war jetzt Sache vom Pfarrer Römer. Und wer, wenn nicht der, konnte genügend Erfahrung im Umgang mit Situationen wie dieser haben? Wohl kaum jemand. Da war der Pfaffi ganz sicher. Bei seiner Rückkehr präsentierte sich der Innenhof der Dienststelle wie neu. Der gesamte Dreck war weg und der Asphalt mittels Hochdruckschlauch gereinigt. Wären das Loch in der Wand und das Wrack des Dienstwagens nicht gewesen, hätte man denken können, es sei nie etwas passiert. Beim Anblick des Käfers zog der Pfaffi die Stirn in Falten und knabberte an seiner Unterlippe. Wie sollte er das seinem Chef erklären? Andererseits war es ja nicht seine, sondern die Schuld der Feuerwehrleute. Genau wie die demolierte Wand. Warum sich also unnötige Gedanken machen? Bei näherer Betrachtung des Blechhaufens kam er außerdem zu der Überzeugung, dass dieses Vehikel die Angelegenheit auch ohne Kettenraupe nicht heil überstanden hätte. Weil das Dach hatte die Raupenschaufel sicher nicht eingedrückt. Das musste der schwere Schlamm verursacht haben. In die hinteren Räume und den Zellentrakt getraute er sich nicht hinein. Wozu auch? Eine intensive Reinigung hätte ohnehin überhaupt keinen Sinn gehabt. Dieser Bereich des Hauses war Baustelle. Somit hatte der Pfaffi im Moment nichts zu tun. Nachdem er aber aus seinem Urlaub geholt worden war, wollte er nicht blöd herumsitzen und machte sich deshalb auf den Weg zum Schloss. Vielleicht konnten seine Kollegen ja Hilfe gebrauchen. Auf Höhe vom

Platzerwirt bemerkte er den Kasperlkopf, der zur Salzsäule erstarrt auf dem Gehsteig stand und in die gegenüberliegende Gasse starrte. Der Pfaffi folgte seinem Blick und glaubte sich für einen Moment im falschen Film. Hätte er nicht schon gewusst, dass im Ort ein eher ungewöhnliches Vieh herumspazierte, hätte er jetzt sicher an seinem Verstand gezweifelt. So aber war er nach dem ersten Schreck durchaus bereit, zu glauben was er sah. Den Putzi nämlich. Mit einem ziemlich großen Knochen im Maul. Und so wie der Pfaffi und der Kasperlkopf dastanden und den Löwen anglotzten, stand der auf der anderen Straßenseite und glotzte sie ebenfalls an. Allerdings schien er um einiges gelangweilter zu sein als die beiden Herren. Noch bevor sich der Pfaffi endgültig mit dem Gedanken abgefunden hatte, dass der große Hund, den die Höberl Ingrid gesehen haben wollte, in Wirklichkeit ein Löwe war, machte dieser kehrt und trabte hocherhobenen Hauptes davon. Der Pfaffi wollte den Kopf Kasper fragen, ob er das Gleiche gesehen hatte wie er, kam aber nicht mehr dazu, weil der sich jetzt auch in Bewegung setzte und ohne weiter auf den Pfaffi zu achten, in Fluchtrichtung der Raubkatze marschierte. Kurz überlegte der Pfaffi, es ihm gleichzutun, entschied sich dann aber doch für die Variante mit Verstärkung und so. Sicher war schließlich sicher. Der beste Schütze im Gendarmeriekorps war der Pfaffi nämlich nicht. Eher mehr so unterdurchschnittlich bis schlecht. Von daher also eine weise Entscheidung des jungen Mannes, einfach weiter in Richtung Schloss zu gehen. Ich meine, vielleicht hätte es nicht geschadet, wenn er den Kasper wenigstens gefragt hätte, wo er hin wollte. Und vielleicht hätte er versuchen sollen, den Kerl von seinem Vorhaben abzubringen, sofern dieser es ihm überhaupt verraten hätte. Und vielleicht wäre dann nicht passiert, was passiert ist. Wer weiß? Ein bisschen viele Vielleichts. Nachträglich ist man bekanntlich sowieso immer klüger.

33

Im Ersatzbüro ging's derweil lustig zu. Der Novotny war dabei, sich die Haare zu raufen und vor lauter Ärger über seine plötzlich ziemlich störrischen Verdächtigen, die zuerst gestehen und jetzt nicht mehr mit ihm reden wollten, zumindest einen Schlaganfall zu riskieren. Seine Männer schauten ebenfalls nicht sonderlich amüsiert aus der Wäsche, und die achtköpfige Mördertruppe schien von der Situation absolut unbeeindruckt zu sein. Da nützte alles Schreien und Drohen nichts. Keiner sagte auch nur ein Wort, seit der Valentino, quasi in seiner Funktion als Ältester, angemerkt hatte, dass keiner der Anwesenden mehr ein Wort sagen werde, weil der Herr Kontrollinspektor Novotny, es, aus ihrer Sicht, eindeutig an Höflichkeit und gutem Benehmen mangeln ließe. Derlei schlechte Behandlung habe man auch als geständiger Mörder kaum verdient, hatte er, unter dem Nicken seiner Freunde, noch hinzugefügt und seitdem war Schluss. Und genau deswegen war der Novotny mit keinem von ihnen auch nur einen Millimeter weitergekommen, als bis zu dem Punkt, wo jeder den Mord gestanden hat. Keine Details zur Tat, keine Information zum Verbleib der Leiche, kein Motiv, kein gar nichts. Vor lauter Wut war der Kripomann fast den Tränen nahe. Genau in diesem Moment der absoluten Hochstimmung trudelten schließlich auch der Strobel und der Berti mit den Puppenmörderinnen ein. Der Versuch vom Strobel, dem Novotny erklären zu wollen, was passiert war, scheiterte schon im Ansatz, weil der Mann keinen Bock hatte sich das anzuhören, wie er lautstark und abermals ziemlich unwirsch verkündete.

»Sehen Sie«, mischte sich der Valentino ein, »Sie brauchen sich wirklich nicht zu wundern, wenn keiner mit Ihnen reden will!«, verkündete er mit beleidigter Mine und verschränkte demonstrativ die Arme vor der Brust. So nach dem Motto: Da hast du es, du Hund.

»Hört, hört!«, sagte der Strobel, klopfte dem Novotny auf die Schulter und drehte sich grinsend um. Sein Mitarbeiter stand neben den beiden Damen und war krampfhaft darum bemüht, ein möglichst neutrales Gesicht zu machen. Was ihm allerdings nur mäßig gelingen wollte. Seine Versuche, sich ein lautes Lachen zu verkneifen, machten sein Gesicht nicht unbedingt schöner und er sah ein bisschen so aus, als habe er in eine Zitrone gebissen. Die beiden Frauen, bei denen es sich nebenbei bemerkt um die Fabula und die Esmeralda handelte, standen stumm da und warteten auf das, was kommen würde. Interessante Konstellation irgendwie. Die Ehefrau und die unfreiwillige Geliebte des verstorbenen Kaisers, in trauter Eintracht beim Verhör. Allerdings kannten die Gendarmen derlei Hintergründe zu diesem Zeitpunkt noch nicht. Jedenfalls war das größte Problem, einen ruhigen Platz für die Vernehmung zu finden. Weil so ein bisschen ist es lautstärkenmäßig zugegangen wie in einem Wirtshaus. Kaum die richtige Umgebung für eine ernsthafte Unterhaltung. Nach kurzem Überlegen ist der Strobel raus und hinauf zum Schloss gegangen. Dort erklärte er dem Grafen, dass ihm durchaus bewusst sei, dass er dessen Geduld und Großzügigkeit bereits über Gebühr beansprucht habe, er aber aufgrund der besonderen Umstände keine andere Wahl habe, als an das Staatsbürgerherz des Herrn Grafen, und die diesem innewohnenden Hilfsbereitschaft zu appellieren, und ihn darum zu bitten, so es in irgendeiner Form machbar sei, gefälligerweise noch eine Räumlichkeit im Schloss zur Verfügung zu stellen. Ja, da hat er sich wirklich bemüht mit dem Schönsprechen, der Strobel. Und was glaubst du, hat es ihm eingebracht, dass er sich vor lauter Unterwürfigkeit fast zerrissen hat?

»Was reden S‹ denn so gestelzt daher, Strobel?«, fragte das Blaublut, offenbar völlig unbeeindruckt von des Postenkommandanten Wortgewandtheit.

»Ähm …, wir bräuchten dann also eventuell noch einen Raum. So zwecks Verhör … Bitte.«

Und siehst du, der Herr Graf verdrehte zwar ein wenig entnervt wirkend die Augen, wies dem Strobel aber trotzdem den Weg zu einem links neben dem Eingang gelegenen Raum, der nicht wie ein Büro, sondern eher wie ein Salon wirkte. Beeindruckt von dieser vornehmen und feudalen Kulisse verharrte der Strobel einige Augenblicke in der offenen Tür, bevor er sich artig bedankte und loszog, um den Berti und die beiden Frauen zu holen. Was folgte, waren zwei absolut ergebnislose Gespräche, in denen die Frauen zum Thema Puppentransport eine Handvoll völlig sinnbefreiter Geschichten zum Besten gaben, die zu wiederholen sogar dem Strobel, ohne die Hilfe schriftlicher Unterlagen, schwerfallen würde. Am Ende behaupteten sie jedenfalls, sie hätten vorgehabt, die Puppe an irgendeinen Bauern in der Umgebung als Vogelscheuche zu verkaufen. Was für ein Blödsinn! Im Grunde konnte es dem Strobel auch ziemlich wurscht sein, weil er das Gegenteil nicht beweisen konnte und es ohnehin nicht strafbar war, eine Puppe spazieren zu fahren. Das Missachten von Anhaltezeichen allerdings schon. Dafür hatte die Fabula allerdings auch eine Erklärung, die, bei fairer Betrachtung der Situation, nicht von der Hand zu weisen war. Sie behauptete nämlich, nicht gewusst zu haben, dass das die Gendarmerie war, die da hinter ihr so wild hupte, und sich bedrängt gefühlt zu haben, weshalb sie dann auch bei der Kreuzung den Motor abgewürgt hätte. Dass das eine Lüge war, ist dem Strobel natürlich klar gewesen, aber was hätte er schon groß machen können? Ich meine, ihm war durchaus klar, dass dieses Schmierentheater, das die Zirkusleute da spielten, irgendeinem Zweck diente, den zu durchschauen ihm im Moment noch nicht möglich war. Weil acht Mörder, die zur gleichen Zeit angelatscht kamen, um zu gestehen, waren eindeutig des Guten zu viel. In Kombination mit der verschwundenen Leiche und der gelungenen Inszenierung mit der blöden Puppe, stank das gewaltig zum Himmel. Darin waren sich der Strobel und der Berti einig. Sie hatten aber beide keine gute Erklärung dafür. Da also unter dem Strich nichts gegen die beiden Frauen vorlag, entließ sie der Strobel, mit der, aus diversen Filmen bestens bekannten Aufforderung, sich weiterhin zur Verfügung zu halten. Zwischenzeitlich war der Pfaffi eingetroffen und hatte seinem Chef über den komplett schrottreifen Käfer, die baufällige Rückseite des Hauses und den Schuh, der wahrscheinlich dem Peter gehörte, Bericht erstattet. Alles in allem keine Mitteilungen, die ihn zu übertriebener Heiterkeit veranlassten. Kurz darauf erschienen zur Abwechslung neue Gesichter auf der Bildfläche. Nämlich der Herr Major Schuch, der sich nach dem abgebrochenen Telefonat mit dem Strobel aufgemacht hatte, die Lage selbst zu sondieren, und zwei Leute vom Tiergarten Schönbrunn, die, wie sie fröhlich ein Betäubungsgewehr schwingend verkündeten, ausgezogen waren, einen Löwen zu fangen. Jetzt, da war der Strobel sicher, konnte es nur noch aufwärts gehen. Ging es aber nicht. Abwärts allerdings auch nicht. Man könnte sagen, dass sich gar nichts mehr getan hat, außer, dass der Herr Major zuerst mit dem Strobel, dann mit dem Novotny geredet und zu guter Letzt noch den Chefinspektor Travnicek, seines Zeichens Chef vom Novotny und erklärter Strobelfreund, angerufen und nach einigem Hin und Her die anstehenden Tätigkeiten neu zugewiesen hat. Wobei der Strobel das große Los zog, die Mörder zu befragen. Allerdings erst am nächsten Tag. Davongelaufen ist schließlich nichts. Und weil es immer noch keine Leiche und wegen der Geständnisse auch keine wirklichen Haftgründe gab, durften die Verdächtigen zurück in ihre Wohnwägen. Natürlich nur unter der Auflage, sich zur Verfügung zu halten. Versteht sich.

34

Mit zehn Stunden Freizeit gesegnet, packte den Strobel trotz allem die Melancholie beim Schopf und zwang ihn förmlich dazu, noch im Pfarrhaus vorbeizuschauen. Und sei es auch nur, um einmal laut auszusprechen, dass er Liebeskummer hatte. Ein Gefühl, das er seit seiner Jugend nicht mehr gehabt hatte, im Grunde aber auch für verzichtbar hielt. Normalerweise, so dachte der Vernunftmensch in ihm, sollten Probleme wie die zwischen ihm und seiner Frau Doktor unter erwachsenen Menschen gar nicht vorkommen. Es sollte doch davon auszugehen sein, so überlegte er, einen Kompromiss zu erarbeiten. Vielleicht sollten sie beide ihre Wohnungen aufgeben und sich in der Mitte treffen. Blöd nur, dass in eben jener Mitte außer viel Landschaft nichts war. Von daher war das Projekt »goldene Mitte« von Haus aus zum Scheitern verurteilt. Da brauchte er gar nicht allzu viel Hirnschmalz hineinrinnen lassen. So verzettelte sich der Strobel auf seinem Weg also in die Lösung eines Problems, das er nicht hatte, solange Funkstille herrschte. Ich meine, der Mann war ja kein Depp. Von daher wusste er das natürlich. Aber das Wohnungsproblem erschien ihm trotzdem leichter lösbar. Er hatte nämlich nicht die geringste Ahnung, was er der Frau sagen konnte, oder besser gesagt sollte, oder noch genauer gesagt, musste, um sie versöhnlich zu stimmen. Im Grunde war er sich noch nicht einmal sicher, ob sie sich überhaupt milde stimmen ließ. Die alles entscheidende Frage lautete also: Würde die Frau Doktor überhaupt bereit sein mit ihm zu reden? Weil der Strobel aber von seinem Naturell her eher kein so positiv denkender Mensch gewesen ist – man könnte auch sagen, dass er so ein kleines bisschen ein Pessimist, Schwarzseher, latenter Weltuntergangsstimmungsverbreiterer, Skeptiker oder auch Unker gewesen ist –, getraute er sich nicht recht, den Versuch eines Anrufs zu wagen. Kurz gesagt diente sein nach außen hin als freundschaftlich getarnter Besuch in Wirklichkeit dem Zweck, sich den Rücken stärken oder besser noch Mut machen oder am besten kräftig in den Hintern treten zu lassen, um sich endlich in die richtige Richtung zu bewegen. Dass die Frau Doktor sich nicht melden würde, glaubte er zu wissen. Dieses Wissen wiederum resultierte aus einer ihrer Erzählungen, in der es um ihre Großmutter und deren unumstößliche Verhaltensregeln für die Frau von Format gegangen war.

»Kind«, so habe die Oma immer gesagt, »Kind, folgende Regeln musst du als Frau unbedingt beherzigen, um als Dame wahrgenommen zu werden:

Rauche niemals auf der Straße.

Esse niemals auf der Straße.

Rufe niemals, unter gar keinen Umständen, einen Mann zuerst an!«

Zugegeben, das Regelwerk, so wie der Strobel es sich gemerkt hatte, war nicht wirklich vollständig und wahrscheinlich noch nicht einmal richtig wiedergegeben, aber sinngemäß kam es ungefähr hin. Zumindest mit Regel Nummer drei. Na ja, was soll ich dir sagen? Vor lauter Hirnwichsen wäre der gute Mann fast am Pfarrhaus vorbeigelatscht. Zu seinem Glück stand der Römer gerade beim Briefkasten, als der Strobel wie ferngesteuert daherkam und grußlos, weil nicht gesehen, an seinem Freund vorbeiging.

»Grüß Gott!«

Lauter als normalerweise nötig sprach der Kirchenhirte den Strobel an. Es brauchte dann aber trotzdem noch einen zweiten Versuch, bis dieser reagierte und etwas verwirrt stehen blieb.

»Wo willst denn hin um die Zeit?«

»Äh …, na eh zu dir …«

»Ich seh schon, da braucht wer eine Gesprächstherapie.«

Grinsend bedeutete der Römer seinem Gast einzutreten und machte höflich Platz. Noch bevor er richtig im Haus war, erzählte ihm der Römer von dem Schuh, der im Wald gefunden worden war und den ihm der Pfaffi übergeben hatte, um die Karoline damit zu konfrontieren, und von deren Antwort. Nämlich, einem von einem Aufschrei begleiteten Kopfnicken. Kein Zweifel also, was die Herkunft des Schuhs betraf. Durch diese Neuigkeit kam der Gendarm doch glatt für kurze Zeit vom eigentlich angepeilten Gesprächskurs ab, schaffte es aber nach einer Weile, mit Mühe aber doch, das Thema Frau Doktor aufzugreifen und über all die Dinge zu reden, die ihn bewegten und hörte nicht mehr auf, bis ihn der Römer laut, und vielleicht auch etwas unsensibel, weil genervt, unterbrach.

»Na dann ruf sie doch endlich an du Depp! Bitte! Tu dir und vor allem mir einen Gefallen und RUF SIE AN!«

Die letzten Worte schrie er fast hinaus, der Herr Pfarrer. So aufgerieben war er schon von dem immer wiederkehrenden »Ichvermissesiesosehr-Thema«. Das kann einem aber auch wirklich ganz schön das Kraut ausschütten, wenn einer so beratungsresident ist, wie der Herr Bezirksinspektor es war. Die lange Geschichte kurz erzählt ist, dass der Strobel nach anfänglichem Zögern und einem zweifelnden

»Meinst wirklich?«, rasch den Kopf einziehen musste, weil ihm der Römer ein Zierkissen entgegenpfefferte und ein fast schon zornig klingendes

»Schleich dich jetzt und ruf an, du Feigling!«, trompetete. Und um es kurz zu machen: Genau das hat der Strobel dann gemacht und zu seiner Erleichterung festgestellt, dass sein Herzblatt nicht nur gesprächsbereit war, sondern auch schon sehnlichst auf seinen Anruf gewartet hatte, weil sie ihn genauso vermisste, wie er sie. Und weil sich beide so gefreut haben, voneinander zu hören, und sie sich ja so arg vermisst hatten, hat natürlich ein jeder von ihnen versucht, eventuelle Reizthemen zu vermeiden, um den frisch geschlossenen Waffenstillstand nicht zu gefährden, der in weiterer Folge in den nächsten 20 Minuten, mit allerlei romantischen Lippenbekenntnissen, zu einem handfesten Friedensvertrag wurde. Rohe-Eier-Politik quasi. Nach über einer Stunde war es dann die Frau Doktor, die mit dem Hinweis, am nächsten Tag früh aufstehen zu müssen, das Telefonat in die Schlussphase führte. Geendet hat das Ganze, wie konnte es auch anders sein, mit innigen Liebesschwüren, Sehnsuchtsbekenntnissen und einer Verabredung für das Wochenende. Und siehst du, nach diesem

Gespräch sind zwei Menschen, die davor unglaublich traurig waren, wieder unglaublich glücklich gewesen und keiner der beiden hat sich auch nur eine Sekunde darüber Gedanken gemacht, dass sie um nichts weitergekommen waren, als sie vor ihrem Streit schon waren. Ein Lehrbeispiel diplomatischer Gesprächsführung quasi. Aber was soll's.

Wie der Strobel ein paar Stunden später erkennen musste, war die Nacht nicht für alle Ortsbewohner so positiv verlaufen wie für ihn. Der Kopf Kasper musste nämlich am eigenen Leib erfahren, wie schnell aus Spiel Ernst werden und wie hauchdünn die Grenze zwischen Triumph und Niederlage sein konnte. Als Erstes kam für ihn der Triumph. Nämlich in der Art, dass er es tatsächlich nicht nur schaffte den Putzi aufzuspüren, sondern ihn auch noch dazu brachte, einmal nicht wegzulaufen. Die beiden saßen sich mitten auf dem Fußballplatz eine ganze Weile fast reglos gegenüber und starrten sich an. Wobei ich sagen muss, dass der Kasper mehr gestarrt hat als der Putzi, der anfänglich eher müde und gelangweilt wirkte. Locker ausgestreckt lag er, mit dem Oberschenkelknochen vor sich, da und gähnte herzhaft. Der Kasper allerdings war so auf diesen Knochen fixiert, dass er keine Notiz von dem riesigen Maul nahm. Auch Angst wollte sich nicht recht einstellen. Er wollte, nein, er musste das Teil um jeden Preis haben. Also begann er, sich ganz langsam auf den Putzi zuzubewegen. Zentimeterweise. Und, ob du es glaubst oder nicht, er schaffte es tatsächlich nicht nur, den Knochen zu berühren, sondern konnte ihn, unter den immer noch gelangweilten Blicken des Löwen, sogar an sich nehmen. Löwe hin, Raubkatze her, der Putzi war im Grunde seines Herzens halt auch eine verspielte Katze. Wenn auch nicht ganz so klein, wie die gemeine Hauskatze üblicherweise daherkommt. Dazu ist gekommen, dass sich der sein ganzes Leben in Gefangenschaft gewesene Löwe jetzt quasi neu erfand und Dinge machte, die Löwen normalerweise nicht machen. Spielen zum Beispiel. Ein Trieb, der speziell alten Tieren normalerweise fehlt. Mag sein, dass es an der neu gewonnen Freiheit lag, keine Ahnung. Jedenfalls entdeckte das Tier seinen Spieltrieb. Diesem Spieltrieb war es geschuldet, dass der Putzi versuchte, sein Beutestück mit seiner Pranke am Boden zu fixieren. Das sah wirklich genauso aus wie bei einer Hauskatze, als er spielerisch, mit aufgestellten Ohren und schief gelegtem Kopf, immer wieder auf den Knochen klopfte. Der Kasper seinerseits war fest entschlossen, sich nicht ohne das gute Stück auf den Heimweg zu machen und zog es deshalb immer weiter mit sich fort. Derart herausgefordert, begann der Putzi hinterherzurobben. Dabei versuchte er wiederholt, den Knochen mit den Zähnen zu fassen zu bekommen. Aber der Kasper war immer um eine Nuance schneller. Zumindest beim Wegziehen des Spielzeuges. Na ja, dann kam, was kommen musste. Ich meine, du hast doch sicher schon einmal zugeschaut, wenn sich so ein Kätzchen an seine Beute heranpirscht. Da hast du sicher auch gesehen, wie das ausschaut, wenn das niedliche Tier aus dieser geduckten, lauernden Stellung heraus, mit kreisrunden und gar nicht einmal unfreundlichen Augen, einen Satz nach vorn macht und dabei, mit weit offenem Mäulchen, die Vorderpfoten in Richtung ihrer Beute streckt. Bei jungen Kätzchen meist ein Moment, in dem Frauchen ein hochtoniges

»Schau wie sü-üß!«, kreischt, wenn sich Mitzi, Mautzi, Pupi oder wie auch immer das Vieh heißen mag auf ihr Spielzeug stürzt. Was soll ich dir sagen? Obwohl der Putzi jetzt, in einem Moment der Unachtsamkeit vom Kasper auch nichts anderes gemacht hat, hat es bei ihm lange nicht so süß ausgesehen. Es war eher mehr so ein tollpatschig wirkender Hopser, der Marke hüftoperierter Laubfrosch.

Nein, wirklich! Das hatte nichts von dieser unglaublichen Anmut, die so ein Stubentiger bei derlei Aktionen an den Tag legt. Und stell dir vor, er verfehlte sogar den Knochen. Zwar nur knapp, aber eben doch. Dafür gruben sich seine Krallen in den Unterarm vom Kasper. Gut, das tat zwar weh, wäre aber trotzdem nicht so schlimm gewesen, wenn dieser jetzt nicht so geschrien und den Putzi damit ein bisschen erschreckt hätte. Bedingt durch den Schock zog der seine Pranke nämlich sofort zurück und riss dabei, unerfreulicherweise, ein schönes Stück mit Sehnen durchsetztes Fleisch vom Kasperlknochen. Autsch! Jetzt hat der Kasper sich als Kind zwar immer eine Katze gewünscht, aber nie eine bekommen und von daher nicht viel Erfahrung mit dem Spieltrieb dieser Gattung gehabt. Soll heißen, er interpretierte das Missgeschick vom Putzi als Angriff. Ergo Fluchtversuch. Logisch! Er erhob sich so schnell er konnte, drehte sich um und versuchte wegzulaufen. Stark blutend, weil schwer verletzt und so ein kleines bisschen panisch. Tja und was machte da der Putzi? Genau! Was die gut gelaunte Miezekatze mit der Maus so macht, bevor sie sie verspeist. Spielen. Ja, da kam richtig Freude auf beim Putzi, als er hinter dem Kasper her tapste, ihn wiederholt mit kleinen, sanft gemeinten Prankenhieben, bei denen jedes Mal blutige Striemen auf dem Rücken entstanden, wieder zu Fall brachte, sich auf ihn legte, ihm spielerisch einmal in den Hinterkopf, dann wieder in den Hintern oder einen Schenkel biss. Nicht sehr fest. Nein, wo denkst du hin? Nur so ein kleines bisschen. So sanft, wie ein ausgewachsener Löwe das halt hinbringt. Solange sich sein Spielkamerad noch nach Kräften wehrte, bereitete ihm das sichtlich Vergnügen. Aber schon nach ungefähr fünf Minuten kam der Moment, wo dem Kasper die Kräfte schwanden. Bewusstlos. Lag wahrscheinlich am Blutverlust. Jedenfalls blieb er dann einfach auf dem Bauch liegen und rührte sich nicht mehr. So sehr ihn der Putzi auch anstieß. Keine Reaktion. In dieser Situation zeigte sich, dass so ein Löwe auf frühzeitig abgebrochene Spiele genauso reagiert, wie etwa ein Kleinkind. Nämlich mit Trotz. So nach dem Motto: »Das werden wir ja sehen!« stellte er sich breitbeinig über den Kasper, packte ihn mit den Zähnen im Genick, schüttelte ihn einige Male kräftig durch und ließ ihn schließlich wieder fallen. Diese Prozedur wiederholte er ein paar Mal, bevor er den Hut draufhaute und sich, demonstrativ gelangweilt, wieder dem Oberschenkelknochen zuwandte. Vielleicht dachte der Putzi ja, sein neuer Freund würde darauf reagieren. Wer weiß? Der Kasper war jedenfalls derart mit Ausbluten beschäftigt, dass er ihn links liegen ließ, worauf er, ohne den Knochen mitzunehmen, beleidigt abzog. Hätte der Kasper die Spielstunde überlebt, hätte er zumindest eine Lehre aus ihr ziehen können. Nämlich, dass man sich seine Spielkameraden ganz genau anschauen sollte, noch bevor sie einem den Tag verderben können. So aber lag er auf der Fünferlinie im Strafraum und hatte nicht wirklich was davon. Niederlage auf ganzer Linie quasi.

35

Diese Nacht endete für den Strobel bereits um 04.07 Uhr. Aber nicht, weil da schon jemand den Kasper gefunden hatte, sondern weil es brannte. Jetzt kannst du natürlich sagen, dass es da nicht den Strobel, sondern die Feuerwehr gebraucht hätte, und hast damit grundsätzlich auch recht. In diesem Fall war das Feuer deshalb von Interesse für den Gendarmen, weil es im Schlosspark ausgebrochen war. Genauer gesagt, beim Zirkus. Noch genauer gesagt, im Wohnwagen vom Ben, dem Kraftmenschen. Und weil der Konrad Christian wusste, dass der Strobel da Ermittlungen am Laufen hatte, dachte er sofort, dass ihn das interessieren würde. Gar nicht so abwegig, dieser Gedanke. Freilich wusste das, außer dem Ben natürlich, noch niemand, dass der Brand gelegt worden war, um die letzten Reste der Leiche, sprich die Spuren der Leichenflüssigkeit auf dem Fußboden, endgültig zu vernichten. Das war dem Mann, trotz eifrigster Bemühungen, nämlich nicht gelungen. Weder der Fleck ging richtig weg noch ließ sich der Gestank so ohne Weiteres vertreiben. Jetzt hatte er den ganzen Tag damit verbracht, den Kaiser unbemerkt unter die Erde zu bringen und deswegen kein gesteigertes Interesse, sich wegen irgendwelcher, nicht beseitigbarer Spuren doch noch einen Strick drehen zu lassen. Wer A sagt, muss eben auch irgendwann B sagen. So ist das halt. Von daher hat der Ben die Konsequenzen gezogen und mit Hilfe von ein bisschen Benzin und einem Streichholz versucht, im Hinblick auf neugierige Exekutivbeamte, den Grundstein für eine sorgenfreie Zukunft zu legen. Ein netter Versuch. Zugegeben. Nur zu einer wirklich saublöden Zeit. Ich meine, woher hätte der Ben auch wissen sollen, dass der Herr Graf fast jeden Tag, fast mit der Präzision eines Schweizer Uhrwerks, um diese Uhrzeit munter geworden ist, weil seine Blase mit Nachdruck ihre Entleerung forderte. Zumindest tat sie so. Bei der Umsetzung kam es nämlich selten bis nie zu dem erwarteten Springbrunnen. Eher mehr so die Variante verschlissene Wasserhahndichtung. Typisch Prostata halt. Tröpfchen für Tröpfchen quasi. Wahrscheinlich zu wenig Kürbiskerne gegessen, der Mann. Aber wie auch immer. Das werte Befinden des Schlossherrn ist gerade soweit interessant, als dass es erklärt, warum er um diese Zeit nicht geschlafen hat, sondern durchs Haus gegeistert ist und den Brand entdeckt hat. Die Prostatasache ist erst zwei Tage nach seiner Aussage bei der Gendarmerie Gesprächsthema bei den Tratschweibern im Ort geworden. Aber wie dem auch sei. Jedenfalls ist der Herr Graf aufgestanden, um sein Geschäft zu verrichten, hat vom Fenster aus den brennenden Wohnwagen gesehen und die Feuerwehr angerufen. So weit, so gut. Obwohl das Gefährt beim Eintreffen des Löschfahrzeuges bereits in Vollbrand stand und deswegen nicht mehr gerettet werden konnte, war es im Großen und Ganzen ein eher unspektakulärer Einsatz, der mehr dem Zweck diente, eine Ausbreitung der Flammen zu verhindern. Aber aus unerfindlichen Gründen war der Wagen ohnehin bereits weit genug von den anderen abgerückt. Eine Tatsache, die den Ben leicht hätte verraten können, wenn sie denn aufgefallen wäre. Aber die Feuerwehrleute haben nicht wissen können, wo genau der Wagen vorher gestanden hatte, und die Gendarmen haben später geglaubt, die Feuerwehr habe ihn im Zuge der Löscharbeiten ein Stück weiter weggezogen. Ein Detail, das ohnehin nicht so wichtig war, weil sich die Dinge ganz von selbst anders entwickelt haben, als es der Ben oder die Gendarmen erwartet hätten. Aber schön der Reihe nach. Jetzt hat es gebrannt, die Feuerwehr hat zugeschaut und der Strobel war auf dem Weg zum Schloss, um …, ja eben um zu …, keine Ahnung eigentlich, warum. Er selbst später übrigens auch nicht. Es sah halt einfach besser aus. Oder so. Resultat des ganzen war ein völlig zerstörter Wohnwagen, ein durchweichter und deshalb sehr schmieriger und rutschiger, ehemals fast englischer Rasen sowie ein unausgeschlafener und folglich nicht sonderlich gut gelaunter Strobel. Letzteres änderte sich auch nicht, als er auf dem seifigen Untergrund ausrutschte und einen Sturz nur verhindern konnte, indem er beide Hände bis zu den Handgelenken in den Matsch grub. Vollster Körpereinsatz für relativ wenig bis gar keine Erkenntnisse. Weil zu sehen gab es für ihn nicht wirklich viel. Von wegen früher Vogel und Wurm und so. Natürlich war das Wrack des Wohnwagens noch nicht begehbar, weil zu heiß. Von daher hätte sich der Strobel den Weg in die Wiese auch sparen können. Zornig wandte er sich ab und stapfte derart energisch in Richtung Büro, dass der Dreck nur so spritzte. Es war ihm völlig wurscht, dass er sich die Hosen fast bis zu den Knien hinauf versaute. Rückzug war angesagt. Er musste sich beruhigen, Kaffee trinken und vollständig munter werden. So, wie er jetzt beieinander war, würde Arbeiten nicht viel Sinn haben. Das wusste er nur zu gut. Allein wollte er außerdem auch nicht leiden. Deshalb bestand seine erste Amtshandlung im Büro darin, den Berti und den Pfaffi anzurufen und zum Dienst zu kommandieren. Erst dann widmete er sich der Kaffeemaschine. Als unmittelbar darauf der Feuerwehrkommandant eintrat und Anstalten machte, dem Strobel irgendwas erklären zu wollen, legte der einen Zeigefinger auf seine Lippen, machte »Psst!«, sagte:

»Erst Kaffee!«, und bedeutete dem Konrad, sich zu setzen. Eine Aufforderung, der dieser nicht ungern nachkam. Schließlich war es auch für ihn erst 04.41 Uhr und damit normalerweise Schlafenszeit. Von daher saßen die Männer still da und ein jeder tat, was er eben gerade tun wollte. Der Konrad besah sich durch das Fenster den gerade gelöschten Wohnwagen und der Strobel beobachtete geistlos jeden einzelnen Tropfen des Kaffees, der aus dem Filter drang und sich in die Tiefe der Kanne stürzte. Traute Zweisamkeit, die ein jähes Ende fand, als der Berti zur Tür hereinstapfte und nach einem etwas zu lauten »Guten Morgen« wissen wollte, was genau draußen im Schlosspark eigentlich passiert war.

»Erst Kaffee!«, antwortete der Konrad anstelle vom Strobel, deutete in Richtung der schnaufenden und dampfenden Kaffeemaschine und zog grinsend einen weiteren Sessel heran.

»Hrm«, machte der Berti und nahm ohne Widerrede Platz. So wirklich war auch ihm um diese Zeit nicht nach Konversation. Als die Maschine die Produktion schließlich mit lautem Gurgeln, Röcheln und Klopfen einstellte, stellte der Strobel drei Tassen auf den Tisch und schenkte so sorgfältig ein, als handle es sich um französischen Rotwein der teuersten Art. Und sei einmal ehrlich, was gibt es Schöneres, als den Duft von frischem Kaffee, wenn du morgens im Büro hockst, dich ins Unvermeidliche zu fügen versuchst und einmal mehr feststellst, dass du lieber noch im Bett wärst und dich, bräuchtest du das Geld nicht so dringend, die ganze Welt am Arsch lecken könnte? Wohl kaum etwas. Oder? Aber wie auch immer. Als sie schließlich aus ihren Tassen schlürfend dahockten, eröffnete der Strobel endlich das Gespräch. Er sah den Konrad Christian an und fragte:

»Also?«

»Brandstiftung.«

»Hmm …, sicher?«

»Ziemlich.«

»Wie?«

»Der Klassiker.«

»Äh …, Klassiker?«

»Benzin.«

»Ah, Benzin!«

»Jop! Ziemlich viel davon!«

»Hmm …«

Jetzt kannst du sagen, dass das keine besonders großartige Unterhaltung gewesen ist. Das stimmt auch. Aber trotzdem war mit den paar Worten alles gesagt. Da hat sogar der Berti gleich gewusst, was Sache ist. Das hat er mit einer Zusammenfassung des bisher Gesagten auch gleich bewiesen.

»So, so, irgendjemand hat also den Wohnwagen von dem Kraftlackel angezündet!«

»Hmm …«, meinte der Strobel nickend.

»Jop!«, bestätigte der Konrad.

»Scheiße …«, konstatierte der Berti.

»Überhaupt für den Kraftmenschen«, sagte der Konrad, während er sich erhob, sich für den Kaffee bedankte, indem er auf die Tasse deutete und nickte und sich zum Gehen wandte. Alles in einer einzigen Bewegung. Er und der Pfaffi gaben sich die Klinke quasi in die Hand. Der Jungspund sah die Sache mit der Morgenstund‹ ein bisschen anders. Nicht ganz so eng nämlich, weil er sich heimlich freute, dass sich wieder einmal etwas rührte im ansonsten überwiegend ruhigen Tratschen. Ziemlich genau einmal pro Jahr passierte etwas Aufregendes. Und diese Geschichte hier war das Highlight dieses Jahres. Gar keine Frage. Folglich platzte er fast vor Tatendrang und schwatzte seinen Kollegen ab dem Moment seines Eintretens dementsprechend die Ohren voll. Er wollte einerseits unbedingt wissen, was geschehen war, unterbrach seine Frage danach aber selbst immer wieder mit irgendwelchen mehr oder weniger brauchbaren Theorien.

»Blabla, Blabla, Blabla …«, fiel ihm sein Chef ins Wort, »du redest wie aufgezogen!«

»Und viel Blödsinn dazu!«, ergänzte der Berti.

Und siehst du, schon war der Redefluss des Burschen eingedämmt. Einen Schmollmund ziehend, der Marilyn

Monroe zur Ehre gereicht und ihr mit Sicherheit alle Diamanten der Welt auf einmal beschert hätte, trabte er zur Kaffeemaschine und wendete den beiden Grantlern* demonstrativ länger als für den Vorgang des Kaffeeeinschenkens nötig, den Rücken zu. Weil, so dachte er gekränkt, so eine Behandlung hatte er in aller Früh auch nicht nötig. Immerhin, und da hatte er nicht ganz unrecht, hatte er ja nur wissen wollen, was eigentlich los war. Da brauchten ihm die zwei Kollegen nicht gleich gar so blöd daherkommen. Dass er sich einen Teil dieser Behandlung mit seinen wilden Theorien selber verdient hatte, gestand er sich allerdings nicht ein. Es ist seiner Jugend zuzurechnen, dass er kein Gespür für die eigenen Fehler gehabt, sondern nur die der anderen gesehen hat. Also nichts, was man ihm vorwerfen müsste. Das ist bei den Jungen oft so. Und bei vielen nicht mehr ganz so jungen auch. Gelegentlich hört man sogar von Leuten, die ihr ganzes Leben lang nicht kapieren, dass es nicht immer nur die Menschen um sie herum sind, die alles falsch machen. Aber das ist eine ganz andere Geschichte. Jugend hin, Fehler her, in den nächsten Minuten relativierte sich einiges. Durch einen Anruf nämlich. Und zwar vom Scholz Eugen. Dieser Scholz Eugen wohnte zwar nicht in Tratschen, sondern war in Hollabrunn daheim, arbeitete aber in Haugsdorf. Informationen, die für dich an sich überhaupt nicht wichtig sind, die du aber brauchst, um zu verstehen, warum er um 05.17 Uhr am Fußballplatz vorbeigekommen ist. Weil der auf seinem Weg zur Arbeit lag. Ganz einfach. Purer Zufall ist es gewesen, dass der Mann im Vorbeifahren auf das Spielfeld geschaut hat. Auf den ersten Blick ist ihm zwar aufgefallen, dass da etwas im Strafraum gelegen ist, aber was das war, hat er nicht gleich registriert. Erst als

* grantig = übellaunig, schlecht aufgelegt, gereizt

er schon ein ganzes Stück gefahren war, hat sich das Bild in seinem Hirnkastel manifestiert und ihm ist vorgekommen, dass es eventuell ein Mensch gewesen sein könnte, der dort gelegen ist. Obwohl er schon ein bisschen spät dran war, zollte er seiner Neugier Tribut, drehte um, fuhr zurück, parkte seinen Wagen vor dem Eingang und ging den Zaun entlang, bis er halbwegs genau sehen konnte, was auf dem Rasen lag. Und er erkannte, was du ohnehin schon weißt. Nämlich, dass es tatsächlich ein Mensch war. Und weil sich der nicht rührte, begann er zu rufen. Natürlich kam keine Reaktion. Aber du darfst nicht vergessen, dass der Eugen das nicht wissen konnte. Immer noch davon ausgehend, dass es sich um einen Besoffenen handelte, kletterte der Eugen über den Zaun. Er wollte den Mann aufwecken. So sah zumindest der Plan aus. Je näher er der Gestalt aber kam, desto eigenartiger wurde sein Gefühl. Eine seltsame Ahnung beschlich den Eugen. Kombiniert mit Gänsehaut im Nacken und beschleunigtem Puls. Vielleicht war dafür die dunkle Schleifspur verantwortlich, die er zwar schon sehen, aber natürlich noch nicht erklären konnte. Wie auch. Ich meine, es ist für die meisten von uns nicht gerade an der Tagesordnung, die aufgrund ihrer Zerbrechlichkeit verblichenen Spielkameraden eines entlaufenen Löwen in ihrem Blut liegend auf dem Fußballplatz zu finden. Tausende Kilometer von der Heimat des Tieres entfernt. Nein! Das kommt nicht alle Tage vor. Noch nicht einmal jedes Jahr. In Niederösterreich war das bis zu diesem Tag überhaupt noch nie vorgekommen. Auch nicht im Safaripark in Gänserndorf, der vor etwas mehr als einem Jahr eröffnet worden war und wo es gleich mehrere frei laufende Löwen gab. Das behaupteten zumindest die Alleswisser im Ort. Wer wollte daran zweifeln? Aber zurück zum Eugen. Der stiefelte nämlich immer langsamer werdend auf den Mann auf dem Boden zu und konnte langsam, aber sicher, die einzelnen Farbschattierungen auseinanderhalten. Das Grün vom Rasen, das Weiß der Linien und der Gänseblümchen, das Gelb vom Löwenzahn, das Braun der Erde und, zu guter Letzt, das Rot vom Blut. Obwohl sich sein Verstand schon noch ein kleines bisschen gegen die Tatsache gestemmt hat, dass es wirklich Blut war und von dem Mann stammte, der da vor ihm reglos im Gras lag. Neben einem ziemlich großen Knochen übrigens. Erst als er nur noch ein paar Schritte entfernt war und die zerfetzte Kleidung, die Kratzspuren am Rücken, die Bissspuren am Arsch und den wirklich arg demolierten Arm sah, begriff er, dass dieser Mann nicht besoffen und auch nicht unhöflich, sondern ganz einfach ziemlich tot war. Keiner kann sagen was passiert wäre, hätte der Eugen schon gefrühstückt gehabt. So würgte er nur ein klein wenig herum und schluckte die Flüssigkeit einfach wieder hinunter, die sich in seinem Mund sammelte. Und weil es damals immer noch keine Mobiltelefone gab, das erste Patent reichte nämlich Martin Cooper erst am 17. Oktober 1973 in Amerika ein, musste der geschockte Eugen wieder runter vom Fußballplatz, zurück zu seinem Auto und dann zur nächsten öffentlichen Telefonzelle, um seine Entdeckung der Gendarmerie zu melden. Und das Stunden bevor der Kontrollinspektor Novotny mit seinen Männern erschien, um weiter nach dem Verbleib des Kaisers zu forschen. Halleluja! Was für ein Start in den Tag!

36

Damit du den Überblick darüber, womit die Ordnungshüter in Tratschen in diesen Tagen zu kämpfen hatten, nicht verlierst, will ich alles noch einmal aufzählen. Also: Da war zunächst der verschwundene Zirkusdirektor, den drei Leute als Leiche gesehen haben wollten, dann der aus seinem Käfig entwischte Löwe, der Wohnwagenbrand, die Reste vom Kopf Kasper auf dem Fußballplatz und, nicht zu vergessen, der immer noch vermisste Zechmeister Peter. Zwar hatte die Suche nach dem Kind die Feuerwehr übernommen, aber trotz alledem lag natürlich auch dieser Fall in der Zuständigkeit der Gendarmerie. Keine Frage. Und obwohl mit insgesamt sieben Ordnungshütern eigentlich ganz schön viele vor Ort waren, verlor der Strobel nach und nach ziemlich die Nerven und der Berti warf sich Kopfschmerztabletten wie Traubenzucker ein. Der Pfaffi platzte zwar fast vor Tatendrang, hatte aber freilich nicht die geringste Ahnung, was und in welcher Reihenfolge es zu tun war. An Bereitschaft mangelte es ihm jedenfalls nicht. Aber wie auch immer. Aufgescheucht durch den Anruf vom Scholz Eugen, machten sich der Strobel und der Berti zum Sportplatz auf und ließen einen maulenden Pfaffi zurück. Zuerst hörte sich der Strobel an, was ihm der Eugen zu sagen hatte, machte sich dann selbst ein Bild, wobei ich anmerken muss, dass er es dazu nicht für unbedingt nötig hielt, das Areal als solches oder gar das Spielfeld selbst zu betreten. Ihm reichte der Blick durch den Maschendrahtzaun. Keine Frage, stellte er fest, dies hier war ein Tatort und musste demnach auch so behandelt, sprich abgesperrt und bewacht werden. Bei dem Wort »bewachen« warf der Berti seinem Chef einen derart vernichtenden Blick zu, dass der gleich wusste, was Sache war. Er forderte den Eugen auf hinter ihm herzufahren und sagte rasch in Richtung Berti, dass er gleich den Pfaffi schicken werde, damit dieser in ablösen könne. So geschah es dann auch. Der Strobel befragte den Eugen ziemlich ausführlich, wie genau es zu diesem Fund gekommen war, und der Eugen, der schon vor dem Beginn der Befragung nach einer Bestätigung für seinen Arbeitgeber gefragt hatte, die ihm der Strobel zugesagt hatte, antwortete noch viel ausführlicher. Es entstand fast der Eindruck, die zwei wollten Zeit schinden. Derweil redete der Berti mit dem Ben über den Wohnwagenbrand. Was dabei heraus gekommen ist, kannst du dir wahrscheinlich denken. Genau! Nichts. Aber es verging die Zeit. Weil kaum waren er und sein Chef mit diesen Befragungen fertig, trafen der Novotny und seine Jungs ein. Zur allgemeinen Überraschung hielt sich deren Freude über die Entdeckung vom Eugen sehr schwer in Grenzen. Man könnte auch sagen, sie verfielen sichtlich, als sie hörten, dass es schon wieder neue Arbeit gab. Nichtsdestotrotz mussten sie sich der Sache annehmen. Was mit einem Anruf bei ihrem Vorgesetzten und einem bei der Spurensicherung seinen Anfang nahm. Danach holte der Novotny den Strobel zur Seite, um mit ihm die Neuzuordnung der zu bewältigenden Aufgaben zu bereden. Ich muss wahrscheinlich nicht extra erwähnen, dass die Landgendarmen dabei eindeutig draufgezahlt haben. Im Sinne von ungerechter Aufteilung nämlich. Da konnte der Strobel nicht umhin, den Novotny heimlich als »Rosinenpicker« zu bezeichnen. Weil außer dem Fall Kasperlkopf, schüttelte der alle anderen einfach ab wie der sprichwörtliche Hund die Flöhe. Und er konnte so unglaublich redegewandt formulieren, als es um die Begründung ging. Auf einmal war nämlich der verschwundene Kaiser gar nicht mehr so wichtig, weil es, oh welch Sinneswandlung, keinerlei Hinweise für ein Verbrechen gab. Wo er und seine Leute gestern noch nach einem Mörder gesucht hatten, gab es also plötzlich keine Anzeichen mehr, dass überhaupt ein Verbrechen vorlag. Interessant, dachte der Strobel und spann den Faden geistig weiter. Was hatten die lieben Kollegen dann Stunde um Stunde gemacht? Und obwohl er es im Grunde seines Herzens besser wusste und sein Verstand ihn obendrein aufs Eindringlichste davor warnte, stellte er dem Kripomann genau diese Frage. Ein Vergehen, das zwar nicht im Strafgesetzbuch zu finden war, aber dennoch das Schlimmste darstellte, was ein kleiner Landgendarm wie der Strobel sich einem Experten wie dem Novotny gegenüber herausnehmen konnte. Majestätsbeleidigung quasi! Na was glaubst du, wie der da in die Höhe gefahren ist vor lauter Entrüstung, der Kollege Majestät. Und sein Gefolge gleich noch dazu! Da hätte jetzt echt nicht viel gefehlt, und es wäre zu Handgreiflichkeiten gekommen. Eine unangenehme Situation, in der der Strobel, trotz seines Ärgers, kühlen Kopf bewahrt hat. Und weil er nicht zurückstecken wollte, setzte er schnell noch einen drauf.

»Wolltet's ihr nicht zu einer Leiche? Oder wartet's lieber, bis der Kerl wieder warm wird und Auferstehung feiert, damit ihr nichts tun braucht's?«

Das saß! Nase an Nase stand er jetzt mit dem Novotny, wich aber keinen Millimeter zurück. Erst als der Herr Graf die Tür aufriss und laut schimpfend in den Raum stürmte, ließen die beiden Streithähne voneinander ab. Der Strobel, um sich seinem Gastgeber zu widmen und der Novotny, um den Kasper an seiner möglichen Auferstehung zu hindern. Und falls du dich fragst, was der Herr Graf wollte, so ist das schnell erklärt. Sich beschweren. Wegen dem aufgeweichten und an manchen Stellen völlig zertrampelten und verbrannten Rasen, wegen Löwenscheiße auf seiner Terrasse und wegen der Geruchsbelästigung. Alles Dinge, die dem Strobel ziemlich wurscht gewesen sind. Sagen konnte er das freilich nicht. Froh war er außerdem auch. Nämlich über die Tatsache, dass der Schlossherr kein Wort über seinen Mercedes verloren hatte. Entweder hatte er nicht mitgekriegt, was seiner Karosse alles widerfahren war, seit sie im Bundesdienst stand, oder er hatte es einfach vergessen. Immerhin fehlten bereits ein Außenspiegel und eine Stoßstange. Vom Schusskanal zwischen Windschutzscheibe und Dach gar nicht zu reden. Wenngleich dieser vom Besitzer selbst verursacht worden war. Ob der das allerdings eingestehen würde, war zumindest fraglich. Den Mann zu verärgern, lag dem Postenkommandanten mehr als fern. Zu viel hatte der schon für ihn getan. Die Probleme mit denen er jetzt daherkam, interessierten ihn aber halt einmal nicht. Dafür hatte er jetzt einfach keine Zeit und auch keinen Nerv. Also versuchte er, sein Gegenüber mit einer Aufzählung all seiner anstehenden Aufgaben und dem Versprechen, sich sofort nach deren Erledigung um die Bestrafung des Rasenzerstörers und die Fahndung nach der Geruchsquelle zu kümmern. Was hätte der Hausherr da noch sagen sollen? Einigermaßen zufrieden zog er ab und es kehrte fast so etwas wie Ruhe ein. Ich glaube, der Strobel könnte dir heute noch nicht erklären, warum er, was die Sache mit dem Gestank anging, damals so ein Brett vorm Kopf gehabt hat. Weil normalerweise hätten da alle Alarmglocken auf einmal läuten müssen. Haben sie aber nicht. Sei's drum. Im hinteren Teil des Raumes war der Berti immer noch eifrig dabei, dem Ben ein Loch in den Bauch zu fragen. Wenn du jetzt denkst, diese Unterhaltung hat so lange gedauert, weil sich die beiden viel zu sagen hatten, da irrst du. Es lag einfach daran, dass der Berti nicht so schnell tippen konnte. Jede Zeile eine

Errungenschaft quasi. Eine Geduldsprobe für den Ben. Weil der aber ohnehin nichts Besseres zu tun hatte, verzichtete er darauf, Stress zu verbreiten, sondern übte sich in höflicher Geduld. Ein Umstand, dem der Berti erst Tage später das Attribut »verdächtig« verlieh. Im Moment war er eher froh, dass sein Gesprächspartner sich ruhig verhielt. Dass bei diesem Verhör nichts rausgekommen ist, sollte trotzdem erwähnt werden. Natürlich war der Ben völlig unschuldig an dem Brand und hatte auch nicht die leiseste Idee, wer ihm derart Böses, wie das Anzünden seines Heimes, hätte antun sollen. Sagte er zumindest. Der Strobel hielt es indes für eine recht gute Idee, seinen Vorgesetzten in Hollabrunn über die Ereignisse des jüngsten Tages in Kenntnis zu setzen und rief ihn an, den Herrn Major. Der hörte sich den Bericht an, ohne den Strobel zu unterbrechen. Etwas, das der Strobel schon komisch fand. Noch komischer fand er dann allerdings, dass der Major Schuch auch dann noch keinen Kommentar abgab, als der Strobel schon geendet hatte. Ja, da hatte es dem Bezirkskommandanten anscheinend die Sprache verschlagen. Da glaubte der Strobel schon, der Major habe aufgelegt und schickte deshalb ein fragendes »Hallo-o?« durch die Leitung, das auch prompt seinen Zweck erfüllte und dem Offizier offenbar neues Leben einhauchte. Der Major stellte gefühlte tausend Fragen, die der Strobel, bis auf die eine nach der Qualität der Zusammenarbeit mit den Kripoleuten, alle umfassend beantwortete. Soweit das halt möglich gewesen ist. Auf die Zusammenarbeitsfrage blieb er die Antwort schuldig, aber sein Chef ging nicht mehr näher darauf ein, sondern fühlte sich genötigt, etwas Motivierendes zu sagen.

»Ja dann halten S‹ mir die Ohren steif und schauen S‹, dass Sie die Sache zu einem guten Ende bringen, gell. Sie werden das schon machen, Strobel.«

Und noch bevor der Angesprochene und jetzt bis in die Haarspitzen motivierte Strobel irgendwas dazu sagen konnte, legte der Major auf. Ungläubig glotzte der Strobel den Hörer an und war überzeugt, dass es seinem Vorgesetzten jetzt den Vogel rausgehauen haben musste. Weil normal war das nämlich nicht, dass der Mann nicht versucht hatte, das Heft in die Hand zu nehmen und dem Strobel aus sicherer Distanz ein paar mehr oder weniger sinnvolle Aufträge zu erteilen. »Sie werden das schon machen, Strobel«, waren jedenfalls neue und völlig ungewohnte Töne. Was der Strobel in dem Moment natürlich nicht wissen konnte, war, dass der Herr Major schon wieder an der Strippe hing, um dem Chefinspektor Travnicek in Wien zu berichten, dass es anscheinend ein paar Schwierigkeiten bei der Zusammenarbeit zwischen seinen und den Leuten von der Kripo gab. Natürlich war dem Travnicek seit der letzten Begegnung zwischen dem Strobel und dem Novotny bekannt, dass sie sich, gelinde ausgedrückt, nicht mochten. Trotzdem gefiel es ihm natürlich nicht, dass die beiden Herren es an Professionalität mangeln ließen, wie er das ausdrückte. Jedenfalls kam er mit dem Major überein, dass sie zusammen nach Tratschen fahren und sich persönlich ein Bild über die Lage machen sollten. Der Strobel begann derweil, sich den Tag einzuteilen. Eine notwendige Maßnahme, weil er immerhin einen Haufen Mordverdächtige befragen musste. Keine leichte Aufgabe, wie er befürchtete. Der Novotny hatte mit seiner, nur als unnachahmlich zu bezeichnenden Vernehmungstechnik einiges an Schaden angerichtet. Jetzt war Einfühlungsvermögen gefragt. Damit hatte der Strobel so seine Probleme. Er fühlte sich nicht ganz wohl in seiner Haut, weil er keine Ahnung hatte, wie er sich diesen Leuten gegenüber verhalten sollte. Ihr Erscheinungsbild ist es gewesen, das ihn zutiefst verunsicherte. In seinem ganzen Leben hatte er noch nie so kleine Menschen gesehen. Das warf einige Fragen auf. War das ein eigenes Volk? Waren sie behindert? Waren sie krank? Wenn ja, wie hieß die Krankheit? War das vielleicht ansteckend? Ich meine, du brauchst jetzt nicht gleich denken, dass sich der Strobel da saublöd angestellt hat. Überhaupt nicht. Heutzutage kennt man diese Krankheit viel besser. Medizinisch alles viel besser erforscht und so. Im Fernsehen zeigen sie auch immer wieder Beiträge, in denen es um kleinwüchsige Menschen geht. Von daher ist man heute viel aufgeklärter als damals. Wissenstechnisch zumindest. Beim Umgang hapert es immer noch oft. Für den Strobel war das jedenfalls absolutes Neuland. Noch nie gesehen und noch nie davon gehört. Ergo unsicher. Wie er draufgekommen ist, dass er sie anders behandeln müsse, wenn sie behindert wären, weiß ich auch nicht. Aber die Leute glauben ja oft, sie müssen Behinderten gegenüber besonders viel Einfühlungsvermögen und Mitleid aufbringen. Nur, dass das kompletter Blödsinn ist. Weil einfühlen kannst du dich als gesunder Mensch sowieso nicht wirklich und mit Mitleid ist niemandem geholfen. Diese Menschen wollen meist selber kein Mitleid, sondern ganz normal behandelt werden. Aber wie dem auch sei. Jedenfalls wusste der Strobel damals nicht, dass diese Menschen nicht behindert, sondern krank waren. Deshalb hat er sich sehr unsicher gefühlt. Und nicht nur er. Seinen Kollegen ist es nicht viel besser ergangen. Vielleicht hat sich der Strobel deshalb dafür entschieden, mit dem Valentino anzufangen. Er wartete noch, bis der Ben endlich seine Aussage unterschrieben hatte und gehen wollte und bat ihn im Vorbeigehen, er möge den Valentino doch zu ihnen schicken. Ben nickte eifrig und weg war er. Nicht ganz unfroh, wie es schien.

37

So, jetzt könnte ich dir in aller Ausführlichkeit erzählen, was die einzelnen Vernehmungen so ergeben haben. Das würde allerdings nicht viel Sinn und dir keinen Spaß machen, weil sie im Grunde nichts gebracht haben. Zwar erkannten die Herrschaften, dass sie mit dem Strobel jemanden gegenüber hatten, der sie respektvoll behandelte, aber das brachte sie nicht dazu, ihre Grundhaltung zu ändern. Und die war nun einmal davon geprägt, nichts sagen zu wollen. Zumindest nichts zum eigentlichen Thema. Weil, was die schüchterne Frage vom Strobel anging, warum er und seine Freunde nicht ganz das für Erwachsene übliche Maß hatten, gab sich der Laszlo ohne Weiteres mitteilsam und erklärte, dass sie an Nanosomie litten. Das blöde Gesicht vom Strobel zeigte deutlich, dass er keine Ahnung hatte, was das für eine Krankheit sein sollte und deshalb erklärte der Laszlo es ihm mit einem einzigen Wort:

»Zwergwuchs«, sagte er. »Ursache unbekannt, Heilung unmöglich, tut meistens nicht weh.« Führte er weiter aus, bevor die Frage kam. »Nur die Sessel sind ein bisschen hoch«, grinste er den Strobel spitzbübisch an und deutete dabei an sich hinunter. Tatsächlich baumelten seine Füße über dem Boden und er sah fast aus wie ein Kleinkind mit etwas zu groß geratenem Kopf. Wären da die erwachsen wirkenden Gesichtszüge mit den traurigen Augen nicht gewesen, hätte man ihn auf zehn, oder maximal zwölf Jahre schätzen können. Wer sich die Mühe machte, genauer hinzusehen, konnte rasch feststellen, dass dieser Mann kein einfaches Leben hatte. Da fragte sich der Strobel unwillkürlich, warum jemand, der so viel Traurigkeit in sich trug, ausgerechnet Clown geworden war.

»Schneewittchen existiert nicht. Was also denken Sie, hätten wir Zwerge anderes werden sollen als Clowns?«

Als hätte er die Gedanken vom Strobel gelesen, kam diese Frage aus Laszlos Mund. Da fühlte sich der Postenkommandant richtig ertappt und auch peinlich berührt. Jetzt kam nämlich der Teil, in dem er versuchte, Einfühlungsvermögen aufzubringen und sich in die Lage der Zwerge zu versetzen. Ein Versuch, der schon im Ansatz scheiterte. Scheitern musste. Weil, wie hätte er jemals nachvollziehen sollen, wie diese Menschen sich fühlten? Weder Laszlo noch seine Freunde sahen so aus, als wären sie dabei, in Selbstmitleid zu ertrinken. Sie wirkten eher wie Menschen, die beschlossen hatten sich mit aller Kraft, die ihnen zur Verfügung stand, im Leben zu behaupten. Das Beste daraus zu machen, wie man gemeinhin so sagt. Und es nötigte ihm einigen Respekt ab, wie souverän sie das taten. Überhaupt, wenn er daran dachte, was für ein Theater er selbst oft aus einem simplen Schnupfen machte. Und der verging nach ein paar Tagen wieder. Von daher also totale Hochachtung in dem Wort »Zwerg« seitens des Strobel. Gar keine Frage. Dabei wusste er zu diesem Zeitpunkt noch gar nicht, wie sehr ihn die kleine Truppe später noch in Erstaunen versetzen würde. Aber egal. Zu diesem Zeitpunkt jedenfalls kam nichts Brauchbares zutage. Man könnte auch sagen, es war ein ziemlich sinnloser Vormittag. Aber nicht ganz. Kurz vor der Mittagspause kam nämlich wieder einmal der Konrad Christian daher. In der Hand hielt er diesmal einen braunen Gegenstand, den der Strobel erst auf den zweiten Blick als den Lederhelm vom Zechmeister Peter erkannte. Da fuhr ihm ein Stich durch die Brust, weil er für einen Moment annahm, man habe die Leiche des Buben gefunden. Erleichtert nahm er dann zur Kenntnis, dass nur dieser Helm gefunden worden war. Natürlich war der Junge schon relativ lange verschwunden und die Chance, ihn unversehrt zu finden, gegen Null gesunken, trotzdem wollte das keiner der Männer zugeben. Nicht für sich selbst und offen aussprechen schon gar nicht. Die Hoffnung stirbt bekanntlich zuletzt. Und solange sie das Kind und auch sein Fahrrad nicht fanden, bestand Hoffnung. Zumindest redeten sich die Männer das ein. Die Frage aller Fragen war nur, wo zum Teufel der Kleine stecken konnte. Hätten sie darauf allerdings eine Antwort gehabt, hätten sie ja nicht suchen brauchen. Der Konrad beschrieb jedenfalls genau, wo der Helm gefunden worden war. Danach berieten die beiden Männer kurz und ergebnislos, ob man seiner Mutter gleich von dem Fund berichten sollte oder nicht und der Feuerwehrkommandant machte sich schließlich wieder auf den Weg zu seinem Suchtrupp. Wieder mit dem Berti allein, stellte dieser genau die Frage, die der Strobel sich zu stellen bisher vermieden hatte.

»Wie lange, meinst du, sollen wir ihn noch suchen lassen?«

»Ich weiß es nicht, Berti. Solange wie nötig oder solange wie möglich. Solange uns keiner stoppt …, keine Ahnung. Wirklich nicht …«

Der Berti nickte schwer und meinte: »Lass uns was essen gehen!«

Eine gute Idee, wie der Strobel fand. Weil vielleicht erinnerst du dich ja noch an seinen Leitspruch: »Ohne Mampf, kein Kampf!«

Als sie die Dienststelle verließen, rollte ein Dienstwagen durch das große Eisentor auf das Grundstück und hielt vor ihnen an. Es waren der Major Schuch, der Chefinspektor Travnicek und der Pfaffi, den sie vom Leichenfundort mitgebracht hatten. Damit vergrößerte sich die Mittagstischrunde ziemlich. Dem Strobel seine Laune hob die Aussicht auf ein Mittagessen in der Gesellschaft des Herrn Major nicht besonders. Darüber, den Travnicek wieder einmal zu sehen, freute er sich aber schon irgendwie. Gemischte Gefühle quasi. Während sich also die fünf Männer auf den Weg zum Wenger machten, packten auf der anderen Seite des Ortes die Spurensicherer ihren Krempel zusammen, wurde die Leiche vom Kasper endlich in einen Zinksarg gepackt, um in die Gerichtsmedizin gekarrt zu werden, waren der Novotny und seine Männer verwirrt über den ersten Bericht bezüglich der vermuteten Todesursache und der Täter, inzwischen mehr als gelangweilt vom Herumstreunen und getrieben vom Hunger, auf dem Weg zurück zu seinem Herrchen. Die Dinge nahmen ihren Lauf, sozusagen. Dem Strobel stand ein Gespräch bevor, das nicht nur ihn, sondern auch den Berti und den Pfaffi vom Inhalt her ziemlich überraschte. Ihm sogar fast den Appetit auf seine heißgeliebten und mittlerweile schon schmerzlich vermissten Würstel mit Saft verdorben hätte. Und das, obwohl es im Grunde gar kein negatives Gespräch gewesen ist. Ob es positiv war, liegt im Auge des Betrachters. Für den Strobel jedenfalls nicht. Zumindest nicht uneingeschränkt. Zuerst brachte der Travnicek die Gendarmen auf den aktuellen Stand der Ermittlungen im Fall Kasperlkopf. Der Bericht betreffend den, vom Doktor Lasser geäußerten und von den Spurensicherern bestätigten Anfangsverdacht, eine Raubkatze könnte möglicherweise in ursächlichem Zusammenhang mit dem plötzlichen Ableben des Mannes gestanden haben, ließ den Strobel freilich sofort an das Verschwinden vom Putzi denken. Irgendwie, so meinte er, sei es nur eine Frage der Zeit gewesen, bis so etwas passieren musste. Allerdings kamen die Männer im weiteren Gespräch zu der Feststellung, dass es schon merkwürdig war, dass der Löwe, den Kasper zwar getötet, aber nicht gefressen hatte. Da keiner von ihnen Biologe war, beschlossen sie aber, die Frage, ob Löwen dazu neigen, einfach nur aus reiner Lust zu töten, durch einen Fachmann beantworten zu lassen. Dieser Teil des Gespräches war es aber nicht, der dem Strobel auf den Magen schlug, sondern das, was der Major Schuch und der Chefinspektor von der Kripo ihm dann abwechselnd erklärten. Nämlich, dass der Travnicek den Novotny samt einem seiner Männer abziehen und die Leitung der Ermittlungen voll und ganz in die Hände vom Strobel legen wollte. Natürlich, so betonte der Travnicek, werde er ihn damit nicht im Regen stehen lassen, sondern ihm die anderen beiden Männer als Verstärkung dalassen. Diese Eröffnung traf den Strobel derart unvorbereitet, dass er zuerst einmal gar nichts darauf sagen konnte. Von einem ziemlich lauten Schluckgeräusch einmal abgesehen, reagierte er so gut wie gar nicht. Genau genommen, so stellte der Strobel gedanklich fest, hatte die Sache eine gute und eine weniger gute Seite. Die gute Seite war, dass dieser überhebliche Depp und mit ihm die ständigen Reibereien verschwinden würden. Der Nachteil war, dass mit ihm aber auch der für die Ermittlungen verantwortliche Beamte verschwinden würde. Scharfsinnig erkannt vom Strobel. Alle Achtung! In den Kram passen wollte ihm der zweite Punkt allerdings nicht wirklich. Denn natürlich war ihm wohler zumute, wenn ein anderer die Last der Verantwortung auf seinen Schultern tragen musste. Trottel hin oder her, wenn etwas schiefgehen sollte, war ihm ein Novotny als Watschenmann hundertmal lieber, als sein eigenes Gesicht hinhalten zu müssen. So konnte er in dieser Situation allerdings schlecht argumentieren. Wobei es, nebenbei bemerkt, sowieso nichts zu argumentieren gab, weil das beschlossene Sache gewesen ist. Das hatten der Major und der Travnicek schon in Hollabrunn ausgeheckt. Noch bevor sie sich auf den Weg nach Tratschen gemacht hatten. Den Hinweis, dass der Kripomann damit einen Hintergedanken verfolgte, blieben sie dem Strobel allerdings schuldig. Es braute sich was zusammen über dem Postenkommandanten. Etwas, das in diesem Augenblick noch keine Rolle spielte und auch für dich noch gar nicht wichtig ist, weil es mit dieser Geschichte überhaupt nichts zu tun hat. Von daher fürs Erste Schwamm drüber.

38

Etwas außerhalb des Ortes schlichen zwei Gestalten im Safari-Dress auf der Suche nach einem gefährlichen Raubtier durch die Büsche. Die Herren waren sich nämlich sehr sicher, dass der Putzi sich tagsüber irgendwo verstecken und schlafen würde, weil er sich unter den Menschen nicht wohlfühlte und noch dazu ein wenig zur Faulheit tendierte. Tapfer kämpften sie sich durch teilweise ziemlich dichtes Unterholz. Immer auf der Hut und Betäubungsgewehr im Anschlag. Später gab es wochenlang Diskussionen zwischen den Alleswissern und den Skeptikern im Ort, ob die Spezialisten aus Wien die Katze gefunden hätten oder nicht. Wobei die Alleswisser dazu tendierten, dass sie es sehr wohl geschafft hätten, wenn ihnen das Vieh genügend Zeit gelassen hätte. Die Skeptiker hingegen vertraten die Ansicht, das Zoopersonal wäre noch bis zum jüngsten Tag rund um den Ort geschlichen, ohne auch nur einen Spur vom Putzi zu finden. Tatsache ist, man weiß es nicht. Und zwar deswegen, weil der Putzi allen zusammen einen Strich durch die Rechnung gemacht hat. Den Alleswissern, den Skeptikern und seinen Jägern. Weil freilich war Freiheit was ganz Tolles, auch für einen Zirkuslöwen, aber ein paar Dinge fehlten dem Putzi trotzdem. Ganz oben auf der Liste stand da der Zimmerservice. Soll heißen, dass er Hunger hatte. Sein ganzes Leben hatte er in Gefangenschaft zugebracht und war von daher nicht einmal in der Lage, eine Maus zu fangen. Geschweige denn ein größeres Tier. Er war es gewohnt, sein Fressen vor die Nase gestellt zu bekommen. Kaufertig sozusagen. So ist es halt gekommen, dass er beschloss, seine neu gewonnene Freiheit aufzugeben und sich wieder in den Schutz seines Käfigs zu begeben. Und zwar nicht hintenherum und durch die Büsche, sondern mitten auf der Hauptstraße zum Schloss, durch das Eisentor auf das Grundstück und direkt zum Käfig. Na, was glaubst du, was da los war! Menschen kletterten auf Laternenmasten, schlossen sich in ihre Autos ein, äugten panisch aus den Fenstern, führten hektische Telefonate, um die Sensation zu verbreiten oder holten Gewehre aus Schränken, um die Bestie zu erlegen. Dazwischen gab es noch die Kinder, die sich freuten, die große Miezekatze aus solcher Nähe sehen zu können und sich teilweise ganz schön zickig anstellten, weil ihre Mütter ihnen verboten, das Tier zu streicheln. Der Strobel, nebst allen seinen Begleitern, konnte das Spektakel beim Verlassen des Wirtshauses ebenfalls beobachten. Aus der ersten Reihe, weil der Putzi gerade beim Wenger vorbeimarschierte, als die Herren ihre Mittagspause beendeten. Und auch der Strobel sprang zunächst instinktiv in die Gaststube zurück und dem Major, mit den Absätzen, voll auf die Zehen. Der Rest der Truppe lief von hinten auf. Der Berti zuletzt. Und dann ging es zu, wie bei einem von diesen Kugelspielen, die man sich auf den Schreibtisch stellen kann. Der Berti hinten drauf, der Strobel vorne raus. Physikalisches Gesetz quasi. Den Putzi hat das alles ohnehin nicht interessiert. Der wollte nur nachhause und sich endlich wieder einmal den Wanst vollschlagen. Als würde er die Welle der Ablehnung spüren, legte er die Ohren an und beschleunigte seinen Schritt, ohne sich aufhalten zu lassen. Und um es kurz zu machen: Er schaffte es, gefolgt von einer stetig wachsenden Menge gespannter Gaffer, unbeschadet zu seinem Käfig zu kommen, der Putzi. Nur zwei Mal mussten die Gendarmen irgendwelche Hobbywaidmänner daran hindern, das Tier abzuknallen. In Anbetracht der vielen Jägersmänner, die in Tratschen wohnten, kaum der Rede wert. Ja was glaubst du, wie groß da beim Kornel die Freude war, als der Putzi plötzlich mitten zwischen den Wohnwagen stand, herzhaft gähnte und sich das Maul leckte, bevor er den Kopf in den Wind hob, schnüffelte und ein seltsam grollendes Geräusch von sich gebend, wieder loszog. Ja, wirklich, der Löwe wendete sich plötzlich wieder ab und trabte los. Zielstrebig auf eine Baumgruppe unweit der Wohnwagen zu. Zuerst langsamen Schrittes und die letzten paar Meter dann im leichten Trab, verschwand er zwischen den Bäumen. Da staunten die Anwesenden nicht schlecht. Die ersten Vermutungen wurden geäußert, was das Tier dort wohl machen würde. Die harmlosesten gingen da in Richtung des Absonderns von Exkrementen. Den genauen Wortlaut erspar ich dir. Es sei dir aber gleich verraten, dass das natürlich alles Blödsinn war und du in die richtige Richtung denkst, wenn du glaubst, das Verhalten des Löwen könnte etwas mit dem kaiserlichen Leichnam zu tun gehabt haben. Weil genau der, oder besser gesagt dessen Geruch, den die feine Nase des Raubtieres aufgenommen hatte, war es nämlich, der den Putzi dazu verleitete, eifrig Grabungen inmitten der Bäume durchzuführen. Sehr verwunderlich, wie die meisten der Anwesenden meinten. Mit Ausnahme vom Ben. Für den war das nicht so verwunderlich. Dafür aber überaus besorgniserregend. Fieberhaft überlegte er, wie er das Vieh daran hindern sollte, den Kaiser auszugraben. Und ihm war bewusst, dass er rasch eine gute Idee brauchen würde, als er dem Tier zusah, wie es, Arsch in der Höhe, mit beiden Vorderpfoten in unglaublichem Tempo im lockeren Boden scharrte, dass die Erde nur so durch die Gegend flog. Begleitet von ständigen Protestgeschrei des Herrn Grafen, der, was die Zerstörung seines Eigentums anging, anscheinend am Ende seiner Geduldsstrecke angekommen war. Verständlich irgendwie. Nur gebracht hat es natürlich nichts. Weil wer hätte den Putzi an seinem Tun hindern sollen? Und vor allem, wie? Der Weinzierl in seiner Eigenschaft als Gutsverwalter sah sich genötigt zu handeln und versuchte jetzt als Dritter, dem Löwen mittels eines gezielten Schusses Einhalt zu gebieten. Und wieder verhinderten das die Gendarmen. Zum Glück für den Putzi musste auch die spannendste Safari einmal mit einer Pause unterbrochen werden. Soll heißen, die Zootypen erschienen genau im richtigen Moment auf dem Grundstück. Ab da ging alles zackig. Gewehr, mit vor Aufregung zitternden Händen hoch, sorgsam gezielt, verfehlt, nachgeladen, noch mehr gezittert und, hätte sich das Tier nicht unglücklich bewegt, wieder verfehlt. So aber sprang der Putzi dem Betäubungspfeil fast entgegen. Zur Salzsäule erstarrt stand er jetzt da, der Putzi, und schaute aus der Wäsche, als hätte jemand verlangt, er solle ein Kreuzworträtsel lösen. Kurz siegte dann noch einmal der Hunger und er versuchte weiterzugraben. Viel langsamer als vorhin allerdings. Überhaupt war jetzt deutlich zu sehen, dass seine Bemühungen immer langsamer und unbeholfener wurden. Bis er letztendlich mitten in der Bewegung erstarrte und langsam umfiel, wie das sprichwörtliche Stück Holz. Da lag er dann, der Putzi. Bewusstlos und mit seinem ganzen Körper über dem Loch das er bis dahin gescharrt hatte. Ergo war das Loch nicht zu sehen, dafür aber sein Inhalt eindeutig zu riechen. In einer Art und Weise, die manch einem der Umstehenden fast Brechreiz verursacht hätte. Einzig der Schütze selbst tat so, als sei der bestialische Gestank das Normalste der Welt. Mit der Überheblichkeit des Wissenden erklärte er den Dümmlingen rundum, dass es durch das Erschlaffen des Körpers infolge des Betäubungsmittels zu einer Flatulenz gekommen sei. Und als er an einigen Gesichtern erkannte, dass ihn nicht jeder verstanden hatte, ergänzte er:

»Er hat gefurzt!«

»Ahh …«, kommentierte die belehrte Menge und manch einer nickte dazu. Nachdem das geklärt schien, kam natürlich die Frage auf, wie und vor allem wohin man den Putzi jetzt bringen sollte. Der Kornel als Herrchen vertrat selbstverständlich, genau wie die übrigen Zirkusleute, die Meinung, man solle das Tier einfach wieder in seinen Käfig sperren und gut. Das sahen die Experten in der Runde naturgemäß anders und bestanden darauf, den Löwen vorerst in den Zoo zu verbringen, wo er artgerecht gehalten werden könne und dann in den nächsten Tagen und Wochen in Ruhe zu entscheiden, was mit ihm werden sollte. Die Waidmänner erkannten schnell, dass es hier keine Trophäe zu holen gab und verloren, in Verbindung mit der Tatsache, dass man das Fleisch nicht verwerten konnte, sehr schnell das Interesse an dem Tier. Da war geordneter Rückzug angesagt. Kein Gedanke daran, beim Transport des schweren Körpers zu helfen. Die Gendarmen beobachteten die Szene eine Zeit lang. Wohl um abzuwarten, wer von den Herrschaften sich durchsetzen würde. Nur leider zeichnete sich alsbald ab, dass kein Ende dieser Diskussion in Sicht war. Im Gegenteil. Je länger sie dauerte, desto mehr Stimmen erhoben sich aus den Reihen der Zuhörer. Unglaublich, wie viele Leute sich innerhalb weniger Minuten dazu berufen fühlten, zu dem Thema einen verbalen Beitrag zu leisten. Auf Seiten der Gendarmen setzte da eher ein umgekehrter Effekt ein. Da wollten nicht immer mehr etwas zur Sache sagen, sondern immer weniger. Soll heißen, der Herr Major Schuch hatte es auf einmal mordsmäßig eilig, zu einem Besprechungstermin zu kommen und der Kollege Travnicek musste natürlich notgedrungen mit, weil er der Fahrer war. Der Pfaffi berief sich auf seinen Status als Jüngster aller anwesenden Beamten und der Berti verspürte, neben seinen Kopfschmerzen, das plötzliche und kaum zu beherrschende Bedürfnis, auf die Toilette zu gehen.

»Durchfall«, meinte er mit einer Mischung aus Sorge und Anspannung im Gesicht, hielt sich dabei demonstrativ den Bauch und wackelte davon. Und siehst du, so schnell war der Strobel auf sich gestellt. Alleiniger Entscheidungsträger quasi. Gerissen hat er sich um diese Ehre zwar nicht, aber irgendwas musste er auf jeden Fall tun. Weil hätte er noch länger zugeschaut, wäre diese seltsame Diskussion wahrscheinlich in einen regelrechten Tumult ausgeartet. Oder gar eine Schlägerei. So heftig flogen in der Zwischenzeit nämlich schon die Argumente hin und her. Eine unvergleichliche Schreierei. Wirklich wahr! Als problematisch stellte sich heraus, dass der Strobel nicht so laut schreien konnte, wie es nötig gewesen wäre, um den Krawall zu überdecken. Anders ausgedrückt: Keine Sau nahm Notiz von ihm. Also drängte er sich durch die Leute, stellte sich vor den Putzi, hob beide Arme und schrie:

»RUU-HE!«

Sinnlos. Absolut sinnlos. Jetzt musst du aber wissen, dass der Postenkommandant auch ein bisschen ein Egomane gewesen ist. Soll heißen, so leicht ließ er sich nicht ignorieren. Das erweckte seinen Zorn. So ist es halt gekommen, dass er zum ersten Mal in der Öffentlichkeit so richtig ausgezuckt ist. Seine Flucherei und Schimpferei war es aber nicht, was die Leute zum Schweigen brachte. Das hat ja keiner gehört. Nein, es waren die drei Schüsse aus seiner Dienstwaffe, die schlagartig für Ruhe sorgten. Aber nicht, dass du jetzt denkst, der Strobel hat in die Menge geschossen oder so. Wo denkst du hin. In die Luft hat er geballert. Unglaublich, wie das genützt hat. Plötzlich gehörte alle Aufmerksamkeit ganz ihm. Volle Redezeit sozusagen. Blöderweise hatte er gar nichts vorbereitet und so kam spontan nur ein »Ähm…« aus seinem Mund. Weil aber niemand was Besseres zu sagen hatte, lauschte der Mob wie gebannt, was da wohl noch kommen würde. Und dann kam auch tatsächlich etwas. Der Strobel machte nämlich von der ihm verliehenen Zwangsgewalt Gebrauch und schickte alle, die nicht gebraucht wurden, rigoros nachhause. Und stell dir vor, das waren fast alle. Außer den Zirkusleuten und den beiden Tierärzten aus dem Tiergarten Schönbrunn. Vorsichtshalber fragte er den Mann mit dem Gewehr noch schnell, wie lange das Betäubungsmittel seiner Meinung nach noch wirken würde.

»Schwer zu sagen. Ich weiß es nicht«, lautete die ehrlich Antwort.

Da das ein relativ schwer zu bestimmender Zeitraum war, hielt sich die Begeisterung vom Strobel arg in Grenzen und er gemahnte die murrende Meute zur Eile. Und die Zirkusleute auch. Er forderte sie auf, so schnell wie möglich etwas zu besorgen, das sie als Trage verwenden konnten. Hinter ihm begann der Putzi sich schon wieder zu bewegen. Das heißt, zuerst bewegte er sich nicht wirklich. Er machte nur Geräusche. Seltsame noch dazu. Erst als der Kornel mit einer Bahre daherkam, von der der Strobel auch später nie sagen konnte, wo der Mann die plötzlich hergehabt hatte, hob die Raubkatze den Kopf. Mit heraushängender Zunge und leicht schielendem Blick glotzte er die anwesenden Menschen an und versuchte nach und nach, sich aufzurichten und auf die Beine zu kommen. Ein Moment, in dem der Strobel, obwohl er rein löwentechnisch betrachtet ein absoluter Laie war, glasklar erkannte und dem Gewehrmann gegenüber auch formulierte, dass ein weiterer Pfeil gar keine so schlechte Idee wäre. Was der zwar nicht bestritt, aber auch nicht umsetzen konnte. Sowohl er, als auch sein treuer Safarifreund legten den Rückwärtsgang ein und versuchten, in Richtung ihres Autos zu kommen, wo die Munition sein sollte und Putzi nahm immer noch leicht schielend die Sphinxstellung ein. Jetzt versuchten natürlich alle möglichst viel Raum zwischen sich und die Katze zu bringen. Ob die Katze dagegen protestierte, weil sie froh war, endlich nicht mehr allein zu sein, kann ich dir nicht sagen. Genau genommen weiß eigentlich niemand, ob die Brüllerei überhaupt ein Protest war. Furchteinflößend war sie allemal. Man entfernte sich halbkreisförmig. Das sah von oben echt gut aus. Behauptete später zumindest das Hausmädchen vom Grafen, das die Szene vom Obergeschoss aus beobachtete, und der Putzi saß mit heraushängender Zunge mehr oder weniger aufrecht da und schielte, so kam es dem Strobel zumindest vor, nicht mehr ganz so stark. Den Blick stur auf den Laszlo gerichtet, der ihm genau vor der Nase herumtanzte. Absichtlich, wohlgemerkt. Das Kätzchen versuchte, den Hintern zu heben. Das sah richtig drollig aus, wie er dabei immer wieder einknickte, der Putzi. Der Schritt wurde allgemein beschleunigt. Als hätte jemand ein Kommando gegeben. Immer noch alle rückwärts laufend wurde Boden gut gemacht und der Putzi machte einen neuen Versuch aufzustehen und stand plötzlich. Wackelig, aber er stand. Und der Laszlo ging näher an ihn heran und zeigte ihm die lange Nase, der verrückte Kerl. Aber siehst du, so verrückt war er gar nicht. Er hat einfach versucht, möglichst viel von Putzis Aufmerksamkeit auf sich zu lenken, um den Übrigen die Flucht zu erleichtern. Und ich muss wirklich sagen, es gelang ihm gut. Stark schwankend versuchte das Tier jetzt, den kleinen Mann mit der Tatze zu treffen. Ich nehme an, er wollte ihn nur daran hindern, weiter so vor seiner Nase herumzuhampeln und diese blöden Geräusche zu machen. Das würdest du sicher auch nicht brauchen, wenn du aus einer Vollnarkose aufwachst. Als dann alle weit genug weg waren, machte sich auch der Laszlo daran abzuhauen und der Putzi machte den ersten vorsichtigen Schritt, noch bevor der Laszlo auch nur 20 Meter geschafft hatte. Das Vieh sah nicht freundlich aus. Das kannst du ruhig glauben. Eher so, wie jemand dreinschaut, der bis 04.00 Uhr am Saufen war und um 05.00 Uhr geweckt wird, weil einer wissen will, wie spät es ist. Grantig halt. Verstehst du? Das ließ den Laszlo schneller gehen, als gut für ihn war. Verkehrt ist immer schwierig. Gar keine Frage. Aber schnell verkehrt ist eben noch schwieriger. Kurz gesagt, der Laszlo ist hingefallen, hat sich einmal überschlagen und der Putzi war startklar. Das sah auch der kleine Mann und versuchte deshalb, sich schnellstmöglich aufzurichten. Aber seine glatten Sohlen fanden auf dem Rasen keinen Halt. Und der Putzi machte noch einen Schritt. Und dann gleich noch einen, bevor er noch einmal kurz innehielt und mit hoch erhobenem Haupt noch ein bisschen brüllte. Spätestens jetzt dürfte der Laszlo einen Beistrich in der Hose gehabt haben. Man weiß es aber nicht. Ich hätte. Sicher sogar! Dann ist alles irrsinnig schnell gegangen. Der Laszlo kam endlich auf die Beine, der Putzi kniff die Augen zusammen und ging in den Angriffsmodus über. Geduckte sprungbereite Haltung und so. Da sauste plötzlich jemand genau auf den Löwen zu und erweckte seine Aufmerksamkeit. Eine der beiden Zwergenfrauen, ich weiß ehrlich gesagt heute nicht mehr, ob es Enikö oder Anikö gewesen ist, rannte schreiend und wild mit den Armen fuchtelnd auf den Putzi zu. Derart provoziert, wechselte der sofort das Ziel. Kaum machte er den ersten Schritt in ihre Richtung, drehte sie ab und rannte so schnell es ging in Richtung Gendarmeriebehelfsbüro. Und gerade als sich der Strobel überlegen wollte, ob sie die Strecke mit ihren kurzen Beinchen würde zurücklegen können, bevor der Putzi sie einholte, änderte sie neuerlich den Kurs und steuerte auf die Autos zu. Als sie den Mercedes erreichte, dürfte sie den Atem des Löwen schon im Nacken gespürt haben. Ohne zu zögern riss die die rechte hintere Tür auf. Der Putzi hatte sie fast. Sie sprang kopfüber in den Fond. Der Putzi stutzte kurz. Sie rutschte zur anderen Seite. Beim Putzi siegte der Jagdtrieb. Sie öffnete die linke Tür. Der Putzi mit vollem Schwung hinterher. Sie hechtete hinaus, warf die Tür zu und rannte hinten um das Auto herum. Der Putzi knallte mit dem Schädel gegen die Seitenscheibe. Sie knallte die rechte Tür zu, blieb keuchend stehen und verbeugte sich vollendet vor den sprachlosen Zuschauern. Irgendjemand begann tatsächlich zu applaudieren und nach und nach machten es ihm alle Übrigen nach. Die Frau verbeugte sich noch ein weiteres Mal und entschwand dann so schnell, wie sie erschienen war. Der Laszlo verschwand mit ihr. Der Löwe war gefangen. Eine super Sache. Grundsätzlich, meine ich. Eine Schattenseite hat es nämlich auch gegeben. Genau! Das mit dem Auto. So ein Mercedes mag ja vieles sein und vieles können, aber als Raubtierkäfig taugt er nicht. Ich meine, dafür ist er schließlich auch nicht gebaut. Und der Putzi führte den Menschen diese Tatsache überaus eindrücklich vor Augen. Er tobte herum, schlug seine Krallen und Zähne in die Polsterung der Sitze, fetzte deren Innenleben heraus und verteilte es gleichmäßig im Innenraum, dass der Wagen nur so wackelte. Immer wieder warf er sich gegen die Scheiben. Unglaublich eigentlich, was Autofenster so alles aushalten. Mehr als die Sitze jedenfalls. So froh der Strobel auf der einen Seite war, dass dieses Untier gefangen war, so sehr fürchtete er sich auf der anderen davor, dem Herrn Grafen unter die Augen zu treten und ihm von seinem Auto zu erzählen. Aber kaum hatte der Strobel diesen Gedanken fertig gedacht, sah er den Mann auch schon vor dem Fahrzeug stehen. Mit weit geöffnetem Mund und Tränen in den Augen glotzte er, scheinbar unfähig, auch nur ein Wort zu sprechen, zu seinem Auto. Derweil zeigte der Putzi erste Ermüdungserscheinungen und der Zoofuzzi hatte endlich sein Gewehr nachgeladen. Jetzt galt es, ein neues Problem zu lösen. Die böse Miezekatze musste aus dem Auto geholt werden. Verschiedene Optionen wurden diskutiert. Am blödesten fand der Strobel die Variante, eine Tür zu öffnen und den Putzi einfach herauszulassen. Das war ihm viel zu unsicher. Den anderen Blödsinn, erzähle ich dir gar nicht. Letztendlich hat sich dann gezeigt, dass alles, was im Leben so passiert, einen Sinn hat. Auch, wenn man den manchmal nicht gleich erkennt. Früher oder später kommt der Moment, in dem sich alles zusammenfügt. In dieser Situation ist es der gräfliche Querschläger gewesen, dessen eigentliche Bestimmung erkannt wurde. Und zwar vom Pfaffi. Der Bursche ist nämlich auf die Idee gekommen, dass der Zoofuzzi durch das Loch im Autodach schießen könnte. Groß genug war es ja.

Zuerst haben alle blöd geschaut. Wer rechnet auch mit so einem Vorschlag? Dann fand sich eine Mehrheit, die den Vorschlag gut hieß und sich an die Umsetzung machte. Weil ganz so einfach wie das jetzt klingt war die Sache mit dem Durchs-Dach-Schießen auch wieder nicht. Der Schützte musste seine Aufgabe aus erhöhter Position erledigen, wollte er die Mündung in die richtige Position bringen. Und siehst du, mit einem Mal war Teamwork angesagt. Der Weinzierl ist losgespurtet und hat eine Leiter geholt, während der Zoofuzzi sein Gewehr überprüfte und der Pfaffi mit einem Schraubenzieher versuchte, das Loch im Dach, begleitet von blaublütigem Schniefen, noch ein kleines bisschen zu vergrößern. Sie stellten die Leiter auf, der Zoofuzzi stieg hinauf, beugte sich hinab in Richtung Dach, brachte das Gewehr in Stellung und wartete auf das Kommando vom Strobel, der beim Seitenfenster hineinstarrte und versuchte, durch die angelaufene Scheibe zu erkennen, wann das Tier in der richtigen Position war.

»Jetzt!«, rief der Strobel.

»Ahh … Schei…«, schrie der Zoofuzzi, als die Leiter ihn, nach Abgabe des Schusses, abwarf und er unsanft auf dem Kies landete. Nichtsdestotrotz war sein Einsatz ein voller Erfolg und der Putzi sackte nach und nach wieder in eine tiefe Bewusstlosigkeit. Zu seinem Glück, wie ich sagen muss. Weil das Gereiße und Gezerre, das die Herren bei dem Versuch, ihn aus dem Auto zu bringen, veranstalteten, wäre ohne Narkose sicher ziemlich schmerzhaft gewesen. Falls er sich gehalten hätte. Nach großen Mengen an Schweiß und Einsatz aller zur Verfügung stehenden Körperkraft war es gelungen, das schwere Tier gerade mal ein paar Zentimeter zu bewegen. Der Zoofuzzi machte den Beteiligten klar, dass es auf diese Weise viel zu lange dauern würde, den Putzi zu bergen und die Gefahr bestand, dass er zu früh aufwachte. Nach einigem Hin und Her ergriff der Konrad Christian die Initiative. Ein paar schnelle Befehle an seine Männer und schon kamen die mit schwerem Gerät an, um dem Auto zu Leibe zu rücken. Dach ab, hieß die Devise. Das war dem Grafen dann eindeutig zu viel und er zog sich in sein Schloss zurück. Innerhalb weniger Minuten war der Mercedes zum Cabrio umgebaut. Das hat die Bergung des Putzi unglaublich erleichtert. Nebenbei bemerkt hat es nicht einmal so schlecht ausgeschaut. Aber das ist eine andere Geschichte!

39

Vielleicht fragst du dich ja, was jetzt mit der Leiche vom Kaiser passiert ist. Du wirst es vielleicht nicht glauben, aber vorerst einmal gar nichts. Die Lochgeschichte ist im allgemeinen Durcheinander vorerst untergegangen und so gammelte der Herr Direktor weiter munter vor sich hin. Alles in allem keine lustige Zeit für Strobel und Co. Nicht einen Schritt waren sie bisher weitergekommen. Dafür häuften sich die Problemfälle. Der Novotny war bereits abgezogen worden und hatte, wie angekündigt, einen zweiten Mann mitgenommen. Ausgestattet mit der Befehlsgewalt über vier Beamte wollte der Strobel jetzt endlich Nägel mit Köpfen machen. Das wurde auch allerhöchste Zeit. Aber wenn du gar nichts weißt, ist es halt schwierig festzustellen, wo du anfangen sollst mit dem Ermitteln. Da ein bisschen, dort ein bisschen ist nicht gerade die sinnvollste Methode. Da muss schon ein System dahinter sein. Gar keine Frage. Prioritäten mussten gesetzt und Aufgaben verteilt werden. Für das Studium der Akten vom Novotny brauchte er nicht besonders viel Zeit aufwenden. Es gab nämlich nichts zu lesen. Von besonderer Dringlichkeit war an diesem Tag auch nichts mehr. Ich meine, es hatte durch diese Putzi-Sache Aufregung genug gegeben. Von daher beschloss der Strobel, am nächsten Morgen eine Teamsitzung abzuhalten und die weiteren Abläufe mit seinen Männern zu besprechen. Der Zechmeister Peter lag ihm am meisten im Magen. Der Junge war schon tagelang verschwunden und der Suchmannschaft gingen langsam die Ideen aus, wo sie noch suchen sollten. Besonders viel Hoffnung bestand nicht mehr. Das musste er sich langsam aber sicher eingestehen. Trotzdem konnte er sich nicht dazu durchringen, die Suche einzustellen. Und auch jetzt verschob er diese Entscheidung auf den nächsten Tag. Es war inzwischen 20.00 Uhr geworden und er entschied, die Kollegen nachhause zu schicken. Alle, bis auf den Pfaffi. Den teilte er zum Nachtdienst ein. Aber nur, damit jemand da war, falls wieder etwas passieren sollte. Der Bursche brauchte also nur im Büro zu schlafen. Die Couch, die ganz hinten stand, reichte für diesen Zweck allemal. Der Strobel selbst ging, wie so oft, zum Pfarrhaus. Es interessierte ihn zu erfahren, wie es der Karoline ging. Die arme Frau musste ziemlich erledigt sein. Das tagelange, bange Warten hatte sicher an ihren Nerven gezehrt und der Gedanke, dass ihrem Sohn etwas Schlimmes zugestoßen sein könnte, machte die Situation bestimmt nicht besser. Deswegen war es natürlich gut, dass sich der Pfarrer Römer regelmäßig um die Frau kümmerte. Gar keine Frage. Gut für die Karoline und auch gut für den Strobel, der dadurch einen guten Grund hatte, schon wieder ins Pfarrhaus zu gehen. Normalerweise beschränkten sich diese Besuche auf den Mittwoch. Aber dies war eine Ausnahmesituation und deswegen kam er halt öfter. Na ja, auch so ein Postenkommandant braucht natürlich einen Ausgleich. Ein Priester wahrscheinlich auch. So gesehen also eine gute Sache. Aber wie auch immer. An diesem Abend wartete eine große Überraschung auf ihn. Der Römer war nämlich nicht allein. Das sah der Strobel schon, als er sich dem Haus näherte. Da stand nämlich ein Auto genau vor der Eingangstür. Und zwar eines, das er kannte. Es war das Auto von der Frau Doktor. Da hat dem Strobel sein Herz gleich einmal verrückt gespielt vor lauter Aufregung und Freude. Wirklich wahr. Aber nicht, dass du jetzt denkst, der Mann hätte seinen Schritt jetzt beschleunigt oder so. Im Gegenteil. Er blieb stehen, kontrollierte den Sitz seiner Uniform, richtete seine Krawatte und optimierte den Glanz seiner Schuhe, indem er die Spitzen an den Waden rieb. Dann hauchte er in seine Hand und überprüfte seinen Atem. Halbwegs zufrieden mit dem Ergebnis ging er gesetzten Schrittes auf die Tür zu und läutete. Als ihn Hochwürden schließlich einließ und ihm gleich zur Begrüßung erzählte, dass die Frau Doktor da sei, machte der Strobel einen auf Zurückhaltung. Im Wohnzimmer saß seine Herzdame. In seinem Stuhl. Und auf einmal war alles anders. Er wusste plötzlich nicht mehr, ob er sich freuen sollte. Wollte er tatsächlich so überrascht werden? Wäre er nicht lieber mit seinem Freund allein gewesen, um mit ihm zu reden? Über den Fall, seine Sorgen und Nöte und wahrscheinlich auch über die, momentan nicht ganz rund laufende Beziehung? Diese Gedanken schossen ihm durch den Kopf, während er die Frau ein bisschen steif begrüßte. Fast schon zu steif, wenn man es genau nimmt. Eine hölzern wirkende Umarmung, Küsschen links, Küsschen rechts und ein gemurmeltes und wenig überzeugendes:

»Schön, dich zu sehen.«

Dann stand er wie ein Schuljunge mitten im Raum und drehte seine Mütze in den Händen. Abwartend, unsicher und unfähig, irgendetwas Sinnvolles zu sagen. Den Blick auf die Frau gerichtet. Peinliches Schweigen herrschte. Zumindest solange, bis der Pfarrer Römer das Wort ergriff, einen gediegenen Small Talk begann und damit die Situation rettete. Mit der Zeit verging auch der Wein und man wurde allgemein immer lockerer. Man könnte auch sagen, die Zungen lösten sich mehr und mehr. Zwischendurch berichtete der Kirchenhirte kurz von seinem Besuch bei der Zechmeister Karoline. Seltsam habe sie sich verhalten, meinte er und irgendwie weggetreten habe sie gewirkt. Er mache sich ernsthafte Sorgen um das Seelenheil der Frau. So herzlos das jetzt auch klingen mag, aber viel mehr gab es zu dem Thema nicht zu sagen. In Gegenwart der Frau Doktor wollte der Strobel jedenfalls keine Diskussion anfangen, ob eine weitere Suche nach dem Kind sinnvoll war oder nicht. Im Grunde hätte er keine Antwort von seinem Freund erwartet. Obwohl er nicht sicher war, ob er an Gott glauben sollte, wäre es ihm in seiner Situation einfach lieber gewesen, sich bei seinen Entscheidungen auf göttlichen Segen berufen zu können. Ob das so war, weil er einen Schuldigen haben oder sein Gewissen beruhigen wollte, kann ich dir nicht sagen. Später hat er einmal gesagt, dass sein Verhalten, sollte es im Himmel wirklich diesen Gott geben, ganz schön unfair gewesen wäre. Weil jemanden zum eigenen Vorteil in eine Situation zu bringen, in der er nur schlecht abschneiden kann, ist nicht sehr nett. Egal, ob du das mit einem Menschen oder mit Gott machst. Fair sollte man schon bleiben. Wie dem auch sei. Zu fortgeschrittener Stunde und nach reichlich Alkohol erzählte der Strobel, zur allgemeinen Belustigung, schließlich die Putzi-Geschichte. Überhaupt wurde viel geredet. Nur nicht zwischen dem

Strobel und seiner Frau Doktor. Man erzählte locker und für alle. Direkt angeredet haben sich die zwei Deppen nicht. Kein einziges Mal. Natürlich ist dem Römer das aufgefallen und er hat nach den passenden Worten gesucht, diesen Punkt zur Sprache zu bringen, ohne dass es wie eine Einmischung in fremde Angelegenheit wirkte. So ist der Gottesmann auf die Idee gekommen, es mit einer philosophisch anmutenden Frage zu probieren.

»Weißt du, Strobel«, hat er gesagt, der Römer, »ich frage mich, ob die Menschen aufgehört haben, miteinander zu reden, weil es einfach nichts zu sagen gibt oder weil sie denken, dass ihnen sowieso niemand zuhört. Was meint ihr?«

Es lag sicher am Wein, dass der Postenkommandant nicht geschnallt hat, was sein Freund ihm zu sagen versuchte. Ob die Frau Doktor es verstanden hat, ist schwer zu sagen. Kommentiert hat sie diese Aussage jedenfalls mit der lapidaren Feststellung, dass das eine gute Frage sei. Der Blick, den sie dabei in Richtung Strobel warf, war nicht zu deuten. Nachträglich betrachtet würde ich aber sagen, sie hatte es kapiert. Kurz nach Mitternacht mahnte der Strobel, mit dem Hinweis einen arbeitsreichen Tag vor sich zu haben, zum Aufbruch. Die Frau Doktor verkündete, sich ihm anschließen zu wollen. Natürlich erst nach dem für Frauen ach so typischen abschließenden Toilettenbesuch. Der Römer nutzte die Gelegenheit, seinen Freund am Oberarm in Richtung Vorraum zu zerren und ihm einen Ratschlag ins Ohr zu zischen.

»Jetzt red endlich mit ihr, bevor es zu spät ist, Strobel! Sag ihr, was du fühlst, was du dir wünscht.«

»Wenn ich das so genau wüsste …«, antwortete der Strobel mit leichter Resignation in der Stimme.

»Wenn du was so genau wüsstest?«, drang von hinten die Stimme der Frau Doktor in sein Ohr.

»Gute Nacht!«, meinte der Römer mit Bestimmtheit, schob den Strobel ziemlich vehement zur Tür hinaus und verabschiedete sich rasch von der Frau, während er sie ebenfalls hinausschob. So schnell konnten die beiden gar nicht schauen, wie der Römer die Tür zugemacht hat. Und da standen sie nun, glotzten verwundert auf die Eingangstür.

»Hrm …«, machte der Strobel schließlich, zuckte mit den Schultern, nahm seine Begleiterin bei der Hand und marschierte los. Der Weg endete bei einer der Bänke auf dem Hauptplatz. Dort hockten sich die beiden hin, betrachteten kurz die Sterne und redeten doch noch miteinander. Und siehe da, der Strobel schaffte es tatsächlich, alles zu sagen, was ihn so bewegte. Weil das hier aber kein Liebesroman werden soll, erspar ich es dir und mir auch, mich darüber elendslang auszulassen. Ein bisschen kennst du den Strobel aus den Erzählungen ja schon und weißt, was ihn in puncto Beziehung bewegt hat. Von daher sei nur noch erwähnt, dass er die Frau Doktor mit zu sich nachhause genommen hat, nachdem sie aus seinen Zweifeln kein Drama gemacht, sondern versucht hat, ihn zu verstehen. Im Gegenzug versprach ihr der Strobel, sich ein Wochenende für sie Zeit zu nehmen, sobald in Tratschen alles wieder seine Ordnung hatte. Und so waren dann für den Moment alle glücklich und zufrieden. Oder besser gesagt fast alle.

40

Der Pfaffi war nämlich gar nicht glücklich und zufrieden, weil er auf der unbequemen Couch nicht schlafen konnte. Nachdem er sich eine gefühlte Ewigkeit herumgewälzt hatte, stand er auf und tappte im Dunkeln zur Toilette. Auf dem Rückweg sah er durch das Glas der Eingangstür hinaus. Und was glaubst du, hat er da gesehen? Eine Gruppe von Leuten, die in Richtung Baumgruppe gingen. Soweit er im Licht der Sterne erkennen konnte, trugen einige Werkzeug bei sich. Das weckte natürlich seine Neugier und er eilte zur Couch, schlüpfte in seine Hosen und seine Schuhe, streifte sich rasch das Hemd über und machte sich auf den Weg. So leise wie möglich öffnete er die Tür, trat hinaus auf den Kiesweg und hüpfte hinüber ins Gras, um Geräusche zu verhindern. In gebückter Haltung schlich er sich in der Deckung der Büsche und Sträucher immer näher an das Wäldchen heran. Dabei fiel ihm das Geräusch auf, das durch die Nacht drang und immer lauter wurde, je näher er kam. Es hörte sich ganz so an, als würde jemand graben. Dazwischen hörte er immer wieder geflüsterte Worte, die er aber nicht verstand. Er blieb stehen und lauschte angespannt. Plötzlich ertönte ein Laut, den er ganz gut einordnen konnte. Ein Würgegeräusch nämlich. Gefolgt vom Geräusch von Erbrechen. Das war in etwa der Augenblick, in dem ihm der bestialische Gestank auffiel, der von dem Wäldchen herüberwehte und der ihn an die nachmittäglichen Flatulenzen des Löwen erinnerte. Nur zehnmal intensiver. Er beschloss, der Sache auf den Grund zu gehen. Kurz verfluchte er, keine Taschenlampe mitgenommen zu haben. Dann trat er aus seiner Deckung, ging zielstrebig in das

Wäldchen und staunte nicht schlecht darüber, welch rege Betriebsamkeit zwischen den Bäumen herrschte. Soweit er erkennen konnte, waren vier Personen mit Spitzhacken und Schaufeln intensiv mit Grabungsarbeiten beschäftigt. Und zwar so sehr, dass sie ihn erst einmal gar nicht bemerkten. So stand er also da, schaute zu und spürte, wie ihm von dem Gestank schlecht wurde. Einer der Männer sah kurz auf und maulte ihn an, er solle gefälligst helfen und nicht nur blöd herumstehen. Der Stimme und der Statur nach zu urteilen, war das dieser Kraftmensch. Gebannt starrte der Pfaffi auf das immer größer werdende Loch und versuchte zu erkennen, was es hier auszugraben gab, als das Geräusch der Spitzhacke sich jäh änderte. Es klang mit einem Mal viel dumpfer. Als hätte sie jemand in etwas Weiches geschlagen.

»Oh Gott …«, ertönte wieder die Stimme des Kraftmenschen, der die Spitzhacke ins Erdreich geschlagen und dabei den aufgeblähten Kaiserbauch penetriert hatte. Das sah nicht nur gruselig aus, sondern verbreitete Geruchsnoten, die der Pfaffi so noch nie gerochen hatte. Und die anderen Anwesenden offenbar auch nicht. Allgemeines Würgen und Kotzen war die Folge. Ausnahmslos. Ja, auch beim Pfaffi. Ich meine, vielleicht hätte er den Anblick vom toten Kaiser und den Gestank noch irgendwie weggesteckt, aber diese Kotzerei rundum machte ihn fertig. Außerdem war ihm klar, dass hier das Kräfteverhältnis nicht ganz stimmte. Er brauchte unbedingt Verstärkung. Von daher stolperte er nach der Magenentleerung zurück ins Büro und rief den Strobel an. Der befahl ihm, auch den Berti zu informieren und sie dann mit dem Wagen abzuholen. Natürlich dachte der Strobel im ersten Eifer nicht daran, dass der Mercedes seit dem Nachmittag nicht mehr ganz so toll war. Und der Pfaffi zuerst auch nicht. Erst als er vor den Überresten der ehemaligen Luxuskarosse stand, überkamen ihn leise

Zweifel an ihrer Fahrtauglichkeit. Er versuchte es dennoch. Wider Erwarten sprang der Motor auf Anhieb an und er brauste los. Zuerst zum Strobel, der schon vor dem Haus stand und sich gerade noch die Jacke anzog und dann zum Berti, der ebenfalls schon fertig war. Danach ging es im Eilzugstempo zurück zum Schloss. Wobei mir an dieser Stelle einfällt, dass das Wort Zug in diesem Moment wirklich doppeldeutig war. Weil durch das fehlende Dach kamen die Frisuren der Gendarmen ganz schön durcheinander. Aber sie wollten ja nicht zu einem Schönheitswettbewerb, sondern Mörder fangen. Als sie durch das Tor fuhren, konnte der Strobel im Scheinwerferlicht ein kleines Grüppchen erkennen, das sich offenbar mit einer schweren Last abmühte.

»Nicht stehen bleiben! Fahr direkt auf sie zu!«, befahl er dem Pfaffi, der keine Sekunde zögerte, den Wagen mit aufheulendem Motor durch die Wiese zu jagen. Erschrocken starrten ihnen die Lastenträger entgegen. Aber noch bevor sie reagieren konnten, bremste sich der Pfaffi vor ihnen ein, und ein ungewöhnlich beweglicher Strobel sprang aus dem Wagen und schmetterte ein

»Halt, Gendarmerie! Stehen bleiben!«

in die Nacht. Stocksteif sind sie stehen geblieben, die Zirkusleute. Wie Statuen. Noch nicht einmal den Kaiser, den sie zu viert, an Armen und Beinen haltend durch die Gegend schleppten, ließen sie fallen. Eingefroren quasi. Der Strobel warf einen scharfen Blick in die Runde und betrachtete schließlich den blassen Kaiser. Im Licht der Autoscheinwerfer wirkte dessen Gesicht eher gelblich und irgendwie wächsern. Gruselig, wie der Pfaffi später seinen Freunden erzählte. Aber schlimmer als das Gesicht war sein Bauch! Da klaffte nämlich ein ziemliches Loch, aus dem eine ekelhaft aussehende, rötlich-braune Flüssigkeit austrat. Bekanntlich ist Übereifer keine gute Sache.

Ein Wissen, dass der Strobel jetzt auffrischte, weil er genau diesem Übereifer folgend, viel zu nahe an die Leiche heranging und folglich in eine Wolke wahnsinnig argen Gestankes eintauchte. Durch Mund und Nase gleichzeitig sog er sich die verpestete Luft tief in die Lungen. Abrupt blieb er stehen, schaute verdutzt in die Menge, färbte sich grün, wandte sich ab und spuckte, was auch immer er im Magen hatte, in hohem Bogen auf den Rasen. Begleitet von einem für diese Art von eruptivem Erbrechen typischen Kehllaut, den zu beschreiben mit Worten kaum möglich ist. Am ehesten kannst du es vielleicht wieder mit unserem Freund dem Frosch vergleichen. Wenn du den überfährst während er quakt, müsste sich das so ähnlich anhören. Aber wie auch immer. Die Zirkusleute jedenfalls wollten diesen kleinen Moment der Schwäche zur Flucht nützen. Aber da machte ihnen der Berti einen Strich durch die Rechnung. Durch die Reaktion seines Chefs gewarnt, blieb der deutlich früher stehen und wiederholte den Befehl, von wegen stehen bleiben mit mindestens genauso viel Autorität in der Stimme wie der Strobel. Von daher erzielte er freilich auch die gleiche Wirkung. Begleitet von dem dumpfen Geräusch, das entstand, das der kaiserliche Hinterkopf verursachte, als er auf der Erde aufschlug, weil der Kornel und der Ben die Arme losgelassen hatten.

»Ein Glück, dass der schon tot ist«, kommentierte der Pfaffi das Geschehen vom Fahrersitz aus. Na ja, um die Sache nicht unnötig auszuschmücken, erzähle ich dir den Rest im Schnelldurchlauf. Bei den Leichenfledderern handelte es sich um den Ben, den Kornel, den Laszlo und den Barna. Dazu kam noch Cousin Frederic, der vergeblich versucht hatte, sich mit dem Werkzeug im Wäldchen zu verstecken. Die Gendarmen nahmen die fünf Herren fest, brachten sie zur Dienststelle, riefen den Bestatter, den Journalstaatsanwalt und die beiden Kollegen aus Wien, die übrigens Walter Steinwender und Simon Bremer oder Brener oder so ähnlich hießen, und die Spurensicherung an. Der Pfaffi sperrte die Stelle rund um das Grab weiträumig ab, und der Herr Graf, nebst seiner Göttergattin, beobachtete das Geschehen vom Schlafzimmerbalkon aus. Seine Holde mehrmals darauf hinweisend, dass es ganz allein ihre Schuld sei, dass sich ihr Garten mehr und mehr in eine große Baustelle verwandle und sein Mercedes nur noch für den Schrottplatz tauge, weil immerhin sie es gewesen sei, die ihn mit dem Hinweis auf ihre beiden undankbaren Kinder dazu gebracht habe, dieses Zirkusvolk hier ihr Zelt aufstellen zu lassen. Insgesamt zwar gar nicht so falsch, aber nicht wirklich nützlich, diese Vorwürfe. Weil ändern konnte er jetzt nichts mehr. Und die Zeit zurückdrehen auch nicht. Die Frau Gräfin schien Vorwürfe allerdings gewohnt zu sein und reagierte überhaupt nicht. Schweigend, stolz und mit erhobenem Haupt machte sie kehrt und verschwand zwischen den Vorhängen. Ihr Herr Gemahl blieb noch eine Weile stehen, rauchte ungefähr zwanzig Zigaretten und raufte sich im Geiste die Haare. Dann holte der Bestatter die Leiche, um sie, gemäß der staatsanwaltschaftlichen Weisung, zur Gerichtsmedizin zu bringen und die Spurensicherung ging daran, den Rest des vormals so schönen Rasens zu zertrampeln und die Grabstelle zu untersuchen, während die fünf Ordnungshüter darangingen, sich mit dem resignierenden Einverständnis des Hausherren ausgestattet noch weiter im Schloss auszubreiten, weil sie ihre Verdächtigen zeitgleich befragen wollten. Ja sogar mussten, wenn sie Absprachen verhindern wollten. Weil Haftbefehle hatten sie trotz allem nicht bekommen. Dazu hatte der Herr Staatanwalt nämlich gemeint, dass sie zuerst einmal herausfinden sollten, wer der Mörder war. Weil alle zusammen, so hatte er mit Bestimmtheit gesagt, werden es wohl kaum getan haben. Nur für das Wegschaffen der Leiche wolle er jedenfalls keine Untersuchungshaft beantragen. Na dann eben nicht.

41

Von je her mögen Menschen Geschichten. Egal, ob sie wahr sind oder nicht. Hauptsache, sie unterhalten einen. Eine Tatsache, die sich wahrscheinlich nicht geändert hat, seit wir in der Lage sind zu sprechen. Mit ein paar kleinen Einschränkungen galt das auch für Strobel und Co. Privat waren die Ordnungshüter einer gut erfundenen Geschichte auch nicht abgeneigt. Im Dienst allerdings sah das anders aus. Da war ihnen die Wahrheit eindeutig lieber. Obwohl ich schon sagen muss, dass »Wahrheit« ein eher abstrakter Begriff ist. Weil, was ist schon die so oft zitierte »Wahrheit«? Ich persönlich glaube ja, dass sie immer nur subjektiv sein kann, die Wahrheit. Ein jeder von uns hat seine eigene Wahrnehmung und damit auch seine eigene Wirklichkeit. Nimm zum Beispiel einen Verkehrsunfall her. Ein Ereignis, das faktisch zwar nur einmal passiert, von den Menschen rund herum aber völlig unterschiedlich wahrgenommen wird. Soll heißen, dass es eine erwiesene Tatsache ist, dass du viele verschiedene Zeugenaussagen bekommst, wenn viele Leute gesehen haben, wie es zu dem Unfall gekommen ist. Keiner von ihnen lügt. Trotzdem unterscheiden sich die Geschichten teilweise stark voneinander. Am Ende sind sich deine Zeugen oft noch nicht einmal bei den Farben der Autos einig. Heutzutage gibt es einen Haufen wissenschaftlicher Erklärungen zu diesem Thema. Aber wenn du die hören willst, dann musst du ein Sachbuch lesen. Mit dieser Geschichte hat das nämlich nur am Rande etwas zu tun. Oder vielleicht auch gar nichts. Kommt darauf an, wie man es sieht. Aber wie auch immer. Die Ordnungshüter haben an diesem Morgen jedenfalls Geschichten aufgetischt bekommen, die ihnen gar nicht recht schmecken wollten. Im Gegensatz zu den ersten Verhören, die der Novotny geleitet hatte, liefen diese völlig anders. Der Strobel hatte sich den Ben geschnappt, weil ihm aufgefallen war, dass der so etwas wie eine Anführerposition innehatte. Ein Gespräch zwischen Häuptlingen quasi. Voll archaisch, wenn du so willst. Aber egal. Zuerst saß der große Mann nur da und überließ dem Postenkommandanten das Reden, der ihn über seine Rechte und den Tatvorwurf belehrte. Besonders zu interessieren schien das den Ben aber nicht. Lediglich bei der Passage mit dem Geständnis als Milderungsgrund schenkte er dem Strobel einen kurzen Blick. Von unten heraus, wenn du weißt, was ich meine. Diese Mischung aus »Ja, ja, rede du nur, du nervst«- und »Leck mich doch am Arsch«-Blick. Der Hinweis auf sein Recht, die Aussage zu verweigern, entlockte ihm dafür keine Reaktion. Danach entstand eine Pause. Es war kaum zu übersehen, dass der Ben krampfhaft über etwas nachdachte. Fast schon hörbar. Da wollte der Ordnungshüter natürlich nicht stören und wartete geduldig darauf, welche Früchte diese Denkvorgänge wohl tragen würden. Was soll ich dir sagen? Seine Geduld wurde vollends belohnt!

»Na gut, ich gestehe, ich war's.«

Allumfassend war das zwar nicht gerade, aber ein guter Anfang, auf dem der Strobel aufbauen konnte. Und das versuchte er auch.

»Was genau möchten Sie gestehen?«, fragte er.

»Sie können ruhig ›Du‹ zu mir sagen. So wie alle.«

»Na gut. Also, was genau willst du gestehen, Ben?«

»Blöde Frage! Den Mord natürlich! Ich hab den Kaiser ermordet! Noch während dem Unwetter hab ich ihn abgemurkst, den Hund den elendigen! Von hinten. Mit meinem Säbel. Zack und aus!«

Ziemlich emotional, fand der Strobel, sagte aber nichts, sondern wartete ab, ob der Ben von sich aus ein bisschen ins Detail gehen würde. Tat er aber nicht. Er saß nur nach vorn gebeugt, Oberkörper mit den Unterarmen auf den Knien abgestützt da und starrte auf den Boden zwischen seinen Schuhen. Mindestens Größe 50, schätzte der Strobel ganz nebenbei, betrachtete die riesigen Treter und durchforstete sein Hirn nach einem Ausdruck, den er in Wien einmal gehört hatte. Ein Wort für Füße war es gewesen, das er total witzig gefunden hatte. Jetzt war es weg. Vergessen. Du wunderst dich vielleicht, warum unser Held sich während der Geständnisphase so komische Gedanken gemacht hat, aber du darfst nicht vergessen, dass das höchstens einen Sekundenbruchteil dauert, bis so ein Gedanke durch das Hirn durch ist. Das dauert ja keine Ewigkeit. Weil es macht von der Zeit her keinen Unterschied, ob dein Hirn deiner Hand sagt, dass sie sich gefälligst bewegen soll, oder du so einen sinnlosen Blödsinn denkst. Völlig wurscht. Von daher entstand deswegen auch kein Schaden. Schon gar nicht, weil sowieso gerade Redepause war. Dann wieder volle Konzentration beim Strobel und die Frage nach dem Motiv.

»Warum hast du das gemacht?«

»Weil er eine Charaktersau g'wesen is'. Deswegen hab ich das g‹macht. Verstehst …?«

»Trottoirbeleidiger«, murmelte der Strobel, dem das verlorene Wort plötzlich durch den Kopf schoss.

»Was?«, fragte der Ben verdutzt.

»Äh …, nichts …, äh …, warum Charaktersau, der …, der …, wie hieß er noch gleich …?

Hastig blätterte er in seinen Unterlagen, um den richtigen Namen vom Kaiser zu finden und dabei seine Gedanken neu zu ordnen.

»Ich hab keine Ahnung, wie der Arsch geheißen hat. Willy, glaub ich. Er wollte ja nur mit Kaiser angeredet werden, der größenwahnsinnige Idiot«, schimpfte der Ben, während der Strobel blätterte.

»Ah! Da haben wir's ja! Braun. Wilhelm Braun. So hat er geheißen, der Ermordete«, sagte er und sah auf. Dem Ben direkt in die Augen.

»Erklär mir das mit der Charaktersau doch ein bisserl näher«, forderte er ihn in freundschaftlichem Plauderton auf. Das machte der dann auch. Aber die Geschichte, die der Strobel zu hören bekam, klang für ihn nahezu unglaublich. Der Ben zeichnete nämlich das Bild eines Menschen, der offenbar vor nichts und niemandem Respekt und tierische Freude am Quälen seiner Mitmenschen gehabt hatte. Laut Ben hatte der Kaiser seine Frau und seine Kinder regelmäßig gezüchtigt, genau wie die Zwerge. Wann immer ihm danach war, so behauptete der Kraftmensch, habe er die armen Menschen getreten, gedemütigt und beschimpft. Genau wie die Esmeralda. Sie hatte das schlimmste Los von allen. Sie hatte der Kaiser nämlich dazu auserkoren, ihn lieben zu müssen. Damit hat sich die holde Maid aufgrund seines Verhaltens allerdings ziemlich schwer getan. Und je schwerer sie sich getan hat, desto mieser ist der Kaiser mit ihr umgesprungen. Wenn sie es sich zum Beispiel einfallen ließ, sich gegen seine körperlichen Annäherungen zu wehren, sperrte er sie einfach tagelang in einen Käfig. Weil sie aber in einen anderen verliebt war, versuchte sie jedes Mal sich zu wehren, was wiederum von Mal zu Mal die Dauer ihrer Haft verlängerte. Bis sie schließlich nur noch für ihre Auftritte aus dem Käfig durfte. Zu der Zeit, als die Esmeralda als neue Drahtseilakrobatin, ihre Vorgängerin war angeblich beim Training zu Tode gestürzt, zur Truppe des Kaisers stieß, verliebte sie sich, quasi auf den ersten Blick, in den aus Italien stammenden Messerwerfer Ringo, und der verliebte sich in sie. Von daher alles eitel Wonne für die zwei. Jetzt hatte der Kaiser aber selbst bald ein Auge auf die Esmeralda geworfen und dazu immer schon so seine Probleme mit dem Ringo als Person gehabt, weil der sich öfter gegen ihn gestellt hat, als man das als kluger Mensch hätte tun sollen. Damit war Ärger vorprogrammiert. Der Kaiser fackelte nicht lange und meldete seine Besitzansprüche klar und deutlich an. Dabei war es ihm völlig egal, wie seine Frau sich dabei fühlte. Nebenbei bemerkt war die Fabula zunächst überaus froh über diese Entwicklung, weil sie hoffte, den Familientyrannen loszuwerden. Als sie merkte, dass es das so nicht spielen würde, schlug sie sich auf die Seite von Esmeralda. Gebracht hat das freilich nichts. Weil mit ein bisschen Mitleid und ein paar stillen Gebeten war ihr Herr Gemahl eben nicht zu stoppen. Aber sei's drum. Der Konflikt zwischen dem Ringo und dem Kaiser schaukelte sich jedenfalls immer heftiger auf, je weniger der Kaiser seine Finger von dem Mädel ließ. Gegipfelt hat das Ganze in einem argen Streit, in dessen Verlauf der Kaiser den Messerwerfer mit der Peitsche traktierte, dass dem ganz schön die Haut in Fetzen hing, und er sich deshalb mit einem Messerwurf revanchierte, der, zwar nur ganz knapp und völlig überraschend, sein Ziel, nämlich den breiten Rücken vom Kaiser, verfehlte. Am nächsten Morgen war der Ringo schließlich weg gewesen. Ohne Ankündigung, ohne Abschied, ohne seine persönliche Habe, ohne eine Spur zu hinterlassen und auch ohne seine Esmeralda. Sogar sein Arbeitswerkzeug, sprich seinen Messergürtel hatte er dagelassen. Der zierte jetzt eine Wand im Wohnwagen des Kaisers. Das hat den übrigen Zirkusleuten natürlich jede Menge Stoff für Spekulationen geliefert und ihre Angst vor dem Despoten um ein Vielfaches gesteigert. Ja, sogar der Ben, der dem Kaiser an Körperkraft extrem überlegen war, fürchtete sich davor, sich den Zorn des aus seiner Sicht wahnsinnigen Kaisers zuzuziehen und verhielt sich ruhig. Weil im Schlaf, so dachte er, nützte ihm seine ganze Kraft nichts. Nicht von der Hand zu weisen, diese Logik. Die lange Geschichte kurz erzählt, ist, dass es niemanden im Zirkus gab, weder Frau, noch Kind, noch Mann oder Zwerg, der nicht sein Fett abbekam und keine Gründe gehabt hätte, diesen Mann zu hassen. Trotzdem wagte niemand zu widersprechen. Aber so ist es halt. Je grausamer der Diktator, desto untertäniger das Volk. Im Grunde kann niemand, der so etwas noch nicht erlebt hat, nachvollziehen, warum Menschen sich derart unterdrücken lassen. Deswegen konnte sich freilich auch der Strobel nur sehr schwer vorstellen, was da im Schatten der Auftritte abgegangen sein musste. Nichtsdestotrotz musste er die Geschichte als Motiv zur Kenntnis nehmen. Zumal ja der Weinzierl in seiner ersten Zeugenaussage von einem großen Säbel gesprochen hatte, der im Rücken des Zirkusdirektors gesteckt hatte. Das passte, also konnte es auch sein. Er würde das Ergebnis der Obduktion und die Auswertung aller Spuren abwarten müssen, um endgültige Gewissheit zu erlangen. Was den Punkt der Leichenentsorgung anging, hatte der Ben eine Erklärung auf Lager, die in Bezug auf die vorherige Geschichte absolut plausibel klang. Er behauptete nämlich, dass es wegen der hohen Präsenz der Gendarmerie unmöglich gewesen sei, die Leiche früher vom Grundstück zu schaffen. Allein hätte er es auch nicht machen können. Also habe er seine Kollegen und Freunde, sofern sie nicht schon Bescheid gewusst hatten, eingeweiht und sie hatten sich selbstverständlich bereit erklärt, ihm zu helfen. Schließlich habe er mit dem Mord ja allen einen Gefallen getan. So weit, so gut. Danach stellte der Strobel natürlich noch einen ganzen Haufen an Detailfragen, die der Ben allesamt glaubhaft beantwortete. Wie bei jedem Gespräch kam aber auch in diesem Verhör irgendwann der Moment, in dem es einfach nichts mehr zu fragen und auch nichts mehr zu sagen gab. Da der Strobel das Gesagte von Anfang an auf der Schreibmaschine mittippte, dauerte die Sache etwas länger als geplant. Dafür konnte er anschließend ein unterschriebenes Geständnis des Mörders vorweisen. Genau wie der Berti, der Pfaffi, der Simon und der Walter. Ja, du hast richtig gehört. Als sich die Beamten Stunden später zusammensetzten, um die Ergebnisse der Vernehmungen zu besprechen, hatte jeder von ihnen ein unterschriebenes Geständnis bei sich. Nachdem sich die Verblüffung, der Frust und der Ärger darüber einigermaßen gelegt hatten, verglichen sie die Aussagen. Und siehe da, es gab durchaus Übereinstimmungen. Zumindest was die angegebenen Motive betraf. Alle fünf hatten annähern die gleiche Geschichte erzählt. Lediglich in den Passagen, in denen es darum ging, was der Kaiser ihnen persönlich so angetan hatte, gab es natürlich große Unterschiede. Und bei den Todesarten auch. Den Protokollen zufolge war der Kaiser einmal von hinten und zwei Mal von vorne erstochen, einmal mit einem Knüppel erschlagen und einmal erwürgt worden. Wobei Letzteres sogar etwas wie Heiterkeit auslöste, als der Walter die Aussage vom Laszlo vorlas.

»Wie um alles in der Welt«, fragte der Strobel prustend, »soll dieser Zwerg den fast zwei Meter großen Hünen erwürgt haben? Hat er sich auf seine Schultern gesetzt?«

»Das erinnert mich an den Witz mit den Ameisen und dem Elefanten«, stellte der Simon trocken fest und handelte sich dafür einen zornigen Blick ein.

»Scheiße …«, kommentierte der Walter.

Der Pfaffi enthielt sich jeglicher Aussage. Er war es nämlich, der den Barna befragt hatte. Und weil der auch zu den Kleinwüchsigen gehörte, und sich der Pfaffi nicht zum Gespött machen wollte, hielt er sich mit der Knüppelgeschichte vorsichtshalber bedeckt und zog stattdessen los, um dem Mann ein paar ergänzende Fragen zu stellen. Konnte ja nicht schaden. Derweil machten sich die übrigen Herrschaften ein paar Gedanken zum Thema Putzi. Irgendwas musste mit dem Tier geschehen. Immerhin sah es ganz danach aus, als hätte es den Kopf Kaspar massakriert. Ihn einfach bei den Zirkusleuten zu lassen und so zu tun als wäre nichts gewesen, ging deshalb nicht. Im Grunde blieben noch zwei Möglichkeiten. Entweder der Löwe kam tatsächlich in den Zoo oder jemand musste ihn erschießen. Letzteres wollte von den Ordnungshütern keiner. Letztendlich entschieden sie, auch bei diesem Thema auf den Obduktionsbericht zu warten. Sollte sich der Verdacht gegen das Tier erhärten, wollten sie den Staatsanwalt kontaktieren. Der sollte dann entscheiden, welches Schicksal dem Putzi zuteilwerden sollte.

42

Am Vormittag standen auf einmal wieder der Major Schuch und der Travnicek vor der Tür. Das ist dem Strobel seltsam vorgekommen. Weil normalerweise ließ sich sein Vorgesetzter kaum blicken und jetzt zwei Tage hintereinander. Was anderes hätte der Postenkommandant da glauben sollen, als kontrolliert zu werden? Direkt gefragt hat er aber nicht, sondern seine Frage eher kryptisch angedeutet. Kein Wunder also, dass die Antwort auch nicht besonders deutlich ausgefallen ist. Auch eher kryptisch quasi. Jedenfalls in einer Art, dass der Strobel nachher so schlau war wie vorher. Das Gefühl, beobachtet zu werden, behagte ihm nicht sonderlich. Obwohl er ziemlich sicher war, alles im Griff zu haben. In dieser allgemein üblichen »Gute Miene zum bösen Spiel«-Manier bot er den beiden Männern Kaffee an und informierte sie umfassend über die nächtlichen Vorgänge. Mit einer Mischung aus ehrlichem Erstaunen und Belustigung hörten sie zu, ohne irgendwelche Kommentare abzugeben. Zum Ende der Unterhaltung hin wollte der Major noch wissen, was sich in der Sache Zechmeister, wie er es ausdrückte, getan habe und der Strobel musste einräumen, dass sich in der Vermisstensache gar nichts tat und er langsam aber sicher seine liebe Mühe hatte, die Feuerwehrleute bei der Stange zu halten, weil die immerhin alle einen Beruf hatten und ihre Chefs sie nicht endlos freistellen würden. Da wiegte der Major den Kopf, bestätigte, dass das ein Problem sei, stand auf, klopfte dem Strobel fast schon freundschaftlich auf die Schulter und meinte:

»Sie werden das schon schaffen, Strobel! Wir müssen jetzt wieder.«

Auch der Kripochef wünschte ihm gutes Gelingen, bevor er sich verabschiedete und weg waren sie wieder. Einen etwas verwirrten Strobel zurücklassend, der sich des Gefühls nicht erwehren konnte, dass sich hinter seinem Rücken etwas zusammenbraute. Vielleicht, so dachte er, wartete der Major nur darauf, dass er einen Fehler machte, um ihm endlich eins auf die Rübe geben zu können. Aber was, so fragte er sich, hätte da der Travnicek davon. Warum sollte der sich für Derartiges hergeben? In seine Überlegungen hinein ging schon wieder die Tür auf. Diesmal war es die Esmeralda, die schüchtern den Kopf hereinsteckte und den Strobel leise fragte, ob er Zeit für sie habe. Aus großen Rehaugen sah sie ihn dabei an, als ginge es um ihr Leben. Also bat er sie herein, obwohl ihm dieser Besuch jetzt nicht gerade gut passte. Wichtig, so dachte er, konnte die Angelegenheit nicht wirklich sein. Zumindest hatten die Zirkusleute bisher nur sehr wenig Respekt vor der Executive gezeigt und die Gendarmen mehr gepflanzt, als dass sie ehrlich gewesen wären. Das Letzte, was er jetzt noch brauchen konnte, war ein weibliches Wesen, das mit Dackelblick und tränenerstickter Stimme um Gnade für den oder die Mörder winseln kam. Aus irgendeinem Grund dachte er nämlich, dass genau das passieren würde. Aber da irrte sich der Strobel. Weil die Esmeralda wollte tun, was schon so viele vor ihr getan hatten. Gestehen nämlich. Und wenn du jetzt denkst, ich übertreibe es mit diesem Gag ein wenig, kann ich dich sogar verstehen. Aber nützen tut dir das wenig, weil es halt einmal so gewesen ist. Der Strobel hatte von diesen Spielchen schon derart die Nase voll, dass er das Mädel, hübsch hin oder her, ganz schön angefaucht hat, dass sie diesen Blödsinn gefälligst lassen solle, weil das gar nicht mehr lustig sei und sie sich schleunigst hinausscheren solle, weil er sonst noch in Versuchung käme, sie einzusperren und den Schlüssel wegzuschmeißen. So in der Art war die Ansprache, die er gehalten hat.

»Glaubt's ihr wirklich, ich hab nix Besseres zu tun, als mir eure blöden G'schichten anzuhören?«

Die Esmeralda duckte sich unter der verbalen Attacke zwar ängstlich, rührte sich aber nicht vom Fleck. Ihre Augen füllten sich mit Tränen und sie warf dem grantigen Strobel einen Blick zu, der herzzerreißender nicht hätte sein können. Ich glaube, wenn es anatomisch möglich gewesen wäre, hätte die Frau auch noch die Ohren hängen lassen. Aber das konnte sie zum Glück nicht. Dieser Blick reichte ohnehin völlig aus, um den Postenkommandanten aus der Spur zu werfen. Ob mit oder ohne Hängeohren. Durch und durch ist er dem Strobel gefahren. Direkt in die linke Herzkammer, die für die Gutmütigkeit und das Mitleid zuständig war. Und als hätte jemand am Lautstärkenregler gedreht, wurde seine Stimme schlagartig leiser und auch viel sanfter. Trotzdem wollte er natürlich nicht völlig kampflos von seiner Linie abweichen und setzte an, ihr neuerlich erklären zu wollen, dass er für Kindereien keine Zeit habe. Noch bevor er das erste Wort über die Lippen brachte, schluchzte die Esmeralda, dass es sie nur so schüttelte und er suchte schnell nach seinem Taschentuch, das er ihr überreichte. Die Esmeralda, schnäuzte sich weniger engelhaft, dafür aber mordsmäßig laut und versuchte, ihre Stimme in den Griff zu kriegen.

»Ich schwöre«, sagte sie tonlos, »ich bin es gewesen. Ich habe ihn erstochen. Mit dem Säbel vom Ben. Ich hab das alles nicht mehr ausgehalten. Die Schläge, die Demütigungen, das Leben im Käfig, seine ständigen Belästigungen, die dauernde Angst. Ich wollte dem ein Ende machen …«

Wieder begann sie, heftig zu weinen und drückte sich das angerotzte Taschentuch vor die Augen. Daran kannst du sehen, dass sie wirklich ziemlich durch den Wind gewesen ist, die Esmeralda. Das hat sich bei dem Anblick auch der Strobel gedacht und sich krampfhaft überlegt, wo er noch ein Taschentuch hernehmen könnte. Bis hierhin war aber Gott sei Dank noch nichts passiert. Der Rotz ist geblieben, wo er hingehörte. Aber so genau will das wahrscheinlich keiner wissen. Einzig beim gestrengen Gendarmen passierte etwas. Der ist nämlich auf einmal aus Wachs gewesen. Hätte das Mädel ihm Böses gewollt, dann wäre jetzt der Moment gewesen, ihm Kieselsteine als Diamanten zu verscherbeln. Gesteuert von der linken Herzkammer hat der Strobel nicht so genau gewusst, wie er sich verhalten soll. Ich meine, einerseits war er natürlich Ordnungshüter und als solcher an der Aufdeckung der Wahrheit überaus interessiert, andererseits aber war er natürlich auch Mann. Soll heißen empfänglich für weibliche Reize und Tränen. Also ist er näher zu ihr gegangen, hat ihr die Hand auf die Schulter gelegt und beruhigend auf sie eingeredet. So etwas in der Art wie: »Ist schon gut. Es kommt alles wieder in Ordnung. Alles halb so schlimm« und so was halt. Im Grunde war es ohnehin egal, was er sagte. Die Esmeralda hat nämlich nicht zugehört. Es hat eine ganze Weile gedauert, bis die Frau sich weitgehend beruhigt hatte und fähig war, einen ganzen Satz zu sagen, ohne gleich wieder zu heulen. Als es dann aber soweit war, hat sie einfach ihr Geständnis wiederholt. Jetzt war der Strobel durch die Vorfälle in der Nacht schon ein kleines bisschen klüger geworden und wollte ihr deshalb nicht gleich Glauben schenken, ohne sich abzusichern. Von daher forderte er sie auf, ganz genau zu schildern, was passiert war. Und das tat sie dann mit leiser Stimme auch, die Esmeralda. Und zwar so leise, dass der Strobel echt aufpassen musste, um ja nichts zu überhören. Sie erzählte, dass sie wie üblich in ihrem Käfig eingesperrt gewesen sei, als der Hagelsturm losbrach. Während sich ein Großteil der Zirkustruppe in Sicherheit gebracht hatte, war der Kaiser draußen geblieben und versuchte allein, das noch nicht vollständig aufgebaute Zelt am Wegfliegen zu hindern. Als sie ihn gesehen habe, habe sie laut um Hilfe geschrien. Sie wollte aus dem Käfig raus, in dem sie dem Wetter hilflos ausgeliefert war. Aber der Kaiser beachtete sie nicht. Vielleicht hatte er sie aber auch nicht gehört. Keine Ahnung. Jedenfalls ist plötzlich der Ben aufgetaucht und hat die Esmeralda aus dem Käfig geholt. Kaum hatte er das Mädel aus ihrem Gefängnis befreit, hörten sie hinter sich Holz splittern. Einer der gewaltigen Steher war unter der Last des Sturmes abgeknickt wie ein Streichholz. Das Ding hatte sich zuerst nur langsam bewegt, weil es von mehreren Seilen gehalten wurde. Aber die sind nach der Reihe gerissen und der Steher neigte sich immer mehr zur Seite. Der Kaiser bemerkte das nicht, weil er gesehen hatte, wie der Ben die Esmeralda befreite und nur noch Augen für die beiden hatte. Rasend vor Wut kämpfte er sich gegen den Sturm in ihre Richtung. Gott allein weiß was passiert wäre, wenn er es geschafft hätte sie zu erreichen. Er schaffte es aber nicht. Zuerst verfing sich sein Fuß in einem der vielen lose herumliegenden Seile, dann stürzte er der Länge nach in den Dreck. Als er sich gerade wieder aufrichten wollte, riss das letzte Seil und der Steher verlor endgültig den Halt, rauschte mit beachtlicher Geschwindigkeit zu Boden und begrub den Kaiser unter sich. Der Ben zerrte die Esmeralda hinter sich her zu seinem Wohnwagen, um sie dort ins Trockene zu bringen. Als das Mädchen sah, dass der Kaiser von den Trümmern des Zelts begraben wurde, schrie sie auf, riss sich vom Ben los, krallte sich dessen Säbel von der Wand und hetzte zurück zu ihrem Peiniger. Ohne lange zu zielen, rammte sie ihm den Säbel in den Rücken.

Für mehr als einen Hieb blieb ihr keine Zeit, weil der Ben sie einholte und zurückzerrte. Er hielt sie von hinten bei den Schultern gepackt und gegen den Kraftlackel hatte das zierliche Ding natürlich keine Chance. Beide starrten auf den Kaiser. Der Ben ungläubig und die Esmeralda mit einer Mischung aus Zorn, Erleichterung und Entsetzen. Jedenfalls eilten sie dann in den Wohnwagen zurück und kamen erst wieder heraus, als das Unwetter vorbei war. Genau wie die anderen Zirkusleute. Alle kamen sie aus ihren Wägen. Viele von ihnen hatten mit eigenen Augen gesehen, was die Esmeralda getan hatte. Weil sie aber ganz genau wussten, warum, und froh waren, den Tyrannen los zu sein, wollten sie ihr helfen und ließen die Leiche und die Tatwaffe verschwinden, während der Gutsverwalter die Gendarmen alarmierte. Sie hatten sich ausgerechnet, dass es nicht sehr viele Schwierigkeiten geben würde, wenn man den Leichnam nicht fand. Nur leider klappte das mit der Entsorgung nicht so wie geplant. Dazu kamen dann noch der Stress mit dem Putzi und die ständige Präsenz der Beamten. Keine Chance mehr, den Kaiser verschwinden zu lassen.

»Der Gestank hat uns zum Handeln gezwungen«, erzählte sie weiter. Und schilderte, wie der Ben die Leiche zuerst in seinem Wagen versteckt hatte, ihn dann in das kleine Wäldchen schleppte und den Wohnwagen in Brand setzte, um die Spuren zu verwischen. Sie erzählte auch von der bohrenden Angst die sie überkommen hatte, als der Löwe anfing, den Kaiser auszubuddeln, was sie letztendlich zu der Verzweiflungstat der letzten Nacht gezwungen hatte. Jetzt war alles vorbei. Trotzdem logen die Männer weiterhin für sie. Es war der verzweifelte Versuch, zu retten, was zu retten war. Oder anders gesagt, zu verhindern, dass die Esmeralda den Rest ihrer Tage im Gefängnis verbringen musste. Oder einer von ihnen. Weil eines darfst du nämlich nicht außer Acht lassen: Geständnis hin oder her, beweisen hätte der Strobel dem Mörder die Tat trotzdem müssen. Das haben auch die Zirkusleute gewusst und sind das Risiko eingegangen, ein paar Tage eingesperrt zu werden. Sie haben darauf vertraut, dass ihnen nichts passieren würde, weil es keine Beweise gegen sie geben konnte. Eine riskante Nummer. Vielleicht hätte das sogar funktioniert, wenn alles so gelaufen wäre, wie es laufen hätte sollen. Aber diese »Was wäre wenn«-Geschichten machen keinen Sinn. Damals nicht und heute auch nicht. Dann hat der Strobel den Staatsanwalt angerufen und ihm vom Geständnis Nummer so und so viel erzählt. Der Jurist war ebenfalls nicht sonderlich erfreut darüber, dass sich der Reigen möglicher Verdächtiger schon wieder vergrößert hatte, wollte aber auch für die Esmeralda vorerst keine Untersuchungshaft beantragen, sondern meinte nur, der Strobel solle die Frau erst einmal solange in Verwahrung nehmen, bis er ihre Aussage überprüft hatte. Das tat dem Strobel jetzt sogar fast leid, nützte aber nichts. Er hat die Esmeralda auf jeden Fall festnehmen müssen. Ganz offiziell. So mit Belehrung und allem. Einsperren konnte er sie allerdings nirgends. Und so ist es halt gekommen, dass er sich wieder einmal auf den Weg in die heiligen Hallen gemacht hat. Diesmal allerdings zur Frau Gräfin. Weil ein bisschen ein Schlitzohr war der Strobel schon auch. Er hat sich ausgerechnet, dass sein Anliegen, ein Zimmer für die arme Esmeralda zu bekommen, das man versperren konnte, bei der Hausherrin wesentlich mehr Unterstützung finden würde als bei ihrem Gemahl. Ob er damit richtig lag, ist schwer zu sagen. Bekommen hat er das Zimmer jedenfalls. Die Frau Gräfin hatte nämlich sofort Mitleid mit dem Mädchen. Sie hat sie dauernd mit Schätzchen und Püppchen angeredet, ihr ein heißes Bad angeboten, ihre Hände getätschelt, frische Kleidung gebracht und irgendwelchen Weiberkram zu ihr gesagt. Da hat sich der Ordnungshüter ziemlich rasch ausgeklinkt und die beiden Damen allein gelassen. Er hatte nämlich Besseres zu tun. Zum Beispiel musste er dafür sorgen, dass die übrigen Möchtegernmörder mit der Aussage von der Esmeralda konfrontiert wurden. Vielleicht kam er so einen Schritt weiter.

43

Noch bevor der Strobel irgendetwas tun konnte, läutete das Telefon. Der Gerichtsmediziner war dran. Fremdwortreich und emotionslos wie immer betete er sämtliche Informationen herunter, die er für den Strobel hatte. Dieser hörte weit weniger emotionslos zu. Wie immer ärgerte er sich über den Pathologen, der mit lateinischen Ausdrücken nur so um sich warf. Und auch diesmal wartete der Postenkommandant, bis der Mediziner geendet hatte und forderte dann:

»Und jetzt bitte so, als wäre ich drei Jahre alt, Her Doktor.«

Was am anderen Ende mit einem resignierten Seufzen quittiert wurde und sich in einem Bericht niederschlug, der sich in Kurzform in etwa so anhörte:

Die Leiche vom Kopf Kasper wies zahlreiche Verletzungen auf, Biss- und Kratzspuren, um genau zu sein, die tatsächlich von einer Raubkatze stammen mussten. Keine Einzige davon hätte zwingend zum Tod führen müssen. Alle zusammen waren sie aber ein Problem. Der hohe Blutverlust hatte den Kasper schlussendlich umgebracht.

Bei dem Knochen der neben seiner Leiche gelegen hatte, handelte es sich um einen menschlichen Oberschenkelknochen, von dem unmöglich zu sagen war, ob er von einem Mann oder einer Frau stammte. Auch eine genaue Bestimmung des Alters war nicht möglich. Es fanden sich keinerlei Gewebereste oder sonstige verwertbare Spuren an dem Ding. Abgesehen von den Spuren der Löwenzähne.

Die Leiche vom Zirkusdirektor war laut dem Pathologen in einem bemerkenswert schlechten Zustand und die bereits eingesetzte Verwesung hatte seine Aufgabe nicht gerade erleichtert. Dennoch, betonte er, habe er zweifelsfrei feststellen können, dass ihm die klaffende Wunde im Oberbauch, die Stichwunde im Rücken und der Schädelbruch post mortem zugefügt worden waren.

»Nach dem Tod«, fügte er sogleich noch erklärend hinzu und führte weiter aus, dass der Leichnam eine Brustkorbquetschung sowie rechtsseitige Serienrippenbrüche aufweise und eine der Rippen in die Lunge eingedrungen sei. Eine andere habe sich durch die Bauchdecke gebohrt. Dadurch sei Luft in den Brustraum gedrungen und der entstandene Druck habe den Lungenflügel zusammengedrückt und die übrigen Brustorgane zur Gegenseite verschoben. Der Mann sei also quasi erstickt. Die Art und Ausprägung dieser Serienfrakturen und der Brustkorbquetschung sei seiner Meinung nach nur durch massivste stumpfe Gewalteinwirkung zu erklären. Mit rein körperlicher Gewalt sei ein solches Verletzungsmuster aber schier unmöglich. Vielmehr sei davon auszugehen, dass der Mann gelegen habe und ihn ein schwerer Gegenstand getroffen habe. Dies, so meinte der Rechtsmediziner, müsse der Strobel versuchen, anhand der Aussagen zur Auffindungssituation zu klären. Er jedenfalls sei eher geneigt, an einen Unfall zu glauben als einen Mord.

»Danke«, murmelte ein perplexer Strobel, bat den Arzt, ihm die schriftlichen Berichte möglichst bald zu übermitteln, legte auf und trommelte seine Kollegen zusammen. Und die haben nicht minder blöd dreingeschaut wie ihr Chef, als er sie auf den neuesten Stand brachte. Die Überraschung bei den Herren war groß, als sie hörten, dass keines der fünf Geständnisse zur Todesursache passte. Außerdem war der Strobel noch nicht dazu gekommen, ihnen von der Esmeralda zu erzählen. Das holte er aber gleich nach. Das konnten die Jungs kaum glauben. Allgemeines Staunen war angesagt. Das kannst du dir wahrscheinlich vorstellen. Jetzt galt es, unbedingt einen Plan zu machen. So einen »Wer macht was«-Plan. In erster Linie musste den anderen Geständniswütigen die Aussage von der Esmeralda vorgehalten werden. Das, so entschied der Strobel, sollten der Simon und der Walter übernehmen. Der Pfaffi sollte losziehen und mit dem Konrad Christian wegen dem Peter reden. Zudem musste noch die Herkunft des Knochens geklärt werden. Der Strobel wollte unbedingt noch einmal mit dem Weinzierl und dem Grafen sprechen. Vielleicht konnte sich einer der beiden noch ganz genau erinnern, wie der Kaiser dagelegen hatte, als er gefunden worden war. Und siehst du, da kam ein wenig Licht ins Dunkel. Weil der Weinzierl Stein und Bein schwor, dass der Kaiser auf der linken Körperseite gelegen habe. Im Rücken einen Säbel und auf ihm der baumartigen Steher vom Zirkuszelt. Eingeklemmt sei er gewesen, so der Weinzierl. Der Graf bestätigte diese Variante. Die vorwurfsvolle Frage vom Gendarmen, warum sie das nicht schon früher gesagt hätten, parierte der Graf überaus elegant.

»Weil Sie das nicht gefragt haben, Herr Inspektor.«

Tja, dem konnte der Strobel nichts entgegensetzen, weil er nämlich wirklich nicht gefragt hatte. Als sein Gegenüber dann Anstalten machte, das Mercedes-Thema ansprechen zu wollen, verließ der Strobel, unter Hinweis auf seinen vollen Tagesplan, schleunigst das Zimmer. Gedanklich notierte er, dass es höchste Zeit war, sich um ihre Dienststelle zu kümmern. Schließlich wollte er die Gastfreundschaft der Herrschaften nicht unnötig strapazieren. Wie sein Vorgesetzter auf den nahezu zerstörten Wagen reagieren würde, wollte er sich gar nicht vorstellen. Wieder einmal ein Moment, in dem sich der Strobel in Hinterpfuiteufel sitzen sah. Strafversetzt ans Ende der Welt quasi. Vor der Haustür kam ihm der Berti entgegen und erzählte aufgeregt, dass der Major Schuch gerade angerufen und einen Bus voller Polizeischüler aus Wien angekündigt habe, die sich auf die Suche nach dem Zechmeister Peter machen würden, um die Feuerwehrleute zu entlasten. Eine Nachricht, die den Strobel unheimlich freute und ihn geistig zwei Striche in das Kerbholz seines Vorgesetzten ritzen ließ. Auf der Habenseite natürlich. Einen Haken hatte das allerdings auch. Nämlich, dass die Polizeischüler jemanden brauchten, der die Gegend kannte. Als Führer nämlich. Ansonsten hätte die Sache nämlich nicht viel Sinn gehabt. Zur Überraschung vom Strobel erbot sich der Berti, diesen Part zu übernehmen. Den überraschten Blick seines Chefs richtig deutend, fügte er erklärend hinzu, dass er schließlich hier geboren sei und deshalb die Gegend wie seine Westentasche kenne. Dem war nichts mehr hinzuzufügen. Das wusste auch der Strobel und nickte deswegen nur. Wieder im Büro, teilte er seinen Männern mit, was der Graf und sein Verwalter gesagt hatten. Nebenbei sprach er den Oberschenkelknochen noch einmal an. Weil, so meinte er, man schon versuchen musste herauszubekommen, wo der herkam. Ich meine, es ist ja nicht gerade normal, dass menschliche Knochen herumliegen. Und siehst du, da ist jetzt der

Moment gekommen, in dem der Berti schlagartig gespürt hat, wie sich sein Kragen zusammengezogen hat. Denn erst jetzt, da sein Chef das mit den menschlichen Knochen zur Sprache brachte, fiel ihm der Schädel wieder ein, den ihm der Konrad vor ein paar Tagen in die Hand gedrückt hatte. Während der Strobel dabei war zu erklären, dass man auf den Friedhöfen rundum nachfragen sollte, ob dort Gräber geschändet worden waren, räusperte sich der Berti mehrmals, hob wie in der Schule die Hand und stammelte:

»Hrm …, du, Chef …, da fällt mir was ein …, ich weiß nicht, wie ich sagen soll, aber …, hrm …, äh …, da war doch …«

»Ja jetzt red halt, zum Kuckuck!« entfuhr es dem Strobel und da redete der Berti halt und erzählte stockend die Geschichte vom Schädel. Und siehst du, sein Chef konnte gar nicht mit ihm schimpfen, weil er ja auch dabei gewesen war und den Schädel ebenfalls gesehen hatte. Aus irgendeinem Grund hatte er dann aber nicht mehr daran gedacht. Jetzt erinnerte er sich allerdings wieder. Und auch an den Veitstanz, den der Weinzierl deswegen getanzt hatte. Er selber hatte den Kopf zwar registriert, aber keine Sekunde daran gedacht, dass er echt sein könnte. Außerdem war er dann durch die Kollegen und den Weinzierl abgelenkt gewesen. Und wenn du es ganz genau nimmst, ist das sogar nachvollziehbar. Wer bitte rechnet ernsthaft damit, dass ihm aus heiterem Himmel, auf offener Straße ein echter Totenschädel vor die Füße rollt. Einzig der Weinzierl dürfte sich das Teil näher angeschaut haben. Zumindest hatte er entsprechend reagiert. Also schickte er den Pfaffi los, um den Verwalter zu holen. Selbstverständlich musste er zu diesem Thema befragt werden. Ein Zusammenhang zwischen dem Kopf und dem Oberschenkel ließ sich freilich noch nicht herstellen, aber die Wahrscheinlichkeit, dass sie es hier mit wahren Knochenbergen zu tun bekommen würden, war gleich null. Zudem blieb die Frage zu klären, wo der Schädel abgeblieben war. Wieso hatte das Ding niemand gefunden und die Gendarmen gerufen?

»Vielleicht weggelaufen mit dem Rest vom Skelett …«, wagte sich der Simon an einen Scherz, der ihm einen beinahe tödlichen Blick vom Strobel einbrachte. Genau wie dem Walter, der sich bei dieser Vorstellung ein Kichern nicht verkneifen konnte.

»Ich geb gleich die Fahndung raus«, meinte er glucksend, »ein einbeiniges Skelett kann ja nicht so schwer zu finden sein.«

Aufkommende Heiterkeit, die der Strobel nicht teilen konnte. Es erschien ihm unglaublich, dass gleich vier Männer einen Totenschädel vergessen hatten. Vom Finder angefangen bis hin zu den Gendarmen, denen er den Kopf übergeben hatte und einem Zeugen, der fast einen Herzinfarkt gekriegt hätte. Kollektiver Erinnerungsverlust quasi. Ein kaum untersuchtes Phänomen. Das fand der Strobel wirklich sonderbar und zugleich beunruhigend. Was, so fragte er sich insgeheim, hatte er noch alles vergessen, übersehen oder überhört. Hatte er die Sache tatsächlich so gut im Griff, wie er geglaubt hatte? Selbstzweifel vom Feinsten, gepaart mit gehörigem Ärger trafen jetzt also auf den kindlichen Humor der Wiener Kollegen. Ein Urknallszenario in gewisser Weise. Spontane und äußerst heftige Detonation, die nicht ohne Folgen blieb. Der Strobel entschied nämlich, dass so viel Heiterkeit eine Belohnung verdiente und schickte die Herren los, um die Erhebungen auf den Friedhöfen in der Umgebung zu machen. Und weil er, aus nicht näher definierten Gründen, den Mercedes selbst brauchte, durften der Walter und der Simon selbstständig entscheiden, ob es ein Fußmarsch oder eine Tandemfahrt werden sollte. Nach anfänglichem Erstaunen, gepaart mit Sprachlosigkeit, gefolgt von schüchtern vorgetragenem und deswegen sinnlosem Protest fiel ihre Wahl auf das Tandem. Der Strobel musste dadurch seine Pläne ein wenig ändern und selber mit den übrigen Verdächtigen reden. Aber das, so dachte er, war es ihm wert. Bevor der Pfaffi bei der Tür draußen war, rief ihm sein Chef noch nach, dass er auch den Konrad Christian herbitten solle, um ihn nach dem genauen Fundort des Schädels zu fragen.

Während also der Strobel alle Hände voll damit zu tun hatte, eine Einteilung zu treffen, bekam der Pfarrer Römer unerwarteten Besuch in der Kirche. Die Zechmeister Karoline erschien, kniete sich auf eine Bank in der ersten Reihe und betete weinend. Da konnte der Römer nicht anders, als zu ihr zu gehen, um sie zu trösten. Als die Karoline den Priester sah, stand sie auf, ging ihm entgegen und sagte:

»Ich muss was beichten, Hochwürden.«

Da war der Römer zwar ein bisschen verwundert, aber er erkannte auch die Dringlichkeit in ihrer Stimme. Also bat er sie in den Beichtstuhl. Er selbst ging voraus. Und als er schon Platz genommen hatte, hörte er eilige Schritte, die sich wegbewegten. Er sah hinaus und konnte gerade noch sehen, wie die Karoline aus der Kirche eilte. Das fand er sehr seltsam, der Pfarrer Römer. Und der Strobel, dem er es später erzählte, auch. Aber so ist das nun einmal. Oft machen die Menschen um uns herum total komische Sachen, und lassen uns über ihre Gründe völlig im Unklaren. Aber es muss ja nicht alles immer gleich eine böse Ursache haben. Auch über die Beweggründe von der Karoline haben der Priester und der Gendarm vorerst nur Mutmaßungen anstellen können.

44

Derweil hätte sich der Strobel am liebsten die Haare ausgerissen. Und zwar vollständig. Und wenn du dich jetzt fragst, warum, dann sei dir gesagt, dass er sich, was die Vernunft seiner Verdächtigen angegangen ist, gewaltig getäuscht hat. Zuerst redete er mit dem Ben und dem Kornel. Er erzählte ihnen, was die Esmeralda gesagt hatte und erwartete sich natürlich, dass die beiden diese Geschichte bestätigen würden. Aber nichts da. Die zwei Herren schüttelten nur ihre Köpfe und wollten einfach nicht von ihren Versionen abweichen. So stur sind sie geblieben, dass der Ordnungshüter mit einer Mischung aus Zorn und Verwirrung von ihnen abließ, um sich Barna als Nächsten vorzunehmen. Der hatte bei seiner ersten Vernehmung behauptet, den Kaiser mit einem Knüppel erschlagen zu haben. Abgesehen von der Tatsache, dass der Mann nicht erschlagen worden war, konnte das allein schon wegen des Größenunterschiedes nicht stimmen. Zuerst blieb Barna bei der Knüppelgeschichte. Da dachte sich der Strobel, er müsse ein bisschen drastischer werden um das Gespräch in die richtige Richtung zu drehen.

»Sind Sie beim Zuhauen auf einer Leiter gestanden?«

»Nein, warum?«

»Wie haben Sie das dann gemacht?«

»Na einfach zugehauen halt. Bums und aus!«

Jetzt hielt der Strobel den Moment für gekommen, den kleinwüchsigen Möchtegernmörder auf den nicht unwesentlichen Unterschied in der Körpergröße zwischen ihm und seinem Opfer hinzuweisen. Zu seiner Überraschung beeindruckte das den Mann aber nicht.

»Ich bin gesprungen. In die Höhe. Mit dem Knüppel. Und Zack!«, meinte er und führte symbolisch einen Schlag aus.

»Ja, genau …«, sagte der Strobel.

»Glauben Sie mir vielleicht nicht?«, ereiferte sich der Zwerg empört.

»Nein!«, sagte der Strobel bestimmt.

»Nur weil ich so klein bin, sollten Sie mich nicht unterschätzen!«

Angriffslustig funkelte Barna den Gendarmen an, der sich ein Lächeln nicht verkneifen konnte.

»Da gibt es jetzt gar nichts zu lachen! Ich war's. Und aus!«

»Blöd nur«, meinte der Ordnungshüter, »dass der Kaiser nicht an einem Schlag auf den Kopf gestorben ist. Gratuliere, Sie waren es doch nicht!«

»Okay, okay. Ich gebe zu, ich habe gelogen.«

Innerlich atmete der Strobel auf, als der Barna diese Worte sagte. Endlich kam er einen Schritt weiter.

»In Wirklichkeit habe ich ihn erschossen!«, quatschte Barna mitten in diese Überlegungen hinein.

»Nein, haben Sie nicht!«, presste der Strobel zwischen den Zähnen hervor.

»Erdrosselt.«

»Nein!«

»Erstochen.«

»Nein, verdammt noch mal. Auch nicht erstochen!«

»Stimmt! Ich habe ihn ja vergiftet!«

»Was soll denn das? Sie haben ihn auch nicht vergiftet! Seine Rippen haben sich in die Lunge gebohrt. Es war ein Unfall.«

»Nix Unfall! Draufgesprungen bin ich!«

»Jetzt reicht's!«, rief der Strobel aufgebracht, schlug mit der flachen Hand auf den Tisch und scheuchte den Barna davon.

»Raus mit Ihnen! Aber schnell! So einen Blödsinn hat doch die Welt noch nicht gehört!«

Schleunigst verließ der Angesprochene den Raum, während sich der Ordnungshüter auf einen Stuhl fallen ließ und sich im wahrsten Sinne des Wortes die Haare raufte. Ich meine, man kann ja sagen was man will, aber normal ist es nicht gerade, dass einer so hartnäckig versucht, ein Mörder zu sein. Von daher war es eigentlich kein Wunder, dass der Strobel erst einmal eine Pause brauchte und nicht gleich loszog, um mit dem Laszlo und dem Frederic zu reden. Es war ihm einfach nicht nach blöden Lügen. Im Moment hatte er allerdings das Problem, dem Staatsanwalt noch keinen Schuldigen präsentieren zu können. Das wollte und musste er aber. Schon allein, um den Fall als geklärt betrachten zu können. So aber war gar nichts geklärt. Er hatte gar keine andere Wahl, als den Dialog mit den übrigen beiden Männern zu suchen. So ein kleines Bisschen ahnte er allerdings schon, wie das laufen würde. Und was den Laszlo betraf, behielt er auch recht. Weil der wollte auch nichts an seiner Aussage ändern.

»Egal, was Sie mir da erzählen wollen, Herr Inspektor«, sagte er respektvoll höflich, »es entspricht nicht den Tatsachen.«

»Aber der Befund vom Gerichtsmediziner ist eindeutig!«

»Dann irrt er sich eben.«

»Und die Aussage von der Esmeralda?«

»Sie lügt! Mehr habe ich Ihnen nicht zu sagen!«

»Dann halt nicht«, resignierte der Strobel und gab dem Laszlo mit Handzeichen zu verstehen, dass er gehen konnte.

Jetzt blieb nur noch der Frederic. Und der, da war sich der Strobel sicher, war um einiges angreifbarer, als die anderen, weil er Familie hatte. Der Mann würde für einen Mord, mit dem er nichts zu tun hatte, sicher nicht ins Gefängnis gehen wollen. Um seine Theorie eingehend prüfen zu können, ging der Strobel hinüber zum Wohnwagen und bat die Frau vom Frederic, mit ihm zu kommen. Die Bernadette protestierte zuerst und wies darauf hin, dass sie den Kleinen nicht allein lassen könne.

»Dann nehmen S' ihn halt einfach mit«, sagte der Strobel und ging voraus. Unsicher folgte ihm die Frau, ihren brabbelnden und sabbernden Sohn in den Armen haltend. Im Büro angekommen versuchte er der Dame ohne Umschweife klar zu machen, was für ihre junge Familie auf dem Spiel stand. Freilich übertrieb er dabei ein wenig und erzählte etwas von einer jahrelangen Haftstrafe, die dem Frederic blühen würde, sollte er bei seiner Lüge bleiben. Dramatisch deutete er auf den kleinen Raymond, hob leicht die Stimme und fragte theatralisch:

»Wollen Sie wirklich, dass der Bub seinen Vater erst wiedersieht, wenn er mit der Schule fertig ist? Wollen Sie das wirklich?«

Natürlich wollte sie nicht, die Bernadette. Das zeigte sie überdeutlich mit den dicken Tränen, die sie zu vergießen begann. Und weil Mutter und Kind halt eine natürliche Verbindung haben, die weit über das Begreifbare hinausgehen kann, hat der kleine Raymond auch zu weinen angefangen. Nur ein bisschen lauter halt als seine Mama. Deswegen aber nicht weniger ergreifend für den Strobel. Aber weil er den Weg schon einmal eingeschlagen hatte, wollte er ihn auch bis zum bitteren Ende gehen und hat der Bernadette vorgeschlagen, ein ernstes Wort mit ihrem Göttergatten zu reden. Weil, so hat der Strobel gemeint, die Sache zu irgendeinem Ende gebracht werden musste. Und zwar nach Möglichkeit zu einem guten. Jetzt kannst du dir natürlich denken, dass das ganz schön gemein und grob vom Strobel gewesen ist, die arme Frau so zu erschrecken, und vielleicht hast du auch recht, aber andererseits würde er vielleicht heute noch herumrennen und versuchen, die Wahrheit herauszufinden, wenn er das damals nicht gemacht hätte. Wer weiß? So jedenfalls hat er den Frederic zu dem Treffen dazu geholt und eine überaus ängstliche Bernadette hat ihn, mit Unterstützung des heulenden Jungen, dazu überredet, die Wahrheit zu sagen. Da hat sich ganz schnell gezeigt, dass er ein guter Ehemann und Vater gewesen ist, der Frederic. Weil die Tränen seiner Lieben sind ihm überhaupt nicht wurscht gewesen. Ganz und gar nicht. Darum hat er sich dazu durchgerungen, dem grausamen Spiel ein Ende zu machen und zumindest zugegeben, dass er den Kaiser nicht ermordet hatte, sondern nur dabei helfen wollte, die Leiche verschwinden zu lassen. Und dann hat er noch genau das gesagt, worauf der Strobel so verzweifelt gehofft hatte, nämlich dass auch von den anderen Männern keiner der Mörder gewesen ist, sondern sie alle zusammen nur die Esmeralda hatten decken wollen. Auf die Frage vom Strobel, was denn die Esmeralda getan habe, erwiderte der Frederic, dass er das nicht so ganz genau wisse. Angeblich, so erzählte er, habe sie den Kaiser mit dem Säbel vom Ben abgemurkst. Gesehen habe er das allerdings nicht. Er wisse das nur, weil der Rest der Truppe darüber gesprochen und dann beschlossen habe, das Mädchen zu beschützen. Der Plan sei gewesen, so führte er aus, die Gendarmen mit einem ganzen Haufen an Geständnissen an der Nase herumzuführen. Die Idee habe der Ben gehabt, der gemeint habe, dass die nichts würden tun können. Eine Einschätzung, die nicht ganz falsch war. Als der Frederic fertig geredet hatte, bestätigte auch seine Frau die Geschichte. Damit war der Strobel also einen kleinen Schritt näher an die Wahrheit gekommen. Jetzt musste er nur noch die übrigen Deppen dazu bringen, ihm ein kleines bisschen zu vertrauen. Sie mussten ja nur glauben, wenn er ihnen versicherte, dass die Esmeralda nichts zu befürchten hatte, weil das Töten einer Leiche nicht strafbar war, weil es einen absolut untauglichen Versuch darstellte, wie ein Jurist das ausgedrückt hätte. Und egal wie man es dreht und wendet, stimmt das auch. Weil einen Toten kannst du halt einmal nicht ermorden. Noch nicht einmal in einem Zombiefilm. Weil sogar in denen sind die Toten untot und können noch abgemurkst werden. Der Kaiser war aber eher mehr so der klassische Tote und kein Zombie. Von daher also untauglicher Versuch. Klar. Oder? Die lange Geschichte kurz erzählt, ist, dass auch die übrigen Pappenheimer nach und nach verstanden haben, dass es überhaupt keinen Grund gab, den Strobel mit ihren blöden Lügen auf Trab zu halten. Und so ist es halt gekommen, dass ein jeder von ihnen am Ende das erzählte, was er wusste. Alle Versionen zusammen haben den Strobel dann zu genau jener Version geführt, die er von der Esmeralda schon erfahren hatte. Damit war zumindest dieser Fall erledigt. Aufgeklärt quasi. Trotzdem konnte er sich nicht auf seinen Lorbeeren ausruhen. Der Pfaffi ist nämlich zusammen mit dem Konrad und dem Weinzierl in Sachen Kopf auf die Dienststelle gekommen. Ein Moment, in dem der Strobel schmerzlich erkannte, dass er noch mehrere Baustellen hatte, die bearbeitet werden mussten. Also warf er zuerst alle anderen Gäste hinaus. Allerdings nicht, ohne sie daran zu erinnern, dass sie in den nächsten Tagen noch einmal kommen mussten, um ihre Aussagen zu unterschreiben. Dafür war nämlich keine Zeit mehr geblieben. Der Konrad und der Weinzierl hatten zu dem Schädel allerdings nicht sehr viel zu sagen. Die Fundstelle an sich hatte der Feuerwehrkommandant dem Pfaffi schon gezeigt und der Weinzierl bestätigte nur noch einmal, das Ding tatsächlich gesehen zu haben. Und zwar, du erinnerst dich sicher, zwischen den Beinen vom Strobel. Danach war völlig unklar, wo der Schädel hingekommen war. Da konnte der Strobel die beiden Männer löchern so viel er wollte. Mehr Wahrheit war aus ihnen nicht herauszuholen. Der Fundort ließ kaum Rückschlüsse zu. Das war ein ziemliches Problem. Zugegeben, das mit dem Schädel ist ein schwerer Fehler vom Strobel gewesen. Aber du darfst halt nicht vergessen, wie überlastet er in dem Moment gewesen ist. Und einmal ehrlich, wer macht keine Fehler?

45

Der Berti hirschte zu der Zeit als Anführer einer Gruppe von Polizeischülern durch den Wald und machte auf Pfadfinder. In Form einer Menschenkette arbeitete sich der Tross durch das Unterholz. Den Blick immer auf den Boden gerichtet und hoch konzentriert. Gefunden hatten sie bisher noch nichts. Abgesehen vielleicht von der Verantwortung, die er zu tragen hatte, gefiel es dem Berti, den großen Zampano spielen zu dürfen. Er kannte sich gut in der Gegend aus und die Schüler waren mit ein paar weisen Sprüchen noch leicht zu beeindrucken. So gesehen also kein übler Job, den er da hatte, der Berti. Natürlich war ihm auch klar, dass es eine sehr ernste Aufgabe war, mit der er betraut war. Keine Frage. Wenngleich es auch die Suche nach der sprichwörtlichen Stecknadel im Heuhaufen war. Immerhin war nicht einmal bekannt, ob der Peter überhaupt in den Wald gefahren war. Und falls ja, in welchen. Im Grunde konnte der Bub überall sein. Wenn man die Sache recht bedachte, war er mit dem Fahrrad unterwegs und konnte sogar schon einige Ortschaften weiter sein. Theoretisch hätte ihn da zwar jemand sehen müssen, aber das musste nichts heißen. Ehrlich gesagt war der Berti da mehr so ein Zweckoptimist. Weil sein Hausverstand hat ihm natürlich schon gesagt, dass der Peter schon viel zu lange verschwunden war, um noch berechtigte Hoffnung zu haben, ihn unversehrt zu finden. Um nur ja kein Unglück heraufzubeschwören, behielt er diese Gedanken allerdings für sich. Man muss schließlich nicht alles ausplaudern, was einem so durch den Kopf geistert. Jedenfalls versuchte der Berti, so gut es eben ging mit der Gruppe im Kreis um den Ort zu gehen. Nach sechs Stunden war die Suche immer noch erfolglos, und der Berti brach sie für diesen Tag ab. Immerhin mussten sie noch in den Ort zurück und die Burschen sogar noch mit dem Bus nach Wien. Mit dem Ausbilder sprach er ab, die Suche am nächsten Tag fortzusetzen und vereinbarte ein Treffen auf dem Fußballplatz. Von dort, so meinte er, sei es nicht ganz so weit zu ihrem jetzigen Standort. Also ließ der Ausbilder die Herren antreten und in fast schon militärisch anmutender Zweierreihe und im Gleichschritt Richtung Tratschen marschieren. Ein Anblick, bei dem der Berti insgeheim sehr froh war, dass er das alles schon lange hinter sich hatte. Gemütlich latschte er hinter ihnen her und war dabei so langsam, dass er bald den Anschluss verlor. In Gedanken legte er sich die Route für morgen zurecht und schickte auch gleich noch ein Stoßgebet zum Himmel, der liebe Gott möge ihn den Zechmeister Peter doch bitte finden lassen. Ob es Gottes Antwort war, dass der Berti über eine Wurzel stolperte und fast hingefallen wäre, kann ich dir nicht sagen. Falls ja, dann war sie, nachträglich betrachtet, ziemlich eindeutig. Damals hat der Berti einen Fluch zerbissen, kurz seine schmerzenden Zehen ausgeschüttelt und sein Stoßgebet, für den Fall, dass der Herr es nicht gehört hatte, wiederholt. Zur Sicherheit quasi. Da konnte er ja noch nicht wissen, dass sein Glaube bald einen kleinen Dämpfer bekommen würde. Aber wie dem auch sei. Seine beiden Kollegen hatten sich derweil aufgemacht, um das Dienststellengebäude genauer in Augenschein zu nehmen. Immerhin war klar, dass sie nicht ewig im Schloss würden bleiben können, weil der Herr Graf seine Räumlichkeiten sicher selbst brauchte. Ein kleines bisschen kam freilich auch dazu, dass der Strobel schnellstmöglich ein wenig Distanz zwischen sich und den Blaublüter bringen wollte, um nicht ständig Gefahr zu laufen, sich wegen des eher traurigen Gesamtzustandes vom gräflichen Mercedes rechtfertigen zu müssen. Ich meine, ganz genau betrachtet konnten die Gendarmen ja gar nicht so viel dafür. Immerhin hatte der Graf selbst das Loch ins Dach geballert. Na gut, dieses Loch war jetzt nicht mehr zu sehen, weil das Dach als Gesamtes fehlte, aber auch das war schließlich nicht ihre Schuld. Das war dem Putzi zu verdanken. Genau wie die zerfledderten Sitze. Natürlich könnte man auch sagen, dass der Putzi sich die Schuld mit dem Konrad Christian teilen konnte, weil der es schließlich gewesen war, der seinen Männern den Befehl erteilt hatte, aus der Limousine ein Cabrio zu machen, um die Katze herausholen zu können. Aber wie auch immer. Der Strobel glaubte jedenfalls zu spüren, dass der Graf ihn persönlich für diese Schäden verantwortlich machen wollte. Das fand er freilich ungerecht. Die Tatsache, dass der Graf ihm das Auto anvertraut hatte, reichte seiner Meinung nach nicht aus, ihm den schwarzen Peter zuzuschieben. In seinen Augen war das so, als hätte der Major Schuch ihn für den Zustand des Amtsgebäudes verantwortlich gemacht. Was dieser, nebenbei erwähnt, später auch tat. Aber das wusste der Strobel zu dem Zeitpunkt ja noch nicht. So wie er vieles noch nicht wusste. Zum Beispiel woher der Oberschenkelknochen stammte, der neben dem Kopf Kasper gelegen hatte. Auch so ein Thema, bei dem er den Eindruck nicht loswurde, keinen Schritt weiterzukommen. Vielleicht lag das aber mehr daran, dass er bisher noch nichts getan hatte, was eine Klärung hätte herbeiführen können. Aber eins nach dem anderen. Weil jetzt war er mit dem Pfaffi beim Amtsgebäude und besah sich die Schäden in aller Ruhe bei Tageslicht. Und was soll ich dir sagen? Was er sah, gefiel ihm nicht besonders. Überhaupt der Zustand der hinteren Außenmauer hatte es ihm angetan. Praktisch war sie ja so gut wie nicht mehr vorhanden, und der Strobel äußerte den vagen Verdacht, dass hier jemand nicht das nötige Feingefühl im Umgang mit einem Bagger hatte walten lassen. Na gut, so hat er das nicht gesagt. Er hat eher mehr von einer rasenden Wildsau geredet, die besser im Wald geblieben wäre, als bei der Feuerwehr schweres Gerät zu lenken. Obwohl geredet vielleicht auch nicht das richtige Wort ist. Eine Spur lauter als normal war er nämlich schon. Ich glaube, die Behauptung vom Pfaffi, der Strobel hätte bei dem Anblick des Hauses gebrüllt wie ein Irrer kann man so nicht stehen lassen. Der junge Gendarm hat sich da sicher von der knallroten Birne seines Chefs täuschen lassen. Soll heißen, dass ihm durch die grelle Farbe die Stimme ein bisschen lauter vorgekommen ist. Genau wie den unmittelbaren Nachbarn, die zu ihren Fenstern rausgeschaut haben, weil sie wissen wollten, was da los war. Dabei musst du dir aber vorstellen, dass der Postenkommandant den Dienstkäfer noch gar nicht kommentiert hatte, der zur Stütze umfunktioniert an der vorderen Ecke stand und verhinderte, dass der Rest der Mauer und damit dann auch der Dachstuhl vollends wegkippte. Wobei ich schon sagen muss, dass man mit dem Auto zu diesem Zeitpunkt sowieso nichts Besseres mehr hätte machen können. Dem Strobel sind die Sprechperlen bei dem Anblick jedenfalls ausgegangen. Dafür traten, laut Augenzeugenberichten, seine Augen ein wenig aus den Höhlen. Aber ob das stimmt, kann ich nicht sagen. Erzählt haben es sich die Leute aber noch Jahre später. Wie du dir sicher denken kannst, ist der Pfaffi nicht ungeschoren davongekommen. Immerhin war er derjenige gewesen, der während dieser Arbeiten auf der Dienststelle gewesen war. Da nützte ihm jetzt auch sein treuherziges G'schau nichts. Zu seinem Glück war es aber nur ein kurzes Donnerwetter, weil seinem Chef mitten im Reden eingefallen ist, dass er was zu essen brauchte, sich umdrehte und zum Wenger stapfte. Du weißt ja: »Ohne Mampf, kein Kampf!«

Ganz andere Sorgen hatten da die beiden Herren von der Entrümpelungsfirma, die damit beschäftigt waren, das Haus vom Kopf Kasper auszuräumen. Seine liebe und etwas gestörte Schwester Margarethe hatte die Firma gerufen, weil ihr einfach zu viel Gerümpel in der Bruchbude untergekommen ist. Weil besonders schön hat der Kasper nicht gewohnt. Ich meine, von außen war alles noch ziemlich gut. Nicht gerade top, aber gut genug, um nicht ins Kreuzfeuer der Kritik zu geraten. Es war dem verblichenen Kasper zu Lebzeiten immer wichtig gewesen, nicht als Ortsbildverschandeler zu gelten. Schon allein deswegen, weil er selber lange Zeit Mitglied im Ortsbildverschönerungsverein gewesen ist. Und weil sich dieser Verein, wie der Name schon sagt, mit dem Ortsbild beschäftigt, also mit dem Bild nach außen, ist keinem aufgefallen, dass es im Inneren der kasperschen Behausung nicht ganz so ordentlich zugegangen ist. Ein Sammler ist er gewesen, der Kasper. Noch dazu ein sehr fleißiger. Heutzutage würde man im Neudeutschen eher

Messie sagen, aber damals, wo die Leute noch ein etwas reineres Deutsch geredet haben, war er ein Sammler und nebenbei wahnsinnig schlampig. Obwohl ich schon zugeben muss, dass er nicht so viel Dreck herumliegen hatte, wie man das heute im Fernsehen oft sehen kann. Nein, da war er eher der Ästhet unter den Messies, der Kasper. Nichts da von wegen Müll, Zigarettenkippen, verdorbenen Lebensmitteln oder anderen ungustiösen Dingen. Nur stapelweise alte Zeitungen, Bücher, Comichefte, Bilder und Schachteln. Und zwar eine ganz schöne Menge an Schachteln. Fein säuberlich im Haus gestapelt. In jedem Raum. Ja sogar auf jeder freien Fläche, in der Garage und im Stadel. Hunderte von braunen Schachteln. Es gab gerade einmal genug Platz, um zwischen den Türmen aus Pappkartons durchzugehen. Manche waren beschriftet, andere nicht. Einige verschnürt, wieder andere beschädigt. Eines hatten die Kartons allerdings gemeinsam: Es war von außen nicht zu sehen, was sie enthielten. Die Entrümpler konnten kaum glauben, was sie da sahen. Eine solche Menge an Zeugs hatten sie vorher noch nie in einem Haus gesehen. Weil sie aber, wie schon erwähnt, nicht sehen konnten, was da so ordentlich verpackt worden war, fragten sie die Margarethe, ob sie die Kartons einfach entsorgen sollten oder ob sie vielleicht vorher hineinschauen wollte. Immerhin, so meinte einer der Männer, konnte es ja sein, dass etwas Wertvolles dabei war. Das glaubte die Margarethe zwar keine Sekunde lang, aber trotzdem war sie eine Frau. Sprich neugierig. Und so ist es halt gekommen, dass sie tatsächlich jeden einzelnen Karton öffnete. In vielen davon fanden sich irgendwelche Bilder, Fotografien, ausgeschnittene Zeitungsartikel, Bettwäsche, unglaubliche Mengen an Christbaumschmuck, altes Geschirr und so weiter. Da fragte sich die Margarethe tatsächlich immer wieder, wo ihr Bruder dieses ganze Zeug her hatte. Noch mehr fragte sie sich allerdings, was er damit gewollt hatte. Natürlich dachte sie auch darüber nach, ob sie ihn nicht vielleicht doch öfter hätte besuchen sollen. Die Möglichkeit, dass er einsam gewesen war, ließ sich nämlich nicht ganz verleugnen. Wie das aber im Leben oft so ist, hatten die Geschwister nicht das beste Einvernehmen. Na gut, man könnte auch ganz einfach sagen, sie haben sich nicht vertragen, aber das klingt nicht so schön. Von daher hatten sie also ein nicht allzu gutes Verhältnis. Wobei keiner von beiden hätte sagen können, warum das so war. Irgendwann in grauer Vorzeit hatte es einmal einen Streit gegeben. Frag mich aber jetzt bitte nicht, worum es dabei gegangen ist. Ich habe nämlich keine Ahnung. Aber danach herrschte dicke Luft, die sich nie wieder richtig gelegt hat. Beide beeilten sich, in Gesprächen zwar immer zu versichern, auf den anderen nicht böse zu sein, aber wirklich geredet haben sie trotzdem nicht miteinander. Aber wahrscheinlich muss man ja nicht unbedingt böse auf jemanden sein, um ihn nicht leiden zu können. Ich meine, Bruder hin, Schwester her, wenn einem jemand unsympathisch ist, dann ist er einem eben unsympathisch. Da nützt das ganze Familiengetue nichts. Arsch bleibt Arsch, wie meine selige Oma zu sagen pflegte. Aber wie dem auch sei. Jedenfalls hatte die Margarethe genauso wenig mitbekommen, dass der Kasper seine Sammelleidenschaft ein ganz klein wenig übertrieben hat, wie der Rest der Leute. So wichtig war es im Grunde auch nicht. Immerhin war er selbst es gewesen, der sich durch die engen Gänge hatte kämpfen müssen. So gesehen also sein Problem. Auf jeden Fall wühlte sich die gute Frau in den nächsten Stunden und Tagen durch allen möglichen Plunder und behielt genau nichts davon. Aufgeben wollte sie allerdings auch nicht. Zu tief saß die Furcht, vielleicht doch etwas übersehen zu können. Schließlich kann man das ja nie wissen. Schön blöd, wenn du eine Kiste voller Wertsachen wegschmeißt, nur weil du zu faul warst hineinzuschauen. Nein, da wollte sie nichts riskieren, die Margarethe. Deshalb malte sie, nach der Durchsicht große Kreuze auf die Kartons, die entsorgt werden konnten.

Die Zechmeister Karoline wanderte derweil ziellos durch den Ort. Später erzählten sich die Leute dann, sie habe versucht, ihren Sohn auf eigene Faust zu finden. Der Pfarrer Römer betete für all die Opfer der letzten paar Tage. Für den verschwundenen Zechmeister Peter, den getöteten Zirkusdirektor und den Kopf Kasper. Immerhin konnten ihre Seelen Zuspruch jeder Art sicher gut gebrauchen. Und falls nicht, war es auch kein großer Schaden, weil der Römer schließlich fürs Beten bezahlt wurde.

Die Zirkusleute hockten alle im Wohnwagen von der Fabula. Die Kaiserwitwe wirkte in diesen Tagen locker und gelöst wie schon seit Jahren nicht mehr. Auch ihre Gäste waren hoch zufrieden mit dem Lauf der Dinge. Dicht gedrängt standen und hockten sie in dem Wagen, ein jeder ein Glas in der Hand, und tranken auf eine bessere Zukunft unter der Führung vom Ben, der einstimmig zum neuen Zirkusdirektor gewählt wurde. Auf Musik haben sie aber verzichtet, die Artisten. Sie wollten schließlich nicht pietätlos wirken. Die Esmeralda war noch nicht ganz so entspannt wie ihre Kollegen. Ganz konnte sie nämlich noch nicht glauben, dass ihr Mord gar keiner gewesen war und deshalb keine Konsequenzen haben sollte. Weil, wenn du jetzt glaubst, dass damit alles in Ordnung war für das Mädel, dann täuscht du dich. Immerhin hatte sie vorgehabt, einen Menschen zu töten. Allein der Gedanke an diesen Entschluss, trieb sie dazu, sich die ärgsten Vorwürfe zu machen. Ich meine, so einfach ist das sicher nicht, mit dem Morden. Da musst du schon ein bisschen der Typ dafür sein.

Jeder ist dafür nicht geschaffen. Die Esmeralda war es jedenfalls nicht. Trotzdem machte sie tapfer gute Miene zum bösen Spiel und feierte mit, bevor sie sich in ihr Quartier im Schloss zurückzog, wo sie noch einige Stunden wach lag und weinte. Ich könnte dir jetzt freilich seitenlang aufzählen, wer in diesen Stunden in Tratschen was gemacht hat und was nicht. Aber ich glaube, das ist dir in den meisten Fällen völlig wurscht, weil es für die weiteren Ereignisse ohnehin nicht wichtig ist. Von daher kann ich mir da ruhig ein bisschen Papier sparen und dir das erzählen, was nach einer ereignislosen Nacht am nächsten Tag passiert ist.

46

Ausnahmsweise war der Strobel ziemlich ausgeschlafen. Kein Wunder, war er doch für seine Verhältnisse sehr früh schlafen gegangen. Nach Gesellschaft war ihm nicht gewesen. So sehr er den Pfarrer Römer auch als Freund schätzte, es musste schon einmal einen Abend ohne ihn gehen. Schon überhaupt, weil sie sich sonst immer nur einmal pro Woche trafen. Das Telefonat mit der Frau Doktor war angenehm gewesen. Zur Abwechslung war es seit Längerem einmal ganz ohne Spannungen verlaufen. Wahrscheinlich deshalb, weil jedes mögliche Reizthema vermieden worden ist. Und zwar von beiden. Für das Harmoniebedürfnis vom Postenkommandanten war das natürlich bestens. Wie sich die Frau Doktor dabei gefühlt hat, die ja bekanntlich gewisse Fragen beantwortet bekommen wollte, kann ich dir nicht sagen. Friedlich war sie jedenfalls geblieben. Dafür war der Berti nicht ganz so fit wie sein Chef. Dem steckte nämlich der Wandertag in den Knochen. Zum einen war er es nicht gewohnt, so weite Strecken zu gehen, und zum anderen war er nicht gerade gertenschlank. Eher mehr so von der übergewichtigen Sorte. Mit Doppelkinn und Wampe. Halt nicht zum Sportler geboren. Es muss ja auch nicht jeder ein Sportler sein. Obwohl sich der Berti an diesem Morgen schon gewünscht hat, ein bisschen besser beieinander zu sein. Überhaupt weil er wusste, dass er wieder so eine Ochsentour vor sich hatte. Seiner Hilde war das am Vorabend herzlich wurscht gewesen. Sie hatte rigoros darauf bestanden, dass er endlich die Sturmschäden im Vorgarten beseitigte. Weil, wie schaut denn das aus, hatte sie gemeint, wenn ausgerechnet im Vorgarten vom Gendarmen so ein Chaos herrscht. Wirklich groß war dieses Chaos aus Sicht vom Berti zwar nicht, und es hätte auch gerne noch warten können, aber er fügte sich trotzdem in sein Schicksal, um nicht eine andere Art von Sturm heraufzubeschwören, bei dem er vielleicht Schaden genommen hätte. Der Porzellanhund mit seinem eingeschlagenen Schädel mahnte ihn eindeutig zur Vorsicht. Also hatte der arme Tropf noch zwei Stunden mit Gartenarbeiten zubringen müssen, bevor er endlich sein Abendessen bekam. Danach fühlte er sich so erschlagen, dass er nur noch unter die Dusche und von dort direkt in sein Bett gehüpft war. Wie so oft erschien der Pfaffi als Letzter zum Dienst. Aber weil er, wie immer, wenn er zu spät dran war, frische Topfengolatschen dabei hatte, deren Duft sich den Weg durch das Papiersackerl direkt in die Nase vom Strobel bahnte, verlor der über die Verspätung kein Wort. Außerdem stellte der Pfaffi auch gleich noch Kaffee zu. Was bitte sollte sein Chef da noch wegen zwanzig Minuten sagen? Immerhin waren die, bei gutmütiger

Betrachtung, beim Einkaufen draufgegangen. Erst als sie mit Kaffee und Mehlspeise ausgerüstet an einem der Tische Platz nahmen, fiel dem Strobel auf, dass Walter und Simon fehlten. Gerade als er dazu etwas sagen wollte, läutete das Telefon. Dienstbeflissen sprang der Pfaffi auf und nahm den Anruf entgegen. Viel gab es allerdings nicht zu sagen.

»Für dich Chef«, meinte er nur und hielt dem Strobel den Hörer entgegen. Und was glaubst du, wer dran war? Falsch! Es war nicht der Major Schuch. Der Travnicek ist es gewesen, der dem Strobel einen guten Morgen wünschte und ihn hörbar amüsiert davon in Kenntnis setzte, dass die zwei Kripomänner in den Streik getreten waren. Wegen der Tandemsache nämlich. Zumindest erzählte der Travnicek, dass sich die Männer diesbezüglich bei ihm beschwert hätten. Wahrscheinlich, so meinte er, lag das daran, dass sie sich einige Male verfahren hätten und deswegen etliche Stunden unterwegs gewesen seien. Erst nach Einbruch der Dunkelheit seien sie in ihr Quartier zurückgekommen. Deswegen, so der Kripochef, weigerten sich die Herren, weiter für den Strobel zu arbeiten. Als er geendet hatte, lachte der Travnicek herzlich ins Telefon. Offenbar fand er das echt witzig. Schenkelklopfer quasi. Der Strobel seinerseits fand das nicht ganz so witzig. Weltuntergang war es aber auch keiner, weil sie die anstehenden Aufgaben auch ganz gut zu dritt wahrnehmen konnten. Also sagte er dem Travnicek, er könne seine Leute ruhig nach Wien zurückbeordern. Aber sehr zu seiner Überraschung lehnte der Kripomann das rigoros ab, sondern bestand darauf, dass die beiden Herren in Tratschen blieben und erzählte, ihnen das auch schon gesagt zu haben. Kaum hatte der Travnicek die letzte Silbe des Satzes ausgesprochen, standen Simon und Walter auch schon in der Tür. Ihre Mienen verrieten deutlich, was sie von der Sache hielten. Und weil der Strobel der Meinung war, dass wenn die Kuh schon hin war, das Kalb auch ruhig sterben konnte, schickte er sie mit dem Berti auf die Suche nach dem Zechmeister. Da verfinsterten sich ihre Gesichter gleich noch mehr.

»Die gute Nachricht ist«, schickte der Strobel hinterher, »dass ihr dabei nicht Radfahren müsst.«

Sehr witzig vom Strobel. Fand zumindest er. Die Kollegen aus Wien waren gegenteiliger Ansicht. Der Berti und der Pfaffi wussten nicht so recht, wie sie dazu stehen sollten. Aber so ist das oft im Leben. Viele Köpfe, viele Meinungen. Jedenfalls dampften die drei ab, um sich mit dem Suchtrupp zu treffen. Der Strobel beschloss, zum Haus vom Kopf Kasper zu gehen und mit dessen Mutter zu reden. Vielleicht konnte die Frau ja eine Erklärung dafür liefern, warum der Kasper mitten in der Nacht auf dem Fußballplatz sein Leben ausgehaucht oder besser gesagt ausgeblutet hatte. Für sehr wahrscheinlich hielt er es zwar nicht, dass die alte Dame ihnen da weiterhelfen konnte, aber probieren musste er es. Er hoffte inständig, dass ihr schon jemand gesagt hatte, dass ihr Sohn tot war. Er selbst hatte nämlich kein gutes Händchen für das Überbringen von schlechten Nachrichten. Lust hatte er dazu schon überhaupt nicht. Er schnappte sich also den Pfaffi und forderte ihn auf, ihn zu begleiten. Das, so meinte der Pfaffi, traf sich gut, weil er dem Strobel auf dem Weg gleich zeigen konnte, wo der Schädel gefunden worden war. Der Ort lag nämlich auf der Strecke. Der Strobel nutzte seinen Chef-Status, um sich nachrichtentechnisch aus der Affäre zu ziehen. Er eröffnete dem Nachwuchsgendarmen nämlich, dass der im Falle eines Falles der alten Frau Kasper die traurige Botschaft überbringen musste. Zu Übungszwecken quasi. Von da an betete der Pfaffi, dass sie es schon wusste. Schweigend trabten die beiden nebeneinander durch den Ort. Zielstrebig in Richtung Haus vom Kasperlkopf. Als sie in die kleine steile Seitengasse einbogen, konnten sie sofort sehen, wie viel Erde der Regen vom Grundstück der Familie Kopf gewaschen hatte. Und was sie noch sehen konnten, war das Absperrband, das die Fundstelle am Fuß des Hügels sichern sollte.

»Ah, da schau her …«, murmelte der Strobel nachdenklich und fuhr sich mit der Hand übers Kinn, »so nah am Haus vom Kasper. Eigenartig…«

Und da hatte er durchaus recht, der Strobel. Als eigenartig konnte man das allemal bezeichnen, dass neben der Leiche vom Kasper der Oberschenkelknochen gelegen hatte und hier, etwa 300 Meter von seinem Haus entfernt, der Schädel gefunden worden war. Ich meine, natürlich wusste er in dem Moment noch nicht einmal annähernd, was er mit diesen Tatsachen anfangen, oder besser gesagt, wie er sie zusammenführen sollte, aber auffällig war es ohne Zweifel. Das ist auch dem Pfaffi nicht verborgen geblieben.

»Augen auf und vorwärts Marsch!« kommandierte sein Chef und sie arbeiteten sich die steile Gasse hinauf. Der Pfaffi, ausgestattet mit der Kraft der Jugend, locker flockig und der Strobel eher mehr so wie die Freunde vom Duracell-Hasen, wenn ihnen die Batterien ausgehen. Zurückfallen wollte er aber um keinen Preis. Von daher versuchte er eisern, das Tempo vom Pfaffi zu halten. Schon bald konnte man meinen, der Postenkommandant würde jeden Moment aus den Latschen kippen. Zumindest japste und keuchte er mit jedem Schritt etwas lauter und schwor sich dabei, wieder mehr Bewegung zu machen. Die ständige Bürohockerei hatte ihn offenbar sehr verweichlicht. Vor dem Haus angekommen brauchte er sogar eine kurze Verschnaufpause. Erstens, um wieder zu Atem zu kommen und zweitens, um wieder Farbe ins Gesicht zu kriegen, das in dem Moment ein schmutziges Gespensterweiß angenommen hatte. Der

Pfaffi hütete sich wohlweislich, etwas zu sagen und kostete seinen Triumph heimlich aus. So gut kannte er seinen Chef jetzt schon, dass er genau wusste, dass der bei solchen Sachen keinerlei Spaß verstand. Wenn der Strobel eines nämlich nicht war, dann war das ein guter Verlierer. Als er sich einigermaßen erholt hatte, gab er dem Pfaffi Zeichen, an die Tür zu klopfen. Bevor der das allerdings machen konnte, ertönte aus der Garage lautes Poltern und ein spitzer Schrei, der dem Anschein nach von einer Frau stammte. Sofort waren die Ordnungshüter hellwach und bewegten sich auf das Gebäude zu. Das Tor wurde plötzlich von innen aufgestoßen und die Margarethe stürmte hustend und würgend heraus.

»Ja, da leck mich der räudige Scheißdreck doch am Arsch, der elendige! So eine Sauerei eine verdammte! Wie kann man nur so einen Dreck hinterlassen …«, wütete sie vor sich hin. Über und über voll Staub und Spinnweben. So, als hätte sie im Staubsaugersack übernachtet. Sogar ihr Gesicht war mit einer Staubschicht bedeckt. Als sie die beiden Ordnungshüter bemerkte, die dastanden und sie fasziniert anstarrten, fluchte sie weiter:

»Was schaut's mich denn so deppert an? Noch nie eine Frau g'sehen?«

Keifend und ihre Kleidung abklopfend bewegte sie sich Richtung Haus. Bei jedem ihrer Schläge stieg eine kleine, graue Wolke auf. Sie ging so knapp am Pfaffi vorbei, dass der eine volle Ladung von dem Zeug abbekam. Was einen Juckreiz in der Nase zur Folge hatte, der wiederum dafür sorgte, dass der Junge ein paar Mal ganz furchtbar niesen musste.

»G'sundheit!«, schnauzte die Margarethe.

»Danke …«, brachte der Pfaffi zwischen zwei Niesern hervor und hielt sich ein Taschentuch vor die Nase.

»Äh… Entschuldigung …«, setzte der Strobel zu einer Frage an.

»Lassen S‹ mich in Ruhe. Sehen S‹ nicht, dass ich beschäftigt bin, Sie …«, was immer sie auf der Zunge hatte, sie behielt es für sich. Entschlossen riss sie die Tür auf und verschwand, immer noch fluchend, im Haus. Wie die sprichwörtlichen begossenen Pudel standen die Gendarmen im Hof und glotzen ziemlich blöd auf die Tür.

»Feine Frau …«, stellte der Strobel schließlich fest und wiegte den Kopf hin und her.

»Wer war denn das überhaupt?«, wollte der Pfaffi wissen. Gar keine so blöde Frage. Trotzdem erhielt er vom Strobel keine befriedigende Antwort.

»Woher soll ich das wissen?«, war alles, was der darauf zu sagen wusste, während sich der Pfaffi noch zweimal zusammenkrümmte und mit tränenden Augen lautstark in sein Taschentuch trompetete.

»Bald fertig?«, wollte der Strobel wissen.

»J-h…h…ha-ha-tschi!«, kam prompt die Antwort.

»Na dann …«, sagte der Strobel achselzuckend und klopfte an die Tür. Nichts rührte sich. Also klopfte er lauter, dann noch lauter und schließlich richtig heftig. Und siehst du, dort, wo sich vorher nichts gerührt hatte, tat sich auf einmal ziemlich viel. Die Margarethe stieß mit Schwung die Tür auf. Genau auf die Nase vom Strobel. Autsch! Fast waagerecht sind dem armen Kerl die Tränen da aus den Augen geschossen. So weh hat das getan. Das war eine Stöhnerei, das kannst du dir nicht vorstellen. Derweil der Strobel beide Hände vor sein Gesicht hielt und in die Hocke ging, eilte der Pfaffi auf ihn zu, um ihm zu helfen. Aber seien wir uns einmal ehrlich. Jeder, der schon einmal eine Tür oder Ähnliches auf die Nase gekriegt hat, weiß, dass einem da keiner helfen kann. Was sollte man da auch tun? Da muss der

Betroffene ganz allein durch. Gar keine Frage. Der Strobel wollte im Moment des Schmerzes auch keine Hilfe und schon gar keinen körperlichen Kontakt zu irgendjemandem. Deswegen schubste er den Pfaffi ziemlich unsanft weg, als der versuchte, ihn wieder aufzurichten. Es war einfach nicht die Zeit zum Aufrichten. Fand zumindest der lädierte Postenkommandant. Das ärgerte den hilfsbereiten Pfaffi natürlich ein bisschen. Und weil man es halt sehr oft weitergibt, wenn man sich ärgert, hat auch er seinen Ärger großzügig geteilt und die Margarethe furchtbar angefaucht, ob sie nicht besser hätte aufpassen können.

»Holz ist nicht durchsichtig! Was stellt er sich auch so nah vor die Tür und pumpert* wie ein Irrer?«

Keine Spur von Reue oder gar Mitleid bei der Frau. Im Gegenteil. Noch viel giftiger als vorhin schaute sie die Ordnungshüter an, zeigte auf die Garage und meinte kryptisch:

»Da geht's rein. Ich glaube da ist alles drin was ihr sucht. Hinten links, in einer großen, weißen Schachtel. Mama steht drauf.«

Kaum hatte sie das gesagt, verschwand sie auch schon wieder im Haus. Begleitet vom lauten Schlagen der Tür. Der Pfaffi stand irritiert da, schaute wieder zu seinem, immer noch hockenden Chef und wusste nicht, was er tun sollte. Da quetschte der Strobel durch die Zähne, der Pfaffi solle doch in die Garage gehen, um zu schauen, was die Frau gemeint habe. Nickend machte sich der Bursche auf den Weg und war ein paar Minuten später wieder zurück. Noch irritierter und deutlich bleicher.

»Ich glaube, das solltest du dir selber anschauen«, meinte er und setzte sich neben seinen Chef, dessen Nase sich einigermaßen beruhigt hatte. Zumindest so weit, dass er

---

* Klopfen

die Hände weggenommen hatte und wieder etwas sehen konnte. Wenn auch nur undeutlich. Natürlich versuchte er mit diversen Fragen dahinter zu kommen, was der Pfaffi gefunden hatte, aber der bestand beharrlich darauf, dass sich der Strobel selbst eine Meinung bilden sollte. Also erhob der sich und ging in das Halbdunkel. Immer wieder wischte er sich mit den Handrücken über die Augen, um die Tränen wegzuwischen und tastete sich vorsichtig zwischen den Bergen aus Kartons voran. Bis ganz nach hinten. Dann wandte er sich nach links. Genau wie diese Furie es ihm geraten hatte. Und siehst du, da stand wirklich ein Karton mit der Aufschrift Mama auf dem Boden. In dicken, fetten, schwarzen Lettern, die sich deutlich vom weißen Hintergrund abhoben. Verschlossen war er zwar nicht, aber der Strobel konnte, bedingt durch seine immer noch tränenden Augen, nicht besonders gut sehen. Darum ging er näher heran. Und dann noch ein bisschen näher. Und noch näher. Beugte sich hinunter. Schaute noch genauer. Kniff die Augen zusammen und beugte sich noch weiter runter. Bis er sicher war, dass es tatsächlich Teile eines Skelettes waren, die da in der Schachtel lagen. Das heißt, ganz sicher war er sich nicht, weil er es nämlich nicht glauben konnte. Er hielt es schlicht und ergreifend für einen Irrtum. Oder einen Streich seiner Augen. Nur so ist es zu erklären, dass er tatsächlich seine Hand ausstreckte, um das zu berühren, was für ihn wie ein Rippenbogen aussah, aus dem Karton zu nehmen, was durch die Tränen wie eine Hand aussah. Zu seinem Glück, oder auch Pech, wie du es sehen willst, kam jetzt etwas von seiner Sehschärfe zurück und er konnte sich zu 100 Prozent sicher sein, dass es wirklich ein Schädel war, der ihn da von unten anlachte. Um es kurz zu machen, der Strobel ergriff die Flucht. Er selbst stellte es später als geordneten Rückzug dar, aber es war doch mehr eine Flucht. Gar keine Frage. Aber da darfst du ihm jetzt gar nicht böse sein. Weil so ein Skelett kommt einem schließlich nicht jeden Tag unter die Augen. Jedenfalls sah er zu, dass er schnellstmöglich aus der dunklen, muffigen Garage kam, lief zur Haustür und läutete Sturm. Trotz allen Schreckens stand er diesmal rein nasentechnisch gesehen in einer sichereren Position, so dass ihn die Tür nur an der Schulter traf, als sie mit Wucht aufgestoßen wurde. Die Margarethe erkannte am Gesicht des Gendarmen sofort, dass er den Karton gefunden hatte.

47

Keine drei Kilometer entfernt stolperte einer der Polizeischüler im Wald, ganz in der Nähe des Weges, im wahrsten Sinne des Wortes fast über ein Kinderfahrrad. Genauso eines wie das, mit dem der vermisste Zechmeister Peter unterwegs sein sollte. Also rief der junge Mann laut, dass er etwas gefunden habe und die ganze Menschenkette kam zum Stillstand. Sowohl der Berti als auch die Kollegen aus Wien eilten zu der Stelle, um sich das Fundstück anzuschauen. Und siehe da, sie kamen zum gleichen Ergebnis. Nach kurzer Beratung entschieden sie, die nähere Umgebung genau unter die Lupe zu nehmen bevor sie weitergingen. Und das taten sie dann auch. Jeden Stein drehten sie um, wie man so sagt. Aber gefunden haben sie nichts. Nicht den kleinsten Hinweis auf das Kind. Nach schier endlosen zwei Stunden, die sie am Fundort mit Suchen verbrachten, entschied der Berti, das Fahrrad liegen und von der Spurensicherung auf Fingerabdrücke untersuchen zu lassen. Ja, da staunst du jetzt wahrscheinlich über den Berti. Aber um ehrlich zu sein, kam die Idee gar nicht von ihm, sondern von seinen Kripo-Kollegen, die mit solchen Dingen wesentlich mehr Erfahrung hatten als er. Dankbar griff er deswegen diese Idee auf, beauftragte einen der Schüler damit, die Fundstelle abzusperren, und setzte einen Funkspruch ans Bezirkskommando, mit dem Ersuchen um Verständigung der Spurensicherer, ab. Danach formierte sich die Kette neu und setzte ihren Weg fort.

Seit die Zechmeister Karoline in der Kirche gewesen war, beschäftigte ihr seltsames Verhalten den Pfarrer Römer. Er fand keine Erklärung, nahm es aber als Zeichen dafür, wie schlecht es der Frau ging. Kein Wunder, wenn du bedenkst, dass ihr Sohn seit Tagen vermisst wurde. Er machte sich also ernsthafte Sorgen um sie und beschloss deshalb, sie zu besuchen. Nur um sicher zu gehen, dass sie keine Dummheiten machte. Vor ihrer Haustür angekommen klopfte er. Keine Reaktion. Also klopfte er etwas beherzter. Wieder geschah nichts. Da spürte der Kirchenhirte förmlich, wie ihn ein intensives Gefühl der Unruhe überfiel und dafür sorgte, dass sich sein Magen leicht zusammenzog. Von diesem Gefühl getrieben versuchte er die Schnalle runterzudrücken und stellte fest, dass die Tür nicht versperrt war.

»Grüß Gott!«, sagte er fast übertrieben laut, als er eingetreten war. Im Haus blieb es still. Bedrückend still, wie dem Priester vorkam. Langsam ging er durch den Vorraum zur Küche und dann weiter zum Wohnzimmer. Es schien niemand da zu sein. Am Fuß der Treppe zum Obergeschoss blieb er stehen, sah hinauf und wiederholte sein »Grüß Gott!« so, dass es die Karoline sicher nicht überhören hätte können. Es sei denn, dachte der Römer, es stimmte etwas nicht mit ihr. Diesem Gedanken folgend machte er sich auf den Weg nach oben und fand nur leere Räume vor. Nachdenklich stand er im Schlafzimmer und ließ seine Blicke schweifen. Auch aus dem Fenster, das zum Hof zeigte. Da sah er gerade noch einen Schatten, der im Stadel verschwand und beeilte sich dorthin zu gehen. Das Tor stand ein Stück weit offen. Weit genug für den Römer, um hineingehen zu können. Drinnen musste er zuerst stehen bleiben, um seine Augen an das diffuse Licht zu gewöhnen. Später konnte der Gottesmann nicht sagen, was ihn davon abgehalten hatte, nach der Karoline zu rufen oder sich sonst wie bemerkbar zu machen. Er wusste nicht, wieso er sich ruhig verhielt. Er tat es einfach. Langsam, sich Schritt für Schritt vorantastend schlich er fast geräuschlos in den großen Raum. Von rechts drang ein knarrendes Geräusch an sein Ohr. Es hörte sich an wie ein lange nicht geöltes Scharnier. Auf dieses Geräusch ging der Römer zu und spürte dabei, wie dieses Gefühl der Unruhe und Anspannung immer stärker wurde. Ja sogar den Schweiß trieb es dem Kirchendiener auf die Stirn. Und siehst du, jetzt passierte genau das, was so oft passiert, wenn du versuchst, besonders leise zu sein. Der Römer streifte etwas, das sich nachträglich als Rechen herausstellte und warf das Ding um. Zwar verursachte es kein besonders lautes Geräusch, aber es war doch laut genug, um die Karoline aufmerksam werden zu lassen. Sie kam um die Ecke, sah den Römer aus großen, komplett verweinten Augen an und war im ersten Moment sprachlos. Dem Pfarrer kam sogar vor, dass sie erschrocken, ja sogar fast geschockt wirkte.

»Grüß dich Karoline«, begann er, »entschuldige bitte dass ich …«

»Nehmen Sie mir die Beichte ab, Hochwürden! Jetzt gleich. Bitte!«

Die Frau brachte dieses Anliegen so eindringlich vor, dass der Römer es nicht fertigbrachte ihr diesen Wunsch abzuschlagen oder sie auch nur auf später zu vertrösten. Lediglich ins Haus wollte er mit ihr gehen. Zu seiner Überraschung lehnte die Karoline das aber ab und bettelte geradezu darum, gleich hier und jetzt beichten zu dürfen. Um ihrer Bitte mehr Kraft zu verleihen, sank sie vor dem Römer auf die Knie, ergriff seine Hand und presste sie gegen ihre tränenfeuchte Wange.

»Ich flehe Sie an, helfen Sie mir …«, bat sie fast flüsternd und berührte mit ihrer Hilflosigkeit und Verzweiflung das Herz des Priesters. So viel Schmerz wie bei der Karoline hatte er schon lange nicht mehr bei einem Menschen gesehen.

»Gelobt sei Jesus Christus«, schluchzte sie.

»In Ewigkeit. Amen«, antwortete der Römer.

Und dann beichtete sie, die Karoline und der Römer hörte zutiefst schockiert zu, bis die von heftigem Weinen geschüttelte Frau geendet hatte. Dann stand sie auf und zog den Priester hinter sich her. Dorthin, woher sie vorhin gekommen war. In dieser Ecke des Stadels stand eine große Truhe. Der Deckel war geöffnet und der Römer konnte einen Blick auf den Inhalt werfen. Ein Instrumentenkoffer mit Trageriemen lag in der Truhe. Die Karoline öffnete den Koffer, nahm das Euphonium heraus und streichelte es.

»Mein Jesus, Barmherzigkeit, mein Jesus, Barmherzigkeit …«

Diese Worte wiederholte sie ständig und sah den zutiefst erschütterten Römer, der zwar begriffen hatte, aber nicht wusste, was er jetzt machen sollte, flehend an.

»Ich habe einfach nicht mehr gewusst, was ich machen soll«, begann die Karoline mit ihrer Rechtfertigung, die der Priester eigentlich gar nicht hören wollte. Zu unfassbar war das, was er gerade hatte hören müssen. Er wusste überhaupt nicht, was er jetzt sagen sollte. Dafür wusste er aber ganz genau, was er nichts sagen wollte. Nämlich den Satz, auf den die Karoline so sehr wartete. Und er fragte sich, welche Buße er ihr in diesem Fall auferlegen sollte. Ein paar Gebete schienen selbst ihm nicht ausreichend. Dennoch musste er seiner Pflicht irgendwie nachkommen. Vor allem aber wollte er aus dieser Situation entkommen, die ihm seelische Qualen bereitete. Und so stand er schließlich da, lehnte sich mit dem Rücken gegen die Wand, atmete schwer und weinte ebenfalls. Dann wandte er sich wieder der Karoline zu, sah ihr ins Gesicht und sagte tonlos, was sie hören wollte:

»So spreche ich dich los von deinen Sünden.«

Noch bevor die Frau reagieren konnte, drehte er sich um und ließ sie einfach stehen. Er hatte jetzt Wichtigeres zu tun, als mit ihr zu reden. Eine Auseinandersetzung mit seinem Chef nämlich. Er hoffte inständig, dass dieser ihm eine plausible Erklärung für dieses grausame und völlig sinnlose Spiel würde liefern können. Er hoffte es für seine Seele und für seinen Glauben. Warum, so fragte er sich, hatte Gott gerade ihm eine solche Prüfung auferlegt? Was wollte der Herr damit bezwecken? Und was hatte der Zechmeister Peter getan, um sich diesen zweifelhaften Liebesbeweis seines Schöpfers verdient zu haben? Alles Fragen, auf die er, wie er fürchtete, wahrscheinlich keine Antworten erhalten würde. Dennoch hoffte er es. Schaden konnte es ja nicht. Und während der Pfarrer wie ein geprügelter Hund in seine Kirche floh, kniete die Karoline vor der Truhe und streichelte zärtlich das Euphonium.

»Es tut mir so unendlich leid, mein Schatz«, flüsterte sie verzweifelt und Träne um Träne tropfte auf das Instrument. Und sie blieb noch viele Stunden dort, die Karoline. Und du kannst dir gar nicht vorstellen, wie sehr sie darunter litt, dass ihr der Römer keine Buße auferlegt hatte. Jetzt willst du vielleicht wissen, was genau die Zechmeister Karoline zu beichten gehabt hatte. Ich meine, du kannst es dir ohnehin schon denken, aber das wusste damals natürlich keiner, weil der Priester ja nichts sagen durfte. Beichtgeheimnis quasi.

48

Der Strobel und der Pfaffi hatten sich in der Zwischenzeit vom ersten Schock erholt und saßen jetzt mit der Margarethe, die sich schon als Schwester vom Kasper vorgestellt hatte, im Wohnzimmer. Tee und Kekse standen auf dem Tisch und es herrschte betretenes Schweigen. Ich meine, was hätten die drei auch viel reden sollen? Die wesentlichen Fragen hatte der Gendarm bereits gestellt und darauf eher vage Antworten erhalten. Die Margarethe wusste nämlich nicht, wer da in dem Karton in der Garage lag. Zumindest nicht so genau. Weil wegen der feuerroten Haare tippte sie schwer darauf, dass es sich um ihre Mutter handelte. Das, so meinte sie, würde auch gut zu der Tatsache passen, dass ihr Bruder ein ausgesprochenes Muttersöhnchen gewesen war. Ein Rockzipfelhänger, wie sie es wenig einfühlsam ausdrückte. Wie die Frau Mama in die Garage gekommen war, konnte sie sich selbst nicht erklären. Zumal es auch noch eine Beerdigung gegeben hatte. Mit ziemlich viel Brimborium und außerdem sauteuer, wie sie mehrmals glaubte anmerken zu müssen, die Margarethe. Vielleicht, so mutmaßte sie, hatte das ja etwas damit zu tun, dass der Kasper damals beim Bestatter gearbeitet und so Zugang zu der Leiche hatte.

»Wissen tu ich das aber nicht. Ist nur so eine Vermutung.«

Diese Theorie klang für den Strobel grundsätzlich gar nicht so schlecht. Allerdings stellte sich ihm die Frage, wieso die Frau Mama laut Melderegister noch am Leben war. Auch darauf konnte die Margarethe keine konkrete Antwort geben, ließ sich aber dazu hinreißen, eine eventuelle Nachlässigkeit der Behörde in den Raum zu stellen. Womit wir natürlich wieder bei dem Thema wären, wie denn das gehen soll, mit dem In-den-Raum-Stellen von Worten. Eine blöde Redewendung. Gar keine Frage. Aber darüber haben wir ja schon einmal gesprochen. Jedenfalls hat die Margarethe nicht ausschließen wollen, dass man auf der Gemeinde vergessen haben könnte, die Frau nach ihrem Tot abzumelden. Eine Frage, die sich übrigens nie klären ließ. Wirklich wichtig war das aber nicht. Nach der Klärung dieser elementaren Fragen wollte der Strobel ein bisschen Small Talk machen und fragte, was denn in den übrigen Kartons in der Garage so drinnen sei. Und siehst du, da hat er seine Gesprächspartnerin voll auf dem falschen Fuß erwischt. Sie wusste es nämlich nicht, weil sie noch nicht nachgeschaut hatte. Ihr war beim Durchgehen nur der Karton mit dem Wort Mama aufgefallen. Deshalb hatte sie hineingesehen. In die anderen nicht. Dafür, so erzählte sie hitzig, habe sie allein aus dem Haus bereits mindestens 100 Schachteln mit allem möglichen an Plunder hinausgeschafft. Zeitungen, Bücher, Bekleidung. Tonnenweise, wie sie sich ereiferte. Zum Schluss habe sie die Garage entrümpeln wollen.

»Und jetzt das!«, meinte sie ungehalten und bezeichnete ihren Bruder als krummen Hund, der nicht nur zu Lebzeiten ein Dodel* gewesen sei, sondern ihr jetzt auch noch über seinen Tod hinaus blöde Streiche spiele. Geschwisterliebe, die den beiden Gendarmen fast die Tränen in die Augen getrieben hätte vor lauter Rührung. Nein, Blödsinn. Die zwei haben einen schnellen Blick gewechselt und auch ohne Worte gewusst, was der andere meinte. Was beide allerdings nicht wussten, war, wie sie jetzt auf die Schnelle überprüfen sollten, ob es sich bei der Garagenleiche tatsächlich um Mama Kopf handelte. Weil ein Namensschild trug sie freilich nicht. Mangels einer besseren Idee beschlossen die beiden, einfach noch einmal in die Garage zu gehen und den Karton zu untersuchen. Vielleicht war ja noch etwas zu finden, das einen Hinweis auf die Identität liefern konnte. Spuren würden sie wohl kaum zerstören können, meinte der Strobel. Gesagt, getan. Die beiden Uniformträger machten sich beherzt auf den Weg. Nur, dass der Strobel diesmal den Lichtschalter betätigte, bevor er in die Garage ging. Trotz mehrerer Neonröhren blieb es ziemlich dunkel. Das lag an den bis knapp unter die Decke gestapelten Schachteln. Trotzdem war gut zu erkennen, dass sie alle beschriftet waren. Auch wurde jetzt deutlich, wie groß der Raum tatsächlich war. Das war schon mehr eine Halle als eine einfache Garage. Fand zumindest der Strobel. Die Ordnungshüter begaben sich auf Entdeckungsreise und lasen die Aufschriften auf der Pappe. Im Großen und Ganzen waren die ziemlich unspektakulär.

»Bücher bis 1960, Bücher bis 1970, Schallplatten, Zeitungen, Magazine, Anzüge …«, las der Pfaffi laut vor, während er die Reihen zu ihrer Linken abschritt. Der Strobel kümmerte sich um die rechte Seite. Dort sah es nicht viel anders aus. Jede Menge Plunder. Bis die beiden sich schließ-

---

* Depp

lich dem Ende der Reihen und damit der Mamaschachtel näherten. Da änderte sich das Bild plötzlich.

»Seltenhammer, Kaltenbacher, Reisinger, Feiersinger …«, rezitierte der Pfaffi zuerst noch mit der gleichen Eintönigkeit wie zuvor, bevor er wie angewurzelt stehen blieb. Seinem Chef ging es auf der anderen Seite nicht viel besser. Insgesamt fanden sich noch 21 Kartons die mit Namen beschriftet waren. Natürlich fanden die Gendarmen das in Anbetracht des ersten Fundes bedenklich. Das Problem war nur, dass sich beide ein wenig scheuten, die betreffenden Kartons zu öffnen. Glücklicherweise tauchte hinter ihnen die Margarethe auf. Und die war weit weniger sensibel. Noch bevor der Strobel sie daran hindern konnte, schnappte sie sich den Seltenhammer von ganz oben. Während sie ihn vor sich abstellte konnte man deutlich hören, dass drinnen etwas mit einem dumpfen Laut gegen die Seitenwand rutschte und es klapperte. Davon ließ sich die Margarethe nicht aufhalten. Ohne zu zögern, zog sie den Deckel vom Karton. Zum Vorschein kam, du ahnst es wahrscheinlich schon, ein weiterer Knochenhaufen samt Schädel. Nach anfänglichem Staunen seitens der Ordnungshüter und ausgeprägter Flucherei von der Margarethe, löste sich der Strobel aus seiner Erstarrung und half der Frau, die übrigen Kartons zu öffnen. Der Pfaffi beteiligte sich schließlich auch und verschaffte dem Reisinger zu einer Portion Frischluft, die der aber, bedingt durch seinen eher schlechten Gesamtzustand nicht zu schätzen wusste und seinerseits einen eher strengen Geruch in seine Umgebung entließ. Es wird dich nicht sehr überraschen, wenn ich dir sage, dass es zu den 21 Namen ebenso viele Skelette gab. Zum Glück war das, was am Anfang noch schaurig und unheimlich war, nach einer Weile fast schon normal für die Gendarmen.

»Fast wie Weihnachtsgeschenke auspacken«, meinte der Pfaffi sogar einmal scherzhaft zwischendurch. Worauf sein Chef feststellte, dass er mit Geschenken dieser Art wohl kaum viel Freude hätte. Obwohl sich keiner der Ordnungshüter etwas davon erwartete, einigten sie sich darauf, die Spurensicherung zu verständigen. Sie wussten ja nicht, dass die Kollegen schon ganz in der Nähe waren, weil sie ein Fahrerrad zu untersuchen hatten. Umso positiver die Überraschung, als sie erfuhren, dass sie nicht lange würden warten müssen. Der Strobel teilte den Pfaffi ein, auf die Kollegen zu warten und die Garage im Auge zu behalten. Er selbst wollte zum Bestattungsunternehmen Röderer fahren, um mit dem Chef ein ernstes Wort zu reden. Soll heißen, er wollte wissen, wie der Kasper zu all den Skeletten kommen konnte. Bei der Firma angekommen läutete er an der Tür und wich gleich darauf ein paar Schritte zurück. Aber nicht, weil er fürchtete, die wieder auf die Nase zu kriegen, sondern aus Angst vor dem, was er in die Nase kriegen würde, sobald der Röderer öffnete. Von seinem letzten Besuch wusste er nämlich noch zu gut, wie sehr die Chemikalien, die der Mann für seine Arbeit brauchte, stanken. Vom Röderer selbst gar nicht erst zu reden. Der Mann hatte eine Ausdünstung, bei der du glauben mochtest, er würde täglich von dem ganzen Zeug trinken. Wieso der Strobel nie auf die Idee gekommen ist, beim Vordereingang hineinzugehen, kann ich nicht sagen. Sicher ist nur, dass er immer den Eingang zum »Arbeitszimmer« nahm. Kein Wunder also, dass er immer den vollen Duft abbekam. Aber wie dem auch sei. Was der Strobel bei seinem Gespräch mit dem Bestatter erfahren hat, ist schnell erzählt. Im Wesentlichen konnte der nämlich nur bestätigen, dass der Kasper bei ihm gearbeitet hatte. Allerdings erst nach dem Tod seiner Mutter. Die Möglichkeit, er könnte sich an den Leichen vergriffen haben, bestritt der Röderer vehement und meinte, der Strobel solle doch vielleicht versuchen, in Erfahrung zu bringen, wann diese Leute überhaupt gestorben waren. Eine Idee, die dem Postenkommandanten wirklich gut gefiel. Sie hätte fast von ihm sein können. Ohne wesentlichen Wissenszuwachs fuhr der Strobel zurück zum Kasperlhaus, wie der Volksmund das Zuhause vom Kopf Kasper wenig liebevoll nannte, um sich die Namen aufzuschreiben und auf der Gemeinde und im Pfarramt eventuell mehr über sie zu erfahren. Als er dort ankam, waren die Kollegen von der Spurensicherung schon am Werk. Und zur völligen Überraschung vom Strobel war auch der Kurt Leander, seines Zeichens Lokalreporter und nicht gerade ein Strobelfreund, vor Ort und knipste fast ununterbrochen irgendwelche Fotos von weiß Gott was. Weil in die Halle hatte man ihn freilich nicht gelassen. Kaum sah der Mann den Strobel, eilte er auf ihn zu, um ihn mit Fragen zu bombardieren. Weil Freund hin, Feind her, das war nun einmal seine Arbeit. Und wenn der Strobel ihm Antworten schuldig blieb, revanchierte sich der Leander mit einem reißerischen Artikel über die schlecht geführten Ermittlungen. So lief das Spiel nun einmal. Das wusste freilich auch der Postenkommandant. Und weil er keine Zeit und vor allem keine Lust hatte, sich auf dieses Spiel einzulassen, winkte er schon von Weitem ab und meinte:

»Schreiben S‹ wieder, dass ich ein unfähiger Stümper bin. Das hat dem Major letztens gut gefallen!«

Mit diesen Worten war er auch schon vorbei und verschwand in der Garage. Natürlich versuchte der Reporter, ihm zu folgen, aber was das Abweisen lästiger Journalisten anging, war auf den Pfaffi verlass! Da gab es kein Durchkommen für den Schmierfinken, wie er den Mann für sich nannte. Schon gar nicht, weil er seinen Chef, den der junge Mann nebenbei gesagt sehr gut leiden konnte, schon öfter medial verunglimpft hatte. Da war er solidarisch, der Pfaffi. Gar keine Frage. Aber wie auch immer. Jedenfalls eilte der Strobel nach hinten, notierte sich die Namen in seinem Notizbuch und verschwand auch gleich wieder. Er bereute in dem Moment zwar, den Mercedes nicht dabei zu haben, tröstete sich aber mit dem Gedanken, dass er so am nächsten Tag eine blöde Schlagzeile weniger haben würde. Fast im Laufschritt eilte er die Gasse hinunter und in Richtung Gemeindeamt. Ein Blick auf die Uhr hatte ihm nämlich verraten, dass er sich würde beeilen müssen, wenn er noch rechtzeitig dort sein wollte, bevor die Damen nachhause gingen. Mit der Anwesenheit des Bürgermeisters rechnete er ohnehin nicht.

49

Der Strobel erreichte das Gemeindeamt gerade noch rechtzeitig, bevor die Tür zugesperrt wurde. Freude hatten die beiden Gemeindesekretärinnen allerdings keine, als er plötzlich dastand und sein Anliegen vorbrachte. Man könnte auch sagen, dass sie ein bisschen herumgezickt haben, die Damen, und nicht gar so kooperativ gewesen sind. Der unmissverständliche Ratschlag, der Strobel solle es doch zuerst im Pfarrhaus probieren und, falls er dort die gewünschten Informationen nicht erhalten sollte, am nächsten Tag wiederkommen, zeigte ziemlich deutlich, was sie von seiner Frage hielten. Zuerst wollte er noch auf seine

Autorität als Kommandant des hiesigen Postens pochen, aber dann überlegte er es sich anders. Der Gedanke, beim Römer im Pfarrhaus vielleicht das eine oder andere Achterl Wein zu trinken, während er nach den gewünschten Informationen suchte, war überaus verlockend. Gar keine Frage. Deswegen verzichtete der Strobel auf jedwede Diskussion, drehte sich um und bedankte sich im Weggehen für die großartige Hilfe der beiden Damen.

»Da wird sich der Josef aber freuen!«, meinte er noch und weg war er. Diesen Spruch hätten die beiden Grazien dann lieber auch nicht gehört. Jetzt huschte so etwas wie Besorgnis über ihre Gesichter und sie berieten kurz, ob sie den Gendarmen nicht doch zurückholen sollten. Dafür war es allerdings zu spät, weil der Strobel schon draußen und auf dem Weg zum Pfarrhaus war. Unterwegs warf er vorsichtshalber noch einen Blick in die Kirche. Er wusste, dass Hochwürden um diese Zeit des Öfteren dort war, um entweder ein paar Vorbereitungen für den abendlichen Gottesdienst zu treffen oder einfach nur zu beten. Und auch jetzt war der Priester in der Kirche und kniete betend auf den Stufen vor dem Altar. Er war so in dieses Gebet vertieft, dass er den Strobel gar nicht bemerkte, der zu ihm ging und sich neben ihn stellte. Dafür bemerkte der Ordnungshüter aber die Tränen, die seinem Freund über die Wangen liefen. Besorgt fragte er nach, was denn los sei und erhielt keine Antwort auf diese Frage. Der Römer wischte sich nur schnell mit dem Ärmel über die Augen, grüßte matt und fragte, was der Strobel wolle. Der versuchte natürlich in Erfahrung zu bringen, was dem Gottesmann zum Weinen gebracht hatte und stocherte damit, freilich ohne es zu wissen, in offenen Wunden herum. Mit dem Ergebnis, dass sein Freund ihn jetzt etwas unhöflicher fragte:

»Was willst denn, Strobel?«

»Was ist denn passiert? Streit mit deinem Chef oder was?«

Normalerweise ein geflügeltes Wort, wo der Römer sofort einhakte. Diesmal aber nicht.

»Nichts ist passiert. Sag einfach, was du willst und dann geh bitte wieder.«

»Wow! Tolle Stimmung«, meckerte ein ahnungsloser Strobel und brachte sein Anliegen vor. Da ging Hochwürden mit ihm in die Sakristei, holte dort ein Buch aus einer Schreibtischlade und legte es auf den Tisch.

»Alles, was du suchst sollte da drinnen stehen«, sagte er noch und schon ging er wieder nach draußen und kniete sich auf die Stufen. Verwundert starrte ihm der Strobel einen Moment nach, beschloss aber dann, ihn beim nächsten Treffen zu fragen, welche Laus ihm über die Leber gelaufen war. Weil so gut kannte er den Gottesmann schon, dass er wusste, dass er ihn jetzt nichts mehr zu fragen brauchte. Da erschien es ihm sinnvoller, sich seinem Skelettproblem zu widmen und das Buch nach den Namen zu durchforsten. Und um es kurz zu machen, er fand sie tatsächlich. Alle 21. Und er fand auch gleich eine Gemeinsamkeit. Nämlich das Geburtsjahr. Sie waren alle im Jahr 1892 geboren worden. Im gleichen Jahr wie die Mutter vom Kopf Kasper. Ihre Todestage waren freilich nicht die Gleichen. Das wäre auch zu viel des Zufalls gewesen, wenn du mich fragst. Der Strobel dachte kurz darüber nach, was das bedeuten könnte, kam aber zu keinem brauchbaren Ergebnis. Er vermutete lediglich, dass es etwas mit der Kopf Aloisia zu tun haben musste. Aber wieso hatte ihr Sohn all diese Gerippe in seiner Garage gelagert und woher hatte er sie? Alles gute Fragen, die sich der Strobel da stellte. Auf die Lösung, die sich später aufdrängte, wäre er allerdings allein niemals gekommen. Die ergab sich dann quasi in Zusammenarbeit der Senioren im Ort und durch alte Fotos, die im Haus vom Kasper gefunden wurden, und die die Kindheit seiner Mutter dokumentierten. Auf allen waren die Menschen drauf, deren Überreste jetzt in der Garage lagen. Kindergarten, Volksschule, Hauptschule. Überall. Man könnte sagen, dass diese 21 Personen die Kopf Aloisia durchs Leben begleitet hatten und so etwas wie Freunde für die alte Dame gewesen waren. Im Arbeitszimmer vom Kasper fand sich eine Skizze des Gartens. Oder eigentlich müsste ich sagen, des ehemaligen Gartens, weil ein beträchtlicher Teil davon weggespült worden war. Aber wie dem auch sei. Auf dieser Skizze war er jedenfalls noch da und mit 22 symmetrisch angeordneten Rechtecken versehen. Alle mit Initialen gekennzeichnet, die, wie sich später herausstellte, zu den Namen der Kartonmenschen passten. Ob du es glaubst oder nicht, der Kopf Kasper wollte so etwas wie einen kleinen Privatfriedhof anlegen. Für seine Mutter und ihre Freunde. Freizeitpark für Tote quasi. Die Gräber der betroffenen Menschen wurden allesamt im Auftrag der Staatsanwaltschaft geöffnet. Bei einigen waren die Särge leer, bei anderen lagen irgendwelche Gegenstände drin, damit das Gewicht stimmte. Aber nirgends eine Leiche. Ist ja auch logisch, wenn man bedenkt, dass die mit der Aloisia gefeiert haben. Wie genau es der Kasper angestellt hatte, all die Toten aus ihren Särgen zu holen, ohne jemals erwischt zu werden, hat sich aber nie klären lassen. Sicher war nur, dass ihm seine Nebenbeschäftigung als Totengräber dabei recht nützlich gewesen sein dürfte. Ja, man kann sagen was man will, aber er war wirklich ein leidenschaftlicher Sammler, der Kopf Kasper. Alle Achtung!

Mit dem Rest der Geschichte möchte ich dich jetzt gar nicht mehr allzu lange auf die Folter spannen. Die ist nämlich ziemlich schnell erzählt. Ich werde wohl am besten mit dem Teil anfangen, der dich am meisten interessiert. Dem Verschwinden vom Zechmeister Peter nämlich. Zwei Tage nach dem Knochenfund beim Kasper wurde die Suche nach dem Buben offiziell eingestellt. Zwar versuchten die Behörden noch, Hilfe aus der Bevölkerung zu bekommen und veröffentlichten in den Nachrichten und in der Zeitung Fotos und Beschreibungen des Kindes, aber es war sinnlos. Der Bub ist nie gefunden worden. Sein Fahrrad haben die Leute von der Feuerwehr schön hergerichtet und dann der Karoline als Andenken gebracht. Für die Ortsbewohner war sie eine arme Frau, deren Kind verschwunden war. Niemand wunderte sich über ihr seltsames Verhalten. Sie weinte nicht mehr, sie lachte nicht mehr, sie redete nicht mehr. Bis zu ihrem Tod nicht. Keiner konnte sagen, was in der Frau vorging. Außer dem Pfarrer Römer natürlich. Aber der durfte ja nichts dazu sagen. Insgesamt musste die Frau fast 60 Jahre mit ihrer Tat leben. Eine lange Zeit sich Vorwürfe zu machen und die Tat zu bereuen. Die Karoline hat sich ihr schlechtes Gewissen schließlich von der Seele geschrieben und das Schriftstück zusammen mit ihrem Testament einem Notar übergeben, der es bei der Testamentseröffnung vorgelesen hat. Und siehst du, das war für alle eine unglaubliche Überraschung, die auch Jahre später noch Entsetzen auslöste. Du hast es sicher schon geahnt, dass sie niedergeschrieben hatte, was mit ihrem Peterle damals wirklich geschehen war. Na dann pass auf! Es hatte nämlich gar nicht gestimmt, dass der Bub während des Unwetters nicht daheim war. Das war eine glatte Lüge von der Karoline. Der Peter kam nämlich noch vor dem Hagelsturm heim. In Tränen aufgelöst und völlig hysterisch. Alle Versuche, ihn zu beruhigen halfen nicht. Der Bub schrie und kreischte wie es sonst nicht seiner Art entsprach und widersetzte sich jeder ihrer Bemühungen. Er schrie andauernd etwas von einer Prinzessin. Aber obwohl die Karoline seine undeutliche Sprechweise gewohnt war, konnte sie ihn nicht verstehen. Irgendwann verlor sie die Nerven, die Karoline. Aber nicht wegen seiner Schreierei allein. Nein, wo denkst du hin. Es war der sprichwörtliche Tropfen, der das Fass zum Überlaufen gebracht hat. Ein Fass, voll mit Frust, Wut, Einsamkeit, Hilflosigkeit, Überforderung und Müdigkeit. Seit der Junge auf der Welt war, hatte die Karoline nichts anderes getan, als sich um ihn zu kümmern. Nahezu rund um die Uhr. Keine Zeit zum Verschnaufen, kein Geld und auch kein Mann. Dabei hätte sie sich so sehr einen Partner gewünscht. Ich meine, es hatte natürlich zwischendurch schon immer wieder einmal Verehrer gegeben, aber alle sind wieder gegangen. Nicht zuletzt wegen dem Peter, der einem, trotz all seiner Liebenswürdigkeit schon ganz schön den Nerv töten konnte. Es waren Jahre der Entbehrungen gewesen, die sie, angewiesen auf die Großzügigkeit anderer, durchlebt hatte. Unzählige schlaflose Nächte, in denen sie sich vorgestellt hatte, wie es wohl sein würde, wenn sie keinen Sohn hätte. Gedanken, für die sie sich dann endlos schämte. Und weit und breit niemand, mit dem sie hätte reden können. Oder wollen. Weil natürlich hätte sie jederzeit zum Pfarrer Römer gehen können. Hat sie aber nicht getan. Und so ist es halt dazu gekommen, dass sie langsam aber sicher vor die Hunde gegangen ist. Seelisch, meine ich. Und an eben jenem Tag ist ihr eine Sicherung durchgebrannt, als der Peter so hysterisch herumbrüllte und sich gar nicht mehr beruhigen lassen wollte. Da hat die Karoline beide Hände um seinen Hals gelegt und zugedrückt. So lange, bis er sich nicht mehr rührte. Dabei hat sie ihm die ganze Zeit in seine großen, blauen, ungläubig schauenden Augen gestarrt. Bis alles Leben aus ihnen entwichen war. Tja, und dann hatte sie ihn in den Wald gebracht und verscharrt. Bis zu ihrem Tod war es ihr nicht gelungen, die Stelle wiederzufinden. Obwohl sie natürlich gesucht hatte.

Zu gerne hätte sie, zur Beruhigung ihres Gewissens, wenigsten ein paar Blumen auf das anonyme Grab gelegt. Aber das war ihr nicht vergönnt. Der einzige Mensch, dem sie davon erzählte, war der Pfarrer Römer. Und dem, das kannst du ruhig glauben, hat sie damit keinen Gefallen getan. Der Kirchenhirte verkraftete diesen Vorfall nämlich genauso wenig wie die Karoline. Mit diesem Wissen zu leben, war für ihn die Hölle auf Erden. Nicht zuletzt deswegen, weil es seinen Glauben in den Grundfesten erschütterte. Natürlich litt auch seine Freundschaft zum Strobel unter diesen Ereignissen. Immerhin kam sich der Römer bei jedem ihrer Treffen wie ein Lügner vor. Immer wieder kämpfte er gegen die Versuchung es seinem Freund zu sagen, es in die Welt hinauszuschreien. Aber er tat es nicht. Seine Versuche dem Strobel mit nebulosen Andeutungen einen Hinweis zu geben, scheiterten schon im Ansatz. Weil, wenn du jemandem einen Hinweis geben willst, solltest du dabei auch das eine oder andere Wort verwenden, mit dem dein Gegenüber was anfangen kann. Das Märchen vom Schneewittchen macht schließlich auch keinen Sinn, wenn du die böse Königin, den Apfel, den Jäger, die sieben Zwerge, den Prinzen und Schneewittchen selbst nicht erwähnst, wenn du verstehst, was ich meine. Aber wie dem auch sei.

Was den vermeintlichen Mord am Zirkusdirektor angegangen ist, so hat sich wenigstens diese Angelegenheit in Wohlgefallen aufgelöst. Soll heißen, der Strobel hat zwar eine Strafanzeige gegen die Esmeralda erstattet, aber es ist nicht einmal zu einer Verhandlung gekommen. Weil natürlich ist die Staatsanwaltschaft auch zu dem Schluss gekommen, dass man das Mädel wegen der Ermordung einer Leiche nicht einsperren konnte. Der Rest der Truppe musste schon vor Gericht antanzen und für das Katz und Maus Spiel mit dem Leichnam Rede und Antwort stehen. Immerhin hatten sie die Ermittlungen ganz schön behindert und vor allem unnötig verlängert mit dieser blöden Idee, den Kaiser verschwinden zu lassen und einen Haufen Geständnisse abzulegen. Aber auch ihnen ist nichts passiert. Der Richter hat sich die Geschichte mit einer Mischung aus amtlicher Strenge und Belustigung angehört und dann eher symbolische Strafen verhängt. Jeder der Beteiligten ist zu einer Woche Freiheitsstrafe auf Bewährung verurteilt worden. Damit konnten alle gut leben. Für den Putzi wäre die Sache um ein Haar nicht so gut ausgegangen. Der sollte wegen der Kaspersache nämlich eingeschläfert werden. Immerhin hatte die Raubkatze einen Menschen getötet. Und das, so die Stimmen der Waidmänner, konnte und durfte nicht ungesühnt bleiben. Zur Überraschung aller bildete sich aber eine Gegenbewegung, die hauptsächlich aus Frauen und Kindern bestand, die sich allesamt dafür einsetzten, den Löwen am Leben zu lassen. Unterstützt wurde das Ansinnen vom Tierpark Schönbrunn, der sich bereit erklärte, der Katze ein neues Zuhause zu bieten. Und was soll ich dir sagen? Beim Anblick einer Schar bitterlich weinender und flehentlich dreinschauender Kinder brachte es der Herr Rat natürlich nicht übers Herz, das Tier einschläfern zu lassen. Außerdem fand der Richter, nachdem er sich den Putzi selbst angeschaut hatte, dass das Tier wirklich nicht wie ein Killer aussah und niemand wirklich sagen konnte, was in jener Nacht tatsächlich vorgefallen war. In dieser Angelegenheit verurteilte er die Besitzer des Tieres dazu, die Begräbniskosten vom Kopf Kasper zu übernehmen. Da stöhnten sie zwar ein bisschen, aber gemacht haben sie es natürlich trotzdem.

Der Herr Graf hat freilich auch probiert, die Schäden im Park und an seinem Auto ersetzt zu bekommen. Das mit dem Park funktionierte auch gar nicht so schlecht, weil sich die Zirkusleute anboten, instandzusetzen was ihnen möglich war. Damit war der Graf einverstanden. Bei den Beschädigungen am Mercedes war das natürlich nicht so einfach. Das Auto fuhr zwar noch, war aber trotzdem als Totalschaden zu betrachten. Vor allem, weil die Feuerwehr das Dach abgesägt hatte. Die komplett zerfetzte Inneneinrichtung ging auf das Konto vom Putzi und von den unzähligen kleinen Schäden rundherum reden wir erst gar nicht. Nein, das kann man noch so gutmütig sehen, aber die Kiste war erledigt. Und zwar voll und ganz. Nur bezahlen wollte das keiner. Das Landesgendarmeriekommando vertrat die Ansicht, dass es nicht die Schuld der Beamten gewesen sei, dass der Wagen derart gelitten hatte. Immerhin, so die Argumentation, hatte der Graf selbst ein Riesenloch ins Auto geschossen, bevor einer der Akrobaten den Löwen darin fing und die Feuerwehr besagtes Dach absägen musste, um das Tier wieder herauszuholen. Nirgends eine Beteiligung der Gendarmen. Also auch keine Kohle. Die Feuerwehr berief sich darauf, keine andere Möglichkeit gehabt und im Rahmen der gesetzlichen Möglichkeiten gehandelt zu haben. Der Herr Graf, so meinte der Konrad Christian, solle seine Ansprüche doch lieber bei den Besitzern des Tieres geltend machen. Das waren nach Meinung des Blaublüters die Zirkusleute. Und bis zu einem gewissen Grad stimmte das auch. Nämlich bis zu dem Punkt, an dem eindeutig festgestellt werden konnte, dass der Löwe Eigentum des Herrn Wilhelm Braun, genannt Kaiser Wilhelm gewesen ist. Und der war in der Zwischenzeit bekanntermaßen relativ tot. Die Leute vom Tierpark, die ja die neuen Besitzer vom Putzi waren, sahen logischerweise keinen Grund, irgendwelche Kosten zu übernehmen. Von daher also keine Kohle für den Herrn Grafen. Das hat dem Mann nicht besonders gut gefallen. Aber nach einigen Wochen des Schmollens stand schließlich ein neuer Mercedes in der Garage, für den die

Gemeinde immerhin die Winterbereifung spendierte. Nicht gerade großartig, aber besser als gar nichts.

Die Kopf Aloisia kehrte, zusammen mit ihren Freunden, wieder auf den Friedhof zurück. Gräber gab es ja für alle. War ja nur niemand drin. Natürlich hatte diese Sache bei den Angehörigen für große Aufregung gesorgt. Weil ein bisschen sensibel waren die Leute schon, wenn es um die Totenruhe gegangen ist. Ich meine, vielleicht war der eine oder andere ja auch ganz froh gewesen, Schwiegermutter, Bruder, Tante oder Onkel endlich losgeworden zu sein und hatte deswegen keine Freude an dem Gedanken an eine Auferstehung. Wieder andere haderten damit, offensichtlich betrogen worden zu sein, weil sie für eine Leistung bezahlt hatten, die sie nicht bekommen hatten. Und wieder andere wurden durch die Vorfälle wieder an ihren Verlust erinnert und trauerten entsprechend nach. Die Blöde war, du kannst es dir wahrscheinlich denken, die Kopf Margarethe. Weil als Schwester des Täters und letzte lebende Vertreterin der Familie Kopf musste sie natürlich als Prellbock für den Zorn der Bevölkerung und vor allem für das böse Gerede herhalten. Aber die Frau war eine derart robuste Natur, dass ihr das alles völlig wurscht gewesen ist. Am Arsch vorbeigegangen quasi.

Die Gendarmen hatten, nicht zuletzt durch die Autosache, das Entgegenkommen des Herrn Grafen verspielt und mussten zurück in das ziemlich desolate Amtsgebäude. Da half es auch gar nichts, dass zwischendrin einmal ein Statiker vorbeischaute und die Hütte als einsturzgefährdet einstufte. Da musste der Strobel mit seinen Mitarbeitern durch. Genau wie durch die monatelang andauernden Sanierungsarbeiten, die ihnen dann den letzten Nerv zu ziehen drohten. Am Ende sah das Gebäude fast aus wie neu. Einen neuen Dienstwagen bekamen die Ordnungshüter natürlich auch. Wieder einen mausgrauen VW Käfer. Diesmal allerdings ohne Blaulicht und Folgetonhorn. Aber das war dem Strobel total wurscht. Wo, so meinte er, sollten sie denn mit so viel Musik schon hinfahren? Eine gute Frage.

Privat machte der Strobel sein Versprechen wahr und fuhr mit der Frau Doktor für eine ganze Woche in den Urlaub. Zuerst waren beide ein wenig unentspannt. Aber das legte sich rasch und sie nutzten die Zeit, um sich auszusprechen. Vor allem das leidige Zusammenziehthema beredeten sie ausführlich und einigten sich darauf, dieses Experiment vorerst nicht zu wagen. Warten konnte schließlich nicht schaden und ein Indikator für die Intensität ihrer Gefühle war eine solche Aktion sowieso nicht. Wobei ich schon sagen muss, dass es ein bisschen ein Jammer gewesen ist mit den beiden. Weil von der Gefühlsebene her war schon alles bestens zwischen ihnen. Gar keine Frage. Aber mit dem Kopf waren sie noch nicht in ihrer Beziehung angekommen, wie man so sagt. Der Strobel hing noch immer in der Vergangenheit fest und die Frau Doktor war viel zu weit in der Zukunft. Blöderweise ist das eine Sache, bei der man nicht probieren kann, sich in der Mitte zu treffen, und die einem das Leben nicht gerade einfacher macht. Das haben auch die beiden feststellen müssen. Einige Zeit später kam dann aber ohnehin eine nicht vorhersehbare Änderung auf den Strobel zu, die ihn zwang, manche Dinge zu ändern. Das konnte er allerdings zu diesem Zeitpunkt noch nicht wissen. Jedenfalls hatte das Auswirkungen auf sein gesamtes Leben. Und nicht nur auf seines. Aber das ist eine andere Geschichte, die ich dir vielleicht das nächste Mal erzähle. Jetzt ist erst mal Schluss.

ENDE

OSKAR FEIFAR
Fingerspitzengefühl

978-3-8392-1521-0 (Paperback)
978-3-8392-4337-4 (pdf)
978-3-8392-4336-7 (epub)

»Eine Gruppe Hippies, eine Leiche und ein paar herrenlose Fingerspitzen.«

Eine Gruppe Hippies mit ausgeprägtem Hang zum Nudismus, drei verschwundene Personen aus derselben Familie, eine Leiche und ein paar herrenlose Fingerspitzen sorgen für Aufregung auf dem Gendarmerieposten in Tratschen. Es gibt keine Zeugen und die Ermittlungen gestalten sich schwierig. Ausgerechnet zu dieser Zeit betoniert der Nachbar eines Opfers ein neues Garagenfundament. Bezirksinspektor Strobel entdeckt erste Ungereimtheiten und die Lösung des Falles rückt am Ende doch noch in greifbare Nähe.

Das Neueste aus der Gmeiner-Bibliothek

Unsere Lesermagazine

Bestellen Sie das kostenlose KrimiJournal in Ihrer Buchhandlung oder unter www.gmeiner-verlag.de

Informieren Sie sich ...

www ... auf unserer Homepage:
www.gmeiner-verlag.de

@ ... über unseren Newsletter:
Melden Sie sich für unseren Newsletter an unter www.gmeiner-verlag.de/newsletter

f ... werden Sie Fan auf Facebook:
www.facebook.com/gmeiner.verlag

Mitmachen und gewinnen!

Schicken Sie uns Ihre Meinung zu unseren Büchern per Mail an gewinnspiel@gmeiner-verlag.de und nehmen Sie automatisch an unserem Jahresgewinnspiel mit »mörderisch guten« Preisen teil!